INA HALLER

LIESTAL IN FLAMMEN

Kriminalroman

emons:

Bibliografische Information der Deutschen Nationalbibliothek
Die Deutsche Nationalbibliothek verzeichnet diese Publikation in der Deutschen Nationalbibliografie; detaillierte bibliografische Daten sind im Internet über http://dnb.d-nb.de abrufbar.

MIX
Papier | Fördert gute Waldnutzung
FSC® C083411
FSC
www.fsc.org

Umschlagmotiv pixabay.com/Bishnu Sarangi
Umschlaggestaltung: Nina Schäfer, nach einem Konzept von Leonardo Magrelli und Nina Schäfer
Umsetzung: Tobias Doetsch
Gestaltung Innenteil: DÜDE Satz und Grafik, Odenthal
Druck und Bindung: CPI – Clausen & Bosse, Leck
Printed in Germany 2023
ISBN 978-3-7408-1758-9
Originalausgabe

Für Hedi und Karl Peter

Prolog

Es war beinahe zu einfach, wie sich Dinge manchmal von selbst ergaben und der Zufall ihm in die Hände spielte.

In Liestal hatte er es geschafft, ihm aus dem Weg zu gehen, aber in Meran waren sie einander gleich am ersten Tag seiner Ferien begegnet. Ganz zufällig war die Begegnung nicht, musste er einräumen. Nachdem er erfahren hatte, dass sein Bruder sich ebenfalls in der Stadt aufhielt, war es ein Leichtes gewesen, ein unverhofftes Aufeinandertreffen zu inszenieren.

Sein Bruder hatte sich nicht verändert. Was sich genauso nicht verändert hatte, war die Wut, die seit fünf Jahren in ihm gärte. Besonders nach den jüngsten Entwicklungen, von denen er zufällig vor drei Wochen in der Basler Zeitung gelesen hatte, hatte sich der Wunsch nach Rache verstärkt. Er war fast unerträglich geworden.

Nach anfänglichem Misstrauen hatte sein Bruder ihm geglaubt, dass es Zeit für einen Neuanfang sei. Nach kurzem Zögern hatte er eingewilligt, als er ihn zu einem Nachtessen im «Knödelglück» eingeladen hatte. Es hatte sich gelohnt. Nicht nur wegen des Menüs, obwohl er zugeben musste, dass die Kastaniensuppe, die Spareribs und die Marillenknödel zum Dessert dem Abend durchaus eine unvergessliche Note verliehen.

«Haben die Herrschaften einen weiteren Wunsch?», fragte der Kellner, als er die Teller abräumte. Sein Bruder bestellte einen Grappa. Er hatte bereits dem Wein ordentlich zugesprochen und leerte den Grappa in einem Zug.

Er selbst lehnte ab, da er einen klaren Kopf behalten musste.

«Ich übernehme das», sagte sein Bruder, als es ans Zahlen ging. Die Aussprache war schleppend und seine Augen glasig. «Wir bleiben in Kontakt», fügte er an, als er ihm zum Abschied auf die Schulter klopfte.

«Ganz bestimmt.» Er schaute ihm nach, wie er zum WC

wankte, und trat aus dem Restaurant. Kühle schlug ihm entgegen, und er fröstelte, was seine Sinne schärfte. Inzwischen war es dunkel. Er steckte sich eine Zigarette an und blies den Rauch in die Luft. Langsam spazierte er den Tappeinerweg Richtung Pulverturm. Warum brauchte sein Bruder so lange? War er auf dem WC eingeschlafen? So wichtig, wie es war, das «Knödelglück» getrennt zu verlassen, so wichtig war es, dass sein Bruder bald nachkam.

Hinter sich hörte er Schritte auf dem Kiesweg. Rasch nahm er einen tiefen Zug, warf die Zigarette auf den Boden und trat sie mit dem Fussballen aus.

«Musst du in die gleiche Richtung?», fragte sein Bruder. «Das hast du nicht gesagt.»

«Ich dachte, ich mache einen Verdauungsspaziergang, da ich zu viel gegessen habe.»

«So wie ich.» Er lachte laut. Zu laut.

«Soll ich dich nachher mit dem Auto mitnehmen?»

«Nicht nötig. Trotzdem danke für dein Angebot.»

Er fluchte innerlich. Der Plan schien nicht aufzugehen. Seine Nervosität wurde grösser. Verstohlen schaute er sich um. Es war ein riskantes Unterfangen, aber er hatte keine andere Wahl. Diese Chance konnte und durfte er sich nicht entgehen lassen.

Sie gingen am Pulverturm vorbei und folgten dem Tappeinerweg. Der Kies knirschte unter ihren Schuhsohlen. Niemand kam ihnen entgegen. Sein Bruder blieb stehen und schwankte leicht. Er deutete mit einer ausladenden Geste auf Meran, das sich zu ihren Füssen ausbreitete.

«Wunderschön.» Er legte den Kopf in den Nacken und streckte die Arme aus.

Jetzt war die Gelegenheit. Nach wie vor war keiner zu sehen. Ein gezielter Schlag gegen den Kehlkopf. Ein Schmerz durchzuckte seine Handkante. Sein Bruder schaffte es nur, einen Überraschungslaut auszustossen, bevor er zusammensackte. Röchelnd lag er am Boden. Die Hände gegen den Hals gepresst. Die Todesangst in seinen Augen konnte er selbst in dem schummrigen Licht der Laterne neben dem Weg erkennen.

Stimmen näherten sich. Ausgerechnet jetzt.

Er griff unter die Achseln seines Bruders und zog ihn zum Kräutergarten. Er duckte sich hinter einem Busch, als ein Mann und eine Frau in sein Blickfeld kamen. Die beiden blieben stehen und küssten sich. Der Mann strich mit den Händen über den Körper der Frau. Sie schmiegte sich an ihn, als er über ihre Brust fuhr.

Hoffentlich bogen die beiden nicht zum Garten ab – auf der Suche nach einem geeigneten Platz für eine schnelle Nummer.

Sein Bruder gab ein Stöhnen von sich. Fest drückte er seine Hand auf dessen Mund. Nach einer gefühlten Ewigkeit lösten der Mann und die Frau sich. Sie spazierten kichernd Richtung Pulverturm und verschwanden.

Das war knapp gewesen. Sein Bruder röchelte immer noch. Offenbar hatte er nicht richtig getroffen. Er legte ihm die Hände um den Hals und drückte mit den Daumen zu. Sein Bruder wand sich hin und her. Seine Hände umfassten seine Arme, und die Fingernägel bohrten sich schmerzhaft in seine Haut. Er erhöhte den Druck, und nach endlosen Sekunden wurden die Bewegungen schwächer, bis sie aufhörten.

Er kontrollierte den Puls. Kein Pochen. Geschafft! Rasch schob er seinen Bruder unter den Busch und huschte zurück auf den Tappeinerweg. Keine Person weit und breit. Auch von dem Liebespärchen war nichts zu sehen.

Er zwang sich, gemächlich weiterzugehen, bog in den Tirolersteig und folgte den Treppenstufen abwärts. Keiner kam ihm entgegen. Das Glück schien es gut mit ihm zu meinen.

Bevor er die Stadtpfarrkirche Sankt Nikolaus erreichte, nahm er die graue Perücke ab und riss den grauen Bart herunter. Beides steckte er zusammen mit der Brille in einen Plastiksack, den er aus seiner Jackentasche holte. Sollte ihn jemand gesehen haben oder der Kellner befragt werden, würden sich alle an einen grauhaarigen Mann erinnern. Kurz erwog er, alles gleich zu entsorgen, überlegte es sich aber anders.

«Du bist richtig grau geworden», hatte sein Bruder bei der ersten Begegnung gesagt und gelacht.

«Dafür habe ich mehr Haare auf dem Kopf als du», hatte er gekontert. Es war mühsam gewesen, in der Gegenwart seines Bruders die ganze Zeit mit Perücke und Brille herumzulaufen. Die Perücke hatte gejuckt. Er hatte sich zusammenreissen müssen, nicht zu kratzen, damit sie nicht verrutschte. Aber es war wichtig, falls es eine detaillierte Personenbeschreibung gab.

An der Kirche bog er rechts ab. In den Lauben hatte es vereinzelt Leute, aber niemand beachtete ihn. Er steckte die Hände in die Manteltaschen und bemühte sich, entspannt weiterzuschlendern.

Er hatte es geschafft. Der Anfang war getan. Endlich. Warum stellte sich kein Hochgefühl ein? Es war zu schnell gegangen, lieferte er sich die Antwort selbst. Sein Bruder hatte nicht lange leiden müssen, und er selbst hatte es nicht auskosten können. Bei den anderen musste er anders vorgehen. Und er wusste auch schon, wie.

EINS

«Ist das eine Affenhitze», sagte Christian.
Mit ihm teilte Samantha sich das Büro. Christian war Verkäufer bei dem kleinen Liestaler Unternehmen Amry Cosmetics, in dem Samantha seit eineinhalb Jahren als Qualitätsverantwortliche arbeitete.

«Und das Ende Juni. Zum Glück ist morgen Wochenende.»

«Du sagst es», erwiderte Samantha. Sie nahm eine grosse Haarklammer, die neben der Tastatur lag, und steckte ihre langen schwarzen Haare hoch.

Die Temperaturen, die momentan vorherrschten, waren jenen in Indien ähnlich, als sie das letzte Mal ihre leibliche Schwester Ranjana dort besucht hatte.

«Was ist denn mit dir passiert?», rief Christian.

Samantha deutete irritiert auf sich.

«Er meint mich», sagte Jasmin, und Samantha drehte sich zur Tür. Sie hatte nicht bemerkt, wie Jasmin Hofer den Raum betreten hatte. Jasmin war für das Marketing zuständig.

«Das nenne ich einen Sonnenbrand vom Feinsten. Du siehst wie eine Tomate aus.»

«Blödmann.» Jasmin streckte ihm die Zunge heraus. «Ich habe es mir gestern nach Feierabend mit einem Buch in der Badi gemütlich gemacht. Dummerweise bin ich in der Sonne eingeschlafen. Die eine Stunde hat ausgereicht.» Sie tippte mit den Fingerspitzen gegen das Gesicht. «Es tut richtig weh. Hinzu kommt die Hitze, die einheizt. Es fühlt sich an, als würde ich glühen. Ich brauche eine Abkühlung.» Sie griff nach einem Block, der auf Samanthas Pult lag, und fächerte sich Luft zu.

«Wie wäre es mit einem Glacé?», fragte Samantha.

«Das Eisfach ist leer», sagte Christian.

«Nicht mehr. Soweit ich weiss, hat Franz es mit Glacé aufgefüllt», erwiderte Jasmin.

Samantha folgte den beiden in die Küche.

«Tatsächlich», rief Christian erfreut. «Franz ist ein Engel.»

Franz Ammann, der Eigentümer des kleinen Familienunternehmens Amry Cosmetics, sorgte seit Beginn der Hitzewelle dafür, dass der Glacévorrat nicht ausging. Alle Mitarbeiter schätzten ihn, und auch Samantha war um diesen Chef froh.

«Schoggi, Vanille, Kaffee oder Erdbeere?», fragte Christian.

Jasmin und Samantha wählten Schokolade, während Christian ein Vanillecornet nahm.

Jasmin strich ihre kinnlangen dunkelblonden Haare aus dem Gesicht und hielt das Cornet einige Sekunden gegen ihre Wange, bevor sie es auspackte.

«Du auch?», fragte Christian Emma, die den Kopf zur Küche hereinstreckte.

«Lieber nicht. Ich habe in diesem Sommer bereits zu viel Glacé gegessen.» Die Laborantin mit den kurzen blonden Locken strich über ihren fülligen Bauch. «Habt ihr Franz gesehen?»

«Der ist heute nicht da. Geheimmission.» Christian zwinkerte ihr mit einem Auge zu.

In den letzten Wochen war Franz wiederholt abwesend gewesen. Es ginge um Geschäftliches, hatte er nur erklärt, und war den Nachfragen der Mitarbeiter ausgewichen. Nicht nur ausgewichen, er war sogar ungehalten geworden, als Christian einmal hartnäckig nachgebohrt hatte. Keiner wusste, was dies zu bedeuten hatte. Seither vermieden alle das Thema. Die allgemeine Verunsicherung blieb ebenfalls unausgesprochen. Samantha hatte ein ungutes Gefühl.

Letzte Woche waren zwei Männer zu Besuch gekommen, und Franz' Schwester Annemarie Ryser war ebenfalls da gewesen, was aussergewöhnlich war. Annemarie Ryser hatte sich seit ihrer Krebsdiagnose weitestgehend aus dem Unternehmen zurückgezogen. Die vier hatten ihre Besprechung hinter verschlossener Tür durchgeführt, was Samanthas ungutes Gefühl verstärkt hatte.

Sie hatte das schon einmal erlebt, als sie bei AarePharm in

Egerkingen gearbeitet hatte. Das Unternehmen war anschliessend an einen amerikanischen Grosskonzern verkauft worden. Wie teilweise mühsam sich der Alltag als Tochtergesellschaft eines Grosskonzerns gestaltete, erfuhr sie von ihrem Freund Joel, der bei AarePharm in der Geschäftsleitung war.

Samantha hoffte, Franz Ammann hege keinen ähnlichen Plan.

Sie kehrte in ihr Büro zurück und setzte sich ans Pult. In der einen Hand hielt sie das Cornet, während sie mit der anderen eine E-Mail tippte.

Es klopfte an der Tür, und Annemarie Ryser streckte den Kopf herein.

«Hallo, ihr zwei», sagte sie. Das klang gestresst. Die Therapien hatten deutliche Spuren bei ihr hinterlassen. Die Falten in ihrem Gesicht schienen noch tiefer, sie sah hagerer aus als sonst, und ihre Augen wirkten riesig hinter den Brillengläsern. Die grauen, kurz geschnittenen Haare standen wirr vom Kopf ab. «Wisst ihr, wo mein Bruder ist?»

Christian schien ähnlich irritiert zu sein wie Samantha, weil Annemarie hier auftauchte.

«Er ist vor einer Stunde losgezogen, um dich zu treffen», sagte er.

«Eben nicht», rief Annemarie.

«Wie bitte?»

«Wir waren zum Mittagessen verabredet, und er ist nicht gekommen. Vermutlich hat er es vergessen.» Unterdrückte Wut schwang in ihrer Stimme mit.

«Nein», sagte Samantha. «Er war knapp dran, als er losgefahren ist.» Knapp war untertrieben. Der Aufbruch hatte überstürzt gewirkt.

«Ich habe mehrmals versucht, ihn auf dem Handy zu erreichen, aber er nimmt nicht ab.»

Samantha und Christian sahen einander an. Das passte nicht zu Franz. Wenn er etwas nicht ausstehen konnte, waren es Unzuverlässigkeit und Unpünktlichkeit.

«Uns hat er keinen Bescheid gegeben, es sei etwas dazwischengekommen», sagte Christian. «Er ist, wie gesagt, vor einer Stunde los.»

Annemarie Ryser zog sich einen Stuhl heran und liess sich darauffallen. Ihr Gesicht war blass, und auf ihrer Stirn glänzten Schweisstropfen. Sie holte ihr Handy hervor und wählte eine Nummer. «Die ganze Zeit schaltet sich die Combox ein», flüsterte sie. «Es muss etwas passiert sein.»

***

«Das klingt, als habe Franz Ammann sich in Luft aufgelöst», sagte Joel. Das Abendlicht brachte den Kastanienton in seinen Haaren zum Leuchten.

Sie assen auf dem überdachten Bereich der Terrasse zu Nacht, da es leicht regnete.

«Oder als habe sich eine Erdspalte aufgetan und ihn verschluckt. Auch seine Schwester ist unauffindbar.»

«Hast du sie nicht erreicht?»

Nachdem Annemarie Ryser bei Amry keine Erklärung für Franz' Verbleib gefunden hatte, war sie aufgebrochen, mit dem Versprechen, sich später zu melden.

Zunächst waren alle Mitarbeiter davon ausgegangen, es handle sich um ein Missverständnis zwischen den beiden, wo sie sich treffen wollten. Jeder rechnete damit, Franz werde kurz nach vierzehn Uhr zurückkehren, wie er angekündigt hatte. Das war nicht geschehen, und sogar Christian hatte sich besorgt gezeigt.

Auch als Christian versucht hatte, ihn anzurufen, hatte sich jeweils nur die Combox gemeldet. Das Gleiche galt für Annemarie.

Als Samantha Feierabend gemacht hatte, hatte sie Annemaries Portemonnaie auf ihrem Pult entdeckt. Sie musste es dort hingelegt haben, als sie ihr Handy hervorgeholt hatte. Samantha hatte abermals versucht, sie telefonisch zu erreichen, aber landete immer auf der Combox. Dieses Mal bat sie um einen Rückruf.

«Inzwischen mache ich mir ernsthaft Sorgen», sagte Samantha.

«Du kannst nichts machen.»

«Ich versuche es noch einmal.» Sie nahm ihr Handy in die Hand und liess es vor Schreck beinahe fallen, als es klingelte.

«Offenbar ist wenigstens Annemarie wiederaufgetaucht», sagte Joel und deutete auf das Display.

«Du hast versucht, mich zu erreichen?», fragte Annemarie. Sie klang atemlos, als sei sie gerannt.

«Ja. Du hast dein Portemonnaie bei mir im Büro liegen gelassen.»

«Und ich habe es wie verrückt gesucht. Ich schaue, dass ich es heute holen kann, da dort alles von der ID über Kreditkarten bis zu Geld drin ist. Alles Dinge, die ich über das Wochenende brauche.» Sie sprach immer schneller, und Samantha hatte Mühe, sie zu verstehen.

«Ich kann es dir gerne bringen.»

«Würdest du das tun? Das würde einiges vereinfachen.»

«Das ist kein Problem. Ist Franz wiederaufgetaucht?»

«Ja.»

«Wo war er?»

«Das ist zu kompliziert. Nur dies: Es ist eine riesige Katastrophe.»

Das Navi forderte Samantha auf, rechts in die Sichternstrasse abzubiegen, nachdem sie die Unterführung beim Bahnhof passiert hatte. Sie zweigte schräg links in die Munzachstrasse ab und erreichte kurz darauf nach nochmaligem Abbiegen Annemaries Haus. Die Fahrt von Joels Haus, das sich am Liestaler Stadtrand Richtung Seltisberg befand, hatte nicht einmal zehn Minuten gedauert.

Samantha erkannte Annemaries Volvo in der Einfahrt. Sie parkte in der blauen Zone davor und legte die Parkscheibe hinter die Frontscheibe.

Sie blieb sitzen und musterte das Haus und die Umgebung. Das Quartier wurde von älteren Häusern dominiert, die teilweise einen grossen Garten mit hohen Bäumen und Hecken hatten, die keine ungehinderte Sicht zu den Häusern zuliessen. Auch Annemaries Haus war älteren Baudatums und der Garten von einer Hecke umgeben. Die Blätter der grossen Birke und der Eiche bewegten sich im leichten Wind.

Samantha war sich nicht bewusst gewesen, dass Annemarie so nah bei Amry Cosmetics wohnte.

Soweit Samantha wusste, lebte Annemarie seit der Scheidung von ihrem Mann vor beinahe zwanzig Jahren hier. Zum Erstaunen aller hatte sie seinen Namen behalten. Ihre fünfundzwanzigjährige Tochter Cornelia, die sie allein aufgezogen hatte, wohnte nicht mehr zu Hause, sondern mit ihrem Freund in Basel.

Alles machte einen friedlichen Eindruck. Von der Katastrophe, von der Annemarie gesprochen hatte, war nichts zu spüren. Was sie damit gemeint hatte, hatte Samantha nicht nachfragen können, da Annemarie sie nicht zu Wort hatte kommen lassen. Sie hatte sich nochmals bedankt und das Gespräch rasch beendet.

Samantha stieg aus. Es hatte aufgehört zu regnen, aber es fühlte sich weiterhin wie in einem Hammam an und erinnerte Samantha an Mumbai. Nur war die Luft mit dem Duft verschiedener Blüten anstatt mit Abgasen geschwängert wie in der indischen Metropole.

Sie ging über den Plattenweg auf das Haus zu. Zu beiden Seiten erstreckte sich ein buntes Blütenmeer und zeugte von Annemaries Leidenschaft. Die Blüten in verschiedenen Rot- und Blautönen hingen regenschwer nach unten und berührten beinahe den Boden.

Annemarie öffnete die Haustür, bevor Samantha sie erreicht hatte.

«Vielen Dank, dass du extra hergefahren bist», sagte sie. «Möchtest du reinkommen?»

«Ich möchte dich nicht lange behelligen.»

«Tust du nicht.» Annemarie trat zurück und deutete mit der Hand ins Innere.

«Was ist mit Franz?»

«Er ist hier.»

Hier? In dem Fall hat sich alles geklärt, dachte Samantha erleichtert. Wo war jetzt die Katastrophe?

Mit der Hand forderte Annemarie Samantha auf, ihr zu folgen.

Der Korridor ging in ein grosses helles Wohnzimmer über. Die Kühle, die von den weissen Steinplatten ausging, empfand Samantha als angenehm. Die Wände des Zimmers waren in einem hellen Apricotton gestrichen. Schwarz-Weiss-Fotografien hingen an der Wand über einem Buffet. Die Fotos mussten von Annemarie stammen. Franz hatte einmal erzählt, Fotografieren sei neben Gärtnern Annemaries Leidenschaft.

Eine Bewegung auf der linken Seite vor dem Terrassenfenster zog Samanthas Aufmerksamkeit auf sich. Den Mann, der sich vom Sofa erhob, erkannte Samantha erst auf den zweiten Blick.

«Himmel, Franz», stiess sie hervor. «Was ist mit dir passiert?»

Franz Ammann verzog seinen Mund zu einem Lächeln, was schmerzvoll aussah. Auf seiner Stirn hatte er einige blutverkrustete Kratzer, und ein Auge war blau unterlaufen. Reste von Blutkruste hingen in den grauen, gekrausten Haaren und im Vollbart, die ihm normalerweise das Aussehen eines Teddybären verliehen. Heute sah er aber eher wie eine Figur aus einem Gruselfilm aus. Den rechten Arm trug er in einer Schlinge, und er hinkte leicht, als er auf Samantha zukam.

«Was ist mit dir passiert?», wiederholte sie, da sie keine Antwort erhalten hatte.

«Ich hatte einen Unfall», sagte er und setzte sich, nachdem er Samantha die linke Hand gereicht hatte. «Auf dem Weg zu dem Mittagessen mit Annemarie hat mich ein anderer Autofahrer überholt und geschnitten, als er auf die reguläre Fahrbahn zurückwechselte. Ich habe die Kontrolle über meinen Wagen verloren und durfte einen Ausflug zum Spital machen.» Das sollte wohl heiter klingen, aber es misslang.

«Wenn man bedenkt, wie dein Auto aussieht, ist es kaum zu glauben, dass du noch lebst und nur diese paar Kratzer abbekommen hast.» Annemarie stellte drei Gläser und einen Krug mit Wasser auf den Tisch. «Wobei ich es nachlässig von dir finde, über das Wochenende nicht im Spital bleiben zu wollen.»

«Was soll ich dort?», rief Franz. «Zu Hause erhole ich mich besser.»

«Ja, ja. Ich weiss, Diskussionen sind zwecklos. Mir ist nicht wohl, wenn du allein zu Hause bist.»

«Allein?», fragte Samantha.

«Meine Frau ist mit ihren Freundinnen nach Barcelona geflogen. Weiberwochenende.» Er trank einen Schluck Wasser. «Und meine Tochter übernachtet bei einer Freundin.»

«Was ist mit dem anderen Fahrer?», fragte Samantha.

«Er hat Fahrerflucht begangen. Zum Glück gab es Zeugen, und die Polizei konnte ihn bereits ausfindig machen», sagte Franz.

«Wenigstens sind das gute Neuigkeiten.» Samantha wusste nicht, was auf Fahrerflucht stand, aber sie war sich sicher, er würde eine saftige Strafe bekommen.

«Es gibt ein kleines Problem», sagte Annemarie.

«Er hat ein Problem, nehme ich an», erwiderte Samantha.

«Das Auto passt nicht zu dem Kontrollschild.»

Verständnislos schaute Samantha von Franz zu Annemarie.

«Das Kontrollschild gehört zu einem VW, der angeblich zu diesem Zeitpunkt in einem Carport stand. Sein Besitzer weilt in Griechenland in den Ferien.»

«Offenbar nicht, da er Franz abgedrängt hat», sagte Samantha. «Oder hat eine andere Person den Wagen gefahren?»

«Das scheint nicht der Fall zu sein. Das Schild ist jetzt auch wieder dort.»

«Also hat der Zeuge sich bei der Wiedergabe des Kennzeichens geirrt.»

«Das hat er nicht», sagte Franz. «Er stand am Strassenrand und wollte einen Anruf tätigen, als es passierte. Er war so geistesgegenwärtig und hat mit dem Handy ein Foto geschossen.»

«Das Foto ist verschwommen, aber man kann einen hellen SUV mit diesem Kennzeichen erkennen», fügte Annemarie an.

Samanthas Verwirrung nahm zu. Wollte Franz damit sagen, der Unfallverursacher hatte das Kennzeichen «ausgeliehen» und später zurückgebracht? Warum? Um Franz von der Strasse abzudrängen? Das war zu weit hergeholt.

Es gab eine andere Möglichkeit. «Handelt es sich um eine Wechselnummer?», fragte Samantha.

«Das wurde überprüft. Nein.»

Wer kam auf die Idee, ein Autokennzeichen von einem fremden Wagen zu nehmen, damit durch die Gegend zu fahren und es anschliessend zurückzubringen? Das musste auffallen.

«Hat die Polizei die Nachbarn des Wagenbesitzers, der in den Ferien ist, befragt?»

«Keiner hat etwas bemerkt – weder heute noch in den vergangenen Tagen. Von den befragten Personen in der Nachbarschaft fährt keiner einen hellen SUV.»

Ein Handy klingelte, und Annemarie erhob sich. «Felix Schneider», sagte sie und verliess den Raum.

«Unser Notar war nicht begeistert, weil wir ihn versetzt haben.»

«Welcher Notar?», platzte Samantha heraus. «Wollt ihr Amry Cosmetics verkaufen?»

«Nein.»

Samantha versuchte, sich ihre Erleichterung nicht anmerken zu lassen.

«Es tut mir leid, wenn wir dich beunruhigen.»

«Nicht nur mich. Es sind alle am Rätseln, was los ist.»

«Und ich dachte, keiner merkt etwas. Annemarie wollte es erst bekannt geben, wenn alles unterschrieben ist.»

«Das ist richtig, und das will ich weiterhin», kam es von der Tür.

«Und ich möchte nicht die Beunruhigung und die Gerüchte weiter schüren. Annemarie möchte sich aus dem Geschäft zurückziehen. Einen Teil der Aktien überträgt sie auf ihre Tochter, die anderen kaufe ich ihr ab. Damit es korrekt abgewickelt wird, benötigen wir einen Notar.»

«So eindeutig, wie es scheint, ist es nicht.» Annemaries Mund wurde zu einem schmalen Strich. «Wir müssen gewisse Dinge definieren und Unklarheiten beseitigen. Ich bitte dich, diese Information vertraulich zu behandeln», sagte sie zu Samantha.

Franz setzte zu einer Erwiderung an, aber Annemarie fuhr fort: «Am Montagnachmittag können wir zum Notar», wandte sie sich an ihren Bruder.

Es dunkelte ein, als Samantha nach Hause kam. Stille empfing sie, als sie die Haustür öffnete. Im Wohnzimmer und in der Küche brannte kein Licht. Samantha wunderte sich, wo Joel hingegangen war, zumal die Haustür nicht abgeschlossen war. Samantha lief nach oben. Dort war alles dunkel. Sie kehrte ins Erdgeschoss zurück und überlegte, was sie abgemacht hatten, bevor sie zu Annemarie aufgebrochen war. «Ich mache mir einen gemütlichen Abend», hatte er zum Abschied gesagt.

Er ist spazieren gegangen, versuchte Samantha sich zu beruhigen. Wieso war die Haustür nicht abgeschlossen? Sie betrat das Wohnzimmer und bemerkte, wie sich der Vorhang vor der Terrassentür in dem leichten Luftzug bauschte.

Samantha fand Joel auf der Terrasse. Er sass im Liegestuhl. Sein Kopf war zur Seite geneigt, und auf seinem Bauch lag ein aufgeschlagenes Buch. Beinahe hätte sie vor Erleichterung laut aufgelacht.

Du musst nicht immer gleich das Schlimmste vermuten, dachte sie und nahm vorsichtig das Buch. Nicht einfach, überlegte sie weiter. Bei allem, was in den letzten Jahren passiert war. Sie legte es auf den Tisch.

Joel schlug die Augen auf. «Sammy?» Er richtete sich auf. «Ich muss eingeschlafen sein.»

«Offensichtlich. Ist das Buch so langweilig?»

«Eigentlich nicht. Es war eine anstrengende Woche. Konntest du das Portemonnaie abliefern?»

«Ja.» Samantha setzte sich auf den zweiten Liegestuhl, klappte aber die Lehne nicht nach hinten.

«Gibt es Neues zum Verbleib von Franz?»

«Ja», sagte Samantha abermals und berichtete von Franz' Unfall.

«Das kommt leider häufiger vor, als man denkt», sagte Joel, nachdem sie geendet hatte. «Zum Glück ist es glimpflich ausgegangen.»

«Er sah wie Frankenstein persönlich aus.»

«Immerhin konnte er aus dem Spital entlassen werden. Was ich seltsamer finde, ist die Sache mit dem Kennzeichen. Warum wurde es gestohlen oder ‹ausgeliehen›? Wollte der Fahrer einen Einbruch oder einen Banküberfall begehen und hat vorgesorgt, falls jemand das Kennzeichen notieren würde? Allerdings würde ich an seiner Stelle keinen auffälligen Fahrstil an den Tag legen.»

Das Gleiche hatte Samantha sich auf der Heimfahrt überlegt.

«Und ich würde das Kennzeichen im Anschluss entsorgen und nicht mehr zurückbringen.»

Bevor Samantha von Annemarie gegangen war, war das Gespräch zum Unfall gedriftet.

«Das mit den Kennzeichen ist der Polizei ein grosses Rätsel», hatte Franz gesagt.

«Kann man anhand des Fahrzeugtyps herausfinden, wer der Besitzer des hellen SUV ist?», fragte Samantha.

«Ich denke, das wird schwer werden», erwiderte Joel. «Derartige Fahrzeuge gibt es viele. Es kann sich um ein Auto handeln, das nicht gemeldet ist und die meiste Zeit in einer Garage steht.»

«Das würde zumindest erklären, weshalb sich der Fahrer ein Kennzeichen ausleiht.»

ZWEI

Samantha parkte. Sie lehnte den Kopf gegen die Nackenstütze und schloss die Augen.

Die vergangene Nacht hatte sie miserabel geschlafen. Nach der kurzfristigen Abkühlung am Samstag waren die Temperaturen gestern Sonntag wieder angestiegen. Eine neue Tropennacht lag hinter ihnen, wie Meteo in den Morgennachrichten verkündet hatte.

Samantha musterte sich im Rückspiegel. Es war ihr nicht anzusehen, wie müde sie war. Sie sah wie immer aus: brauner Teint, der für eine Inderin untypisch hell war. Leuchtend grüne Augen und schwarze, dichte Haare, die sie heute hochgesteckt trug.

Sie unterdrückte ein Gähnen und stieg aus. Das Rauschen des Verkehrs von der Umfahrungsstrasse hinter dem Lärmschutz begleitete sie, als sie durch das Schildareal lief. Sie betrat das Gebäude, in dem Amry Cosmetics seine Räumlichkeiten hatte. Samantha ging an der Tür vorbei, die zu dem Bereich führte, den sie alle den Labortrakt nannten, und lief die Treppe in den ersten Stock zu den Büroräumen hoch. Der anthrazitfarbene Teppich dämpfte ihre Schritte. Es war still. Das war ungewöhnlich. War sie heute etwa die Erste? Dabei war es Viertel nach acht Uhr.

Samantha lief an Franz' Büro vorbei und blieb erstaunt stehen. Über einem der Displays, das schräg zur Tür zeigte, schwirrten bunte Symbole. Hatte er vergessen, den Computer auszuschalten, als er am Freitagmittag das Büro verlassen hatte? Nicht vergessen, korrigierte sie sich. Er hatte nach dem Treffen mit Annemarie zurückkommen wollen.

«Guten Morgen, Samantha.»

Erschrocken fuhr sie herum. Franz sah aus wie am Freitag. Die Schürfwunden auf der Stirn waren aber verkrustet, und das blaue Auge hatte die Farbe zu einem dunklen Lila mit Grünschattierungen am Rand gewechselt. Wie nach einer Schlägerei, dachte sie.

«Stimmt was nicht?», fragte er.

Samantha wurde sich bewusst, ihn mit offenem Mund anzustarren. «Mit dir hätte ich am wenigsten gerechnet», sagte sie.

«Wegen dieser kleinen Blessuren?» Er berührte mit den Fingerspitzen die Kratzer auf der Stirn. «Es ist gut, dich zu sehen. Dann können wir gleich die Anforderungen besprechen, die der neue Lieferant für Guar Gum erfüllen muss.»

Sie brauchten einen neuen Lieferanten für das Guarkernmehl, das sie als Verdickungsmittel und Stabilisator in Shampoos und Cremen einsetzen wollten und das aus dem Samen der aus Indien stammenden Guarpflanze gewonnen wurde. Es verlieh der Haut ein glattes und weiches Aussehen.

So dringend fand Samantha diese Besprechung nicht.

«Bist du nicht krankgeschrieben?», fragte sie, als sie ihm in sein Büro folgte.

«Theoretisch bin ich das für eine Woche. Praktisch habe ich anderes beschlossen. Ich sehe schlimmer aus, als ich mich fühle.» Franz schloss die Glastür und setzte sich an den kleinen viereckigen Tisch, an dem vier Stühle standen. Er deutete auf den Stuhl gegenüber.

Dominik und Emma tauchten auf dem Gang auf und hoben die Hand zum Gruss, bevor sie weitergingen. Franz' Aussehen hatten sie offenbar nicht realisiert. Genauso schien Franz' Anwesenheit für sie selbstverständlich zu sein, was Samantha nach dem Wirbel vom Freitag verwunderte. Sie hätte nachgefragt.

«Entschuldige, wenn ich dich überfalle. Aber ich bin froh, wenn wir das erledigen können, bevor ich nachher mit Annemarie unterwegs bin. Wie gesagt, ich möchte sicher sein, dass unsere Produkte den Anforderungen von Deutschland und Österreich genügen, wenn wir uns weiter in die D-A-CH-Region ausdehnen. Dazu muss die Qualität der Rohstoffe stimmen, besonders derer, die wir aus China und Indien beziehen.» Er zwinkerte Samantha zu.

Sie hatte angeregt, Lieferanten ausserhalb der Schweiz zu

berücksichtigen. Ein Vorteil war der günstigere Preis der Rohstoffe, und die Qualität der Produkte stand der der europäischen Lieferanten in nichts nach. Franz hatte gezögert, aber Samantha hatte ihn überzeugen können, zumindest Muster anzufordern. Er war angenehm überrascht von der Qualität gewesen und hatte grünes Licht gegeben, weitere Schritte einzuleiten. Samantha hatte eine kleine Menge Guar Gum bestellt, damit Emma im Labor einige Tests durchführen konnte. Diese waren bisher zufriedenstellend verlaufen.

«Die Qualität von allen vier ist gut. Wobei dieser hier heraussticht.» Er tippte auf ein Blatt, als sein Handy klingelte.

«Das ist Cornelia», sagte er. «Darf ich das Gespräch annehmen? Es wird um heute Nachmittag gehen.»

«Selbstverständlich», sagte Samantha und zog die Blätter zu sich heran.

«Was?», rief Franz und sprang auf. Sogleich sank er zurück auf seinen Stuhl. Sämtliche Farbe war aus seinem Gesicht gewichen, und sein Atem ging stossweise.

«Ist alles in –», setzte Samantha an, brach aber ab, als Franz eine heftige Handbewegung machte.

«Bist du sicher?», stiess er hervor. «Ja, ich komme sofort.» Er liess das Handy sinken und starrte Samantha an. Aber er schien sie nicht wahrzunehmen.

«Was ist passiert?», fragte Samantha.

Ein Ruck ging durch seinen Körper.

«Meine Schwester ist tot», sagte er kaum hörbar. Sein Gesicht hatte von dem Weiss zu einem ungesunden Grauton gewechselt.

«Wie bitte?» Samantha glaubte sich verhört zu haben.

«Das kann nicht sein», flüsterte er. «Gestern Vormittag haben wir telefoniert. Da schien alles in Ordnung zu sein. Ich muss los.» Er sprang auf und blieb mit dem Fuss am Stuhlbein hängen. Er strauchelte, und Samantha konnte ihn knapp auffangen.

«Danke.» Er humpelte zur Tür. Dort drehte er sich um, schwankte und stützte sich am Türrahmen ab. Schweisstropfen sammelten sich auf der Stirn.

Er reichte Samantha den Autoschlüssel. «Ich bin nicht fahrtauglich. Kannst du mich bitte hinfahren?»

Samantha bremste und hielt am Strassenrand. In Annemaries Einfahrt parkte ein dunkelroter Wagen mit einem Kennzeichen aus Basel-Stadt. Davor stand quer ein Wagen der Kantonspolizei Basel-Landschaft. Hinter dem Wagen befand sich ein silbriger Hyundai, gegen den Jan Nussbaum von der Kantonspolizei Baselland lehnte und telefonierte. Hatte er ein neues Auto? Und was machte er hier?

Samantha beobachtete Nussbaum. Der schlanke, drahtig gebaute Mann schien in das Gespräch vertieft zu sein.

Aus dem Haus trat ein Mann in einem weissen Ganzkörperanzug. Samanthas Herzschlag beschleunigte sich. Spurensicherung? Was hatte das zu bedeuten?

Er streifte die Kapuze vom Kopf, und Samantha erkannte Lorenz Bühler aus Nussbaums Team. Er ging zu Nussbaum, der aufschaute. Gleich darauf bemerkte er Samantha. Er sagte etwas zu Bühler und kam auf sie zu. Dabei bewegte er sich geschmeidig wie eine Raubkatze, die ihre Beute im Visier hatte. Samantha liess das Fenster auf der Fahrerseite herunter.

«Frau Kälin?» Nussbaum beugte sich zu ihr herunter. «Was machen Sie hier?» Sein Ärger war spürbar.

Samantha deutete auf Franz, der steif neben ihr sass und aus dem Fenster starrte. «Er bat mich, ihn zu fahren.»

Nussbaum hob eine Augenbraue.

Franz reagierte weiterhin nicht. Es war, als habe er Nussbaum nicht wahrgenommen. Bühler gesellte sich zu ihnen. Wie bei früheren Begegnungen mit ihm war Samantha über seine Ausstrahlung erstaunt. Der Mann Mitte fünfzig hatte volle dunkelblonde Haare. Im Kontrast dazu stand ein weisser Vollbart, und er trug eine Brille mit goldenem Rahmen.

«Franz Ammann ist der Bruder von Annemarie Ryser», fühlte Samantha sich genötigt zu sagen.

«Sie kennen sie?» Er deutete auf das Haus.

«Sie ist Miteigentümerin von Amry Cosmetics.»

«Das Unternehmen, für das Sie arbeiten?» Nussbaum sah aus, als sortiere er Puzzleteile im Kopf.

«Herr Ammann bat mich, ihn zu fahren, nachdem Frau Rysers Tochter ihn angerufen und ihn über den Tod ihrer Mutter informiert hatte.»

Erneut schien Nussbaum seine Gedanken zu sortieren. «Ich würde gerne mit Ihnen sprechen», sagte er unvermittelt.

Nachdem Samantha geparkt hatte, ging Bühler mit Franz zum Haus. Nussbaum öffnete die Beifahrertür seines Hyundai und forderte Samantha auf, Platz zu nehmen. Er selbst setzte sich auf den Fahrersitz. Ein Mann zog sich einen weissen Schutzanzug über und betrat das Haus.

Warum wurde das Haus wie ein Tatort behandelt, fragte Samantha sich. Bedeutete es, Annemarie war gewaltsam umgekommen? Nicht unbedingt. Bei einem unvorhergesehenen Todesfall warf die Polizei ein Auge darauf, ob es sich um einen nicht natürlichen Tod handelte. Gab es bei Annemarie Hinweise in diese Richtung? Hatte sie Suizid begangen? Gerade hatte sie eine neue Krebstherapie hinter sich, und die Ärzte hatten vorsichtigen Optimismus verbreitet. Nahm man sich danach das Leben?

«Haben Sie einen neuen Wagen?», fragte Nussbaum.

Samantha brauchte einen Moment, bis sie mit diesem Einstieg in das Gespräch zurechtkam.

«Nein. Das ist Annemaries Wagen.»

Nussbaum setzte sich kerzengerade auf. «Wieso fahren Sie Annemarie Rysers Auto?» Die Schärfe in seiner Stimme erschreckte Samantha, und sie kam sich vor, als habe sie sich eines Vergehens schuldig gemacht.

«Franz Ammann sagte, er sei nicht fahrtauglich und –», setzte sie abermals an.

«Warum hat er den Wagen seiner Schwester?», fuhr Nussbaum dazwischen. «Ist er heute damit selbst gefahren? Mit dem Arm in der Schlinge?»

«Das Auto hat Automatikgetriebe», erwiderte Samantha,

obwohl sie es ebenfalls unverantwortlich von Franz fand, einarmig gefahren zu sein.

«Wieso hat er das Auto?», unterbrach Nussbaum sie erneut.

«Sie hat ihm den Wagen ausgeliehen, da sein Auto nach dem Unfall vom Freitag Schrott ist. Da Frau Ryser den Wagen vorerst nicht brauchte, hat sie ihn ihm überlassen. Das ist zumindest das, was mir Franz erklärt hat.»

Die Falten auf Nussbaums Stirn glätteten sich. Er stieg aus und hielt einen Beamten, der gerade vorbeiging, am Arm fest. Samantha konnte nur Bruchstücke der Anweisung verstehen, aber die reichten aus. Annemaries Wagen sollte von der Spurensicherung untersucht werden. Samantha fühlte sich zunehmend unwohl. Es würden Spuren von ihr zu finden sein. Das Gleiche galt für das Haus.

Nussbaum stieg zurück in den Wagen und holte sein Notizbuch hervor. «Wissen Sie, ob Herr Ammann den Wagen gleich am Freitag genommen hat?»

«Das müssen Sie ihn selbst fragen.»

Nussbaum lehnte sich nach hinten und trommelte mit den Fingern auf das Lenkrad. Es musste sich um einen gewaltsamen Tod handeln, dachte Samantha.

«Wie gut kennen Sie Annemarie Ryser?», fuhr Nussbaum fort.

«Nicht so gut. Sie war wegen ihrer Krankheit selten bei Amry.»

«Wann hatten Sie zuletzt Kontakt mit ihr?»

«Letzten Freitag. Ich war hier, um –» Samantha brach ab.

«Im Haus?», fragte Nussbaum.

«Ja.»

Lange schaute er sie an. Deutlich konnte Samantha sehen, wie es in seinem Kopf arbeitete.

«Wie passt das dazu, Frau Ryser nicht so gut zu kennen?»

Samantha faltete die Hände und legte sie auf ihre Oberschenkel. Sie starrte geradeaus durch die Windschutzscheibe, als sie davon berichtete, was sie über den Unfall von Franz wusste und wie sie das Portemonnaie zurückgebracht hatte.

Nussbaum sagte nichts. Das Schweigen dehnte sich aus.

Wo war Franz? Vermutlich wurde er wie sie befragt. Aber wo und von wem?

«Wo waren Sie überall im Haus?»

«Im Entrée und im Wohnzimmer.»

Nussbaum machte einige Notizen. «Als Sie am Freitag gegangen sind, blieb Herr Ammann bei seiner Schwester. Ist das richtig?»

«Er ist nicht gleichzeitig mit mir gegangen. Wie lange er geblieben ist, kann ich Ihnen nicht sagen.»

«Wie stufen Sie das Verhältnis zwischen Franz Ammann und seiner Schwester ein?»

Stand Franz etwa unter Mordverdacht? «Sie hatten ein herzliches Verhältnis. Franz war besorgt um seine Schwester.» Stimmte das oder übertrieb sie? Wenn sie die beiden zusammen gesehen hatte, waren sie sachlich miteinander umgegangen. Aber Annemaries Besorgnis am Freitag um ihren Bruder schien echt und nicht gespielt gewesen zu sein. Das traf auch auf den Abend zu, als sie bei Annemarie zu Hause gewesen war. Doch hiess das automatisch, die beiden hatten ein herzliches Verhältnis?

«Gab es in der letzten Zeit einen Vorfall?», fragte Nussbaum weiter.

«Meinen Sie zwischen Franz und seiner Schwester?»

«Entweder das oder allgemein.»

«Weder noch.»

Abermals fragte Samantha sich, ob diese Aussage stimmte. Sie versuchte sich zu erinnern, wie Franz üblicherweise über seine Schwester gesprochen hatte. Normal – weder herzlich noch mit Groll. Samantha dachte daran, wie Franz ihr erklärt hatte, Annemarie wolle Anteile an ihn übertragen, da sie sich aus gesundheitlichen Gründen aus der Firma zurückziehen wolle. Kurz hatte etwas in ihren Augen aufgeblitzt, das Samantha nicht beachtet hatte, ihr aber nun in den Sinn kam. Der verkniffene Ausdruck in ihrem Gesicht war keine Sekunde später verschwunden gewesen. Interpretierte sie zu viel hinein, wenn sie annahm, Annemarie war mit dem nicht einverstanden gewesen? Die Übertragung der Aktien konnte nur funktionieren, wenn beide Seiten dem zustimmten, und der Prozess schien weit fortgeschritten zu sein, wenn sie bereits letzte Besprechungen beim Notar hatten. Warum wollte Annemarie ihren Anteil Franz übertragen? War nur ihr Gesundheitszustand der Grund, gab es Differenzen in der Firma, oder hatte Franz sie dazu genötigt? Samantha erschrak über ihre Gedanken. Lass das. Keine Mutmassungen, sondern berichte nur über deinen Eindruck.

«Offenbar gab es etwas», sagte Nussbaum.

«Davon weiss ich nichts. Ob es Schwierigkeiten zwischen den beiden gab, müssen Sie Franz fragen.»

Samantha hielt Nussbaums Blick stand. Sie wollte bestimmt nicht den Verdacht auf Franz lenken. Es war an Franz, die Polizei über die Geschäftsübertragung zu informieren.

Die Gedanken in Samanthas Kopf drehten sich weiter. Ging es nur um eine Geschäftsübertragung, oder hatte der Termin beim Notar einen anderen Grund? Hör auf damit.

«Wie ist Annemarie gestorben?», fragte Samantha.

Anstatt darauf einzugehen, neigte Nussbaum den Kopf zur Seite. Das reichte Samantha als Bestätigung. Annemaries Tod war nicht auf die Krebserkrankung zurückzuführen.

***

«Bitte nehmen Sie Platz und warten Sie hier», sagte die blonde Beamtin und deutete in den Raum.

Nach dem Gespräch hatte Nussbaum Samantha gebeten, ihre Fingerabdrücke abzugeben.

«Wir möchten gerne Ihre aussortieren. Sobald der Fall gelöst ist, werden sie gelöscht», hatte er erklärt.

Widerwillig hatte Samantha zugestimmt. Als sie gefragt hatte, wann sie zum Polizeiposten Gutsmatte kommen solle, hatte Nussbaum geantwortet: «Am besten sofort.»

Er war mit Samantha zum Polizeiposten gefahren und hatte

sie der Beamtin übergeben. Obwohl sie sich freundlich gegenüber Samantha verhalten hatte, war Samantha sich wie eine Verbrecherin vorgekommen. Das Gefühl verstärkte sich, da die Beamtin sie zu dem Sitzungszimmer, in dem sie bereits früher einmal gewesen war, gebracht hatte. Warum musste sie bleiben?

Samantha lehnte etwas zu trinken ab und blieb vor dem dunklen Tisch stehen. Die Beamtin hatte die Tür geschlossen. Vom Korridor war Stimmengemurmel zu hören. Schritte näherten sich und entfernten sich gleich darauf. Danach war es still. Samanthas Nervosität nahm zu. Was wollten sie von ihr? Sie hatte alles gesagt, was sie wusste, und alles gemacht, worum sie gebeten worden war. Sie trat an das Fenster und schaute auf die Rheinstrasse. Ein blauer Wagen bremste scharf und hupte, als ein Velofahrer unverhofft zur Strassenmitte schwenkte. Der Velofahrer zeigte dem Autofahrer den Mittelfinger, überquerte die Gegenfahrbahn und verschwand Richtung römisch-katholische Kirche Bruder Klaus.

Es klopfte an der Tür, und Nussbaum betrat den Raum. Er machte eine Geste zum Tisch und setzte sich Samantha gegenüber.

«Vielen Dank für die unkomplizierte Abwicklung», sagte er.

Was blieb mir anderes übrig, dachte sie. Sie schwieg.

«Ich habe ein oder zwei Fragen an Sie», fuhr Nussbaum fort. «Wenn ich das richtig verstanden habe, hat Herr Ammann den Anruf zum Tod seiner Schwester erhalten, als Sie bei ihm waren.»

Samantha nickte.

«Wie verhielt er sich vor dem Anruf?»

«Normal. Das heisst, er war leicht gestresst, weil er die Sache mit dem neuen Rohstoff erledigt haben wollte.»

«Frau Ryser und Herr Ammann hatten später am Tag abgemacht. Ist das korrekt?»

«Ja, sofern ich das richtig verstanden habe.» Behauptete jemand anderes? Samantha sah keinen Grund, an Franz' Aussage zu zweifeln.

«Wie war sein Verhalten, als er den Anruf erhielt?»

6-10-12-13-H-1 (3)

Samantha schaute ihn fragend an.

«Wirkte er überrascht oder …» Es klopfte, und ein Beamter streckte den Kopf herein.

«Nicht jetzt», fuhr Nussbaum ihn an.

Der Mann hob entschuldigend eine Hand und zog sich zurück.

«Er war überrumpelt», sagte Samantha.

«Es erschien Ihnen nicht inszeniert?»

«Überhaupt nicht!» Wie konnte Nussbaum dies denken? Er muss das fragen, dachte sie gleich darauf.

«Kennen Sie Frau Rysers Tochter Cornelia?»

«Nicht persönlich.»

«Sondern?»

«Auf Annemaries Pult stehen Fotos. Auf einem davon ist sie abgebildet.»

«Auf Frau Rysers Pult? Ich dachte, sie habe sich aus dem Unternehmen zurückgezogen.»

«Sie ist hin und wieder da und hat ihr Büro behalten.»

«Ihre Tochter haben Sie nie im Unternehmen gesehen, wenn ich Sie richtig verstehe?»

«Das ist richtig.»

«Danke. Das ist es für den Augenblick.» Er stand auf. «Ich bringe Sie nach unten.»

Erstaunt über das abrupte Ende des Gesprächs blieb Samantha einige Sekunden sitzen, bevor sie sich erhob. Sie folgte Nussbaum vor das Gebäude.

«Wenn Ihnen etwas einfällt, lassen Sie es mich bitte wissen», sagte er und reichte Samantha die Hand.

Erleichtert, entlassen zu sein, ging Samantha zu Fuss die Rheinstrasse entlang und erreichte das Schildareal zehn Minuten später. Bevor sie Amry Cosmetics betrat, hielt sie inne.

Ein weisser SUV stand von einem anderen Auto halb verdeckt vor einem der Gebäude.

***

«Soll ich Herrn Nussbaum über den weissen Geländewagen informieren?», fragte Samantha und schöpfte vom Salat. «Oder bin ich zu hysterisch?»

«Weisse SUVs gibt es viele», erwiderte Joel und nahm vom Brot.

Sie sassen auf der Terrasse. Ein Wind wehte und verdrängte die Hitze des Tages.

«Kannst du sagen, welche Marke es war, oder Angaben zum Nummernschild machen?»

«Weder noch.» Samantha ärgerte sich, ihre Sinne nicht beieinandergehabt und zu langsam reagiert zu haben. Sie hatte auf den Wagen gestarrt, in dem ein Mann gesessen war. Er hatte zurückgestarrt. Zumindest war es Samantha so vorgekommen. Nach einigen Sekunden hatte der Fahrer den Motor gestartet. Er hatte Gas gegeben und war mit quietschenden Reifen an ihr vorbeigefahren. Bevor sie auf die Idee kam, sich die Marke und das Kennzeichen zu merken, war der Wagen rechts in die Rheinstrasse abgebogen. Sie wusste nur, dass das Kennzeichen mit BS angefangen hatte.

«In dem Fall wird es ihm nichts nützen. Hast du diesen Wagen bereits früher einmal auf dem Areal gesehen?»

Wenn sie das wüsste. «Ich achte nicht auf die Autos, die dort geparkt sind.»

«Was weisst du von dem SUV, der Franz abgedrängt hat?»

«Er ist weiss.» Das stimmte nicht. «Heller Wagen» hatte es geheissen. Das war nicht gleichbedeutend mit weiss. Er konnte silbern oder beige gewesen sein.

«Und sonst?»

«Er war mit gestohlenen, Pardon, ausgeliehenen Kennzeichen unterwegs.»

«Weiter?»

«Nichts weiter.»

«Du hast also keinen richtigen Vergleich. Die einzige Möglichkeit herauszufinden, ob das der gleiche Wagen ist, wäre das Kennzeichen gewesen.» Er hielt inne. «Oder auch nicht. Das am Freitag war nur ausgeliehen und wurde zurückgebracht.»

Joel legte das Besteck auf den Teller und lehnte sich zurück. «Alles, was du tun kannst, ist, die Augen offen zu halten, ob du den Wagen noch mal auf dem Areal siehst.»

Zu diesem Schluss war Samantha selbst gekommen. Es frustrierte sie, es ausgesprochen zu hören.

«Worüber du Nussbaum informieren solltest, ist die Sache mit der Geschäftsübertragung.»

«Das ist Franz' Sache. Offiziell weiss ich davon nichts.»

«Du weisst nicht, was dahintersteht. Das kann viele potenzielle Reibereien beinhalten.»

«Du hast recht. Ich kenne die Hintergründe nicht. Gerüchte möchte ich nicht in die Welt setzen.»

Joel stellte die Teller zusammen und stand auf. Samantha folgte ihm in die Küche.

«Mir wäre es lieber, ich wüsste nichts davon. Ich wollte Franz nicht mehr in den Fokus der Ermittlungen rücken, als er ohnehin bereits ist.»

«Er könnte durchaus dahinterstecken.»

«Das glaubst du selbst nicht.»

«Ich möchte damit sagen, ich finde es logisch, wenn Herr Nussbaum und sein Team ihn genauer im Auge behalten. Viele Verbrechen geschehen im familiären Umfeld.»

«Es ist nicht sicher, ob Annemarie eines gewaltsamen Todes gestorben ist. Sie wurde tot in ihrem Haus aufgefunden. Bei einem unerwarteten Todesfall schaut die Polizei genauer hin.»

«Was gut so ist. Hoffen wir, dass sie ihrer Krebserkrankung erlegen ist und niemand nachgeholfen hat.»

Das konnte Samantha immer weniger glauben. Allerdings wusste sie nicht, wie Annemaries gesundheitlicher Zustand gewesen war. Sie konnte sich vorstellen, welche Belastung eine solche Krankheit bedeutete – körperlich wie psychisch. War es Annemarie zu viel geworden? Samantha kam zur Überzeugung, sie habe sich selbst das Leben genommen. Wieso hatte sie nicht damit gewartet, bis die Geschäftsübertragung über die Bühne gegangen war?

DREI

Verflixter Wecker, dachte Samantha und eilte über den Parkplatz zu Amry Cosmetics.

«Guten Morgen», sagte Christian, als sie sich ausser Atem auf ihren Stuhl plumpsen liess. «Oder soll ich besser Guten Tag sagen?»

«Lass mich in Ruhe», knurrte Samantha und schaltete ihren Computer ein.

«Ist wohl spät geworden», fuhr Christian fort.

«Ist es nicht. Der Wecker hat versagt.»

«Die älteste Ausrede der Welt ...»

Samantha richtete sich auf und funkelte Christian über den Bildschirm an.

Er hob entschuldigend die Hände. «Reg dich nicht auf. Franz hat dich gesucht», sagte er und wandte sich seinem Bildschirm zu. «Dreimal war er schon hier.»

Oh nein.

Samantha eilte zu Franz' Büro. Es war leer. Aber er musste im Haus sein, wenn Samantha die bunten Symbole, die über den Bildschirm flimmerten, richtig deutete.

«Hast du Franz gesehen?», fragte sie Dominik, der gerade mit einem Aktenordner unter dem Arm aus seinem Büro kam.

«Er ist hier irgendwo», erwiderte er und unterstrich seine Antwort mit einer ausladenden Geste. «Wenn ich du wäre, würde ich ihm aus dem Weg gehen. Er hat eine miserable Laune. Aber das hätte ich an seiner Stelle auch.» Pfeifend verschwand er im Treppenhaus.

Schlechte Laune? Das war nicht die treffende Wortwahl in Bezug auf jemanden, der gerade seine Schwester verloren hatte. Wusste Dominik nichts von Annemaries Tod? Und Christian? Als Samantha gestern ins Büro zurückgekehrt war, hatte sie es keinem erzählt, obwohl sie es gerne losgeworden wäre. Aber sie wollte nicht tratschen und sah es als Franz' Aufgabe, die Mitarbeiter zu informieren.

Keiner hatte gefragt, wohin sie mit Franz gefahren war, warum sie so lange fortgeblieben und erst nach dem Mittag allein zurückgekehrt war. Lange war sie nicht geblieben und hatte eine Migräne vorgeschoben, als sie gegangen war.

«Samantha. Gut, dass du da bist.»

Samantha erschrak, als sie Franz erblickte. Er war blass, und unter den Augen hatte er dunkle Ringe. Die verkrusteten Schürfwunden an der Stirn standen im starken Kontrast zu dem bleichen Gesicht und verliehen ihm etwas Verruchtes.

«Komm rein.» Er deutete auf sein Büro.

Lieber nicht, dachte Samantha, als sie ihm folgte und die Tür hinter sich schloss. Es mussten nicht alle die Standpauke mitbekommen, die sie gleich zu hören bekam.

«Gut, dass du da bist», wiederholte er.

Endlich da bist, korrigierte Samantha in Gedanken.

Franz ging zu seinem Pult und nahm einen Schlüssel, der neben der Tastatur lag. «Kannst du mir einen Gefallen tun?»

«Sicher.» Keine Standpauke wegen des Zuspätkommens?

«Kannst du bitte bei Annemarie schauen, ob die Katze aufgetaucht ist?»

«Wie bitte? Welche Katze?»

«Caruso. Ihr Ein und Alles. Ich schaffe es nicht, da mein Kopf heute nahe an einer Explosion ist. Aber jemand sollte den Kater einfangen.»

Samanthas Verwirrung nahm zu.

«Cornelia übernimmt ihn, aber sie kann nicht die ganze Zeit bei Annemarie warten, bis Caruso auftaucht. Er ist seit gestern verschwunden.» Er hielt Samantha ein Post-it mit einer Handynummer hin. «Die Transportbox ist bei Annemarie.»

«Darf man das Haus betreten?», fragte Samantha verwundert und sah die Beamten der Spurensicherung vor sich, wie sie gestern durch den Garten gestreift und im Haus verschwunden waren.

«Es ist freigegeben. Selbstverständlich darfst du das während der Arbeitszeit tun.»

«Ich soll jetzt fahren?», fragte Samantha ungläubig und dachte an die Pendenzen, die sich anhäufen würden. So wichtig konnte dieser Kater nicht sein.

«Ich wäre froh, wenn er so schnell wie möglich eingefangen wird. Er war, wie gesagt, Annemaries Ein und Alles.»

«Gut», sagte Samantha. «Kennt man die näheren Umstände, warum Annemarie gestorben ist?», fügte sie zaghaft an.

«Nein. Aber für mich ist es klar, und ich weiss nicht, warum die Polizei so ein Tamtam macht. Cornelia hat Annemarie in ihrem Schlafzimmer gefunden. Sie wollte mit zum Notar kommen.» Sein Gesicht verfinsterte sich für den Bruchteil einer Sekunde. «Da Annemarie ihr die Tür nicht öffnete, hat Cornelia das Haus selbst betreten – sie hat einen Schlüssel – und Annemarie im Schlafzimmer auf dem Boden liegend mit einer Wunde am Kopf vorgefunden.» Er fuhr sich mit der Hand über die Stirn und streifte eine verkrustete Wunde. Schorf riss ab, und ein kleiner Blutstropfen quoll hervor. «Cornelia hat die Polizei informiert, weil sie das Gefühl hatte, der Tod sei nicht natürlich eingetreten.»

Er schaute an Samantha vorbei zur Tür.

«Was denkst du?», fragte sie, da er weiterhin schwieg.

«Sie wird einen Schwächeanfall gehabt haben, zusammengebrochen sein und unglücklich mit dem Kopf auf die Bettkante gestürzt sein.» Er ging zum Fenster und wendete. Am Pult machte er erneut kehrt. «An der Bettkante hat es gemäss Polizei Blutspuren. Ich gehe von einer Verkettung unglücklicher Umstände aus. Diese Krebstherapien sind nicht ohne. Ihr Kreislauf hatte schon öfter schlappgemacht.» Er blieb beim Fenster stehen. «Aber es ist verständlich, wenn die Polizei genau hinschaut. Das muss sie. Aber nicht so.» Zu Samanthas Erstaunen huschte Verärgerung über sein Gesicht, als er das sagte. Franz ging zum Schreibtisch und nahm ein Post-it. Er notierte ein paar Ziffern. «Das ist Cornelias Handynummer. Bitte ruf sie an, wenn du Caruso hast.»

Samantha nahm das zweite Post-it und verkniff es sich, Franz darauf hinzuweisen, ihr die Telefonnummer bereits gegeben zu haben.

«Bevor du gehst, möchte ich die Mitarbeiter informieren. Ich werde danach nach Hause gehen und mich hinlegen, wie der Arzt es mir nahegelegt hat», sagte er. «Vielen Dank, dass du dich der Katze annimmst.» Er öffnete die Tür. «Ich bitte dich, Stillschweigen gegenüber den anderen zu wahren, was die Übertragung der Firma betrifft. – Kannst du bitte alle holen?» Franz schloss die Tür hinter Samantha. Durch die Glastür beobachtete sie, wie Franz zu seinem Pult ging, dort stehen blieb und auf einen Punkt auf der Tischfläche starrte.

«Überlebt?», fragte Christian, der mit einem Kaffee den Gang entlangkam.

«Ja.»

«War die Standpauke schlimm?»

Samantha verstand zunächst nicht, was Christian meinte.

«Ich muss was für Franz erledigen und werde länger weg sein», sagte sie, seine Anspielung ignorierend. Das Grinsen in seinem Gesicht wechselte zu einem fragenden Ausdruck. «Alle sollen ins Sitzungszimmer kommen.»

«Du klingst ernst. Ist es so schlimm?»

«Schlimmer.»

***

Samantha hielt in der Einfahrt von Annemaries Haus. Sie blieb im Auto sitzen. Es mutete surreal an, welch friedlichen Eindruck Haus und Garten vermittelten. Ein Eichhörnchen kam kopfüber einen Baumstamm herunter. Ungefähr zwei Meter über dem Boden hielt es inne, bevor es umdrehte und rasch wieder nach oben kletterte. Ein Buntspecht landete am gleichen Stamm. Er klopfte gegen das Holz. Sonnenstrahlen verirrten sich durch das Laub der Baumkronen und malten ein Muster von Licht und Schatten auf die Wiese.

Kein Hinweis, was geschehen war, und keine Anzeichen der

polizeilichen Untersuchungen. Es war, als werde Annemarie jeden Augenblick aus dem Haus treten, um sie zu begrüssen. Nachdem Franz über den Tod seiner Schwester informiert hatte, war Samantha regelrecht geflohen. Sie sah Emmas verweintes Gesicht und die fassungslosen Mienen von Christian, Dominik und der übrigen Belegschaft vor sich. Mit gesenktem Kopf war jeder zu seinem Arbeitsplatz zurückgekehrt. Keiner hatte ein Wort gesprochen. Die Stille, die sich über das Büro gesenkt hatte, war erdrückend. Nichts war mehr von der unbeschwerten Atmosphäre zu spüren, die normalerweise herrschte.

Eine Frau spazierte mit einem Kinderwagen an ihr vorbei. Ein kleiner schwarzer Hund sprang schwanzwedelnd um sie herum. Ein Töff fuhr in die Einfahrt, die sich gegenüber von Annemaries Haus befand. Die Fahrerin nahm den Helm ab und schüttelte ihre blonden Haare. Die Haustür öffnete sich, und ein grauhaariger Mann ging auf die Frau zu. Anhand der Ähnlichkeit waren es eindeutig Vater und Tochter. Drei Buben und zwei Mädchen, die etwa zehn Jahre alt sein mussten, rannten lachend in die andere Richtung. Ihre Schulrucksäcke wippten auf dem Rücken auf und ab.

Leben pur, dachte Samantha. Es war, als schwebe sie in einer Blase, und alles drang nur gedämpft zu ihr vor. Ihr Blick wanderte zum Haus zurück, und sie erinnerte sich an den Job, den sie zu erledigen hatte.

Langsam wurde sie sich der Absurdität bewusst. Warum musste ausgerechnet sie den Kater einfangen? Dabei hatte sie im Büro genügend zu tun.

Während sie zum Haus ging, überlegte sie, warum Franz sie für diese Aufgabe ausgesucht hatte. Samantha sah ein, dass Cornelia keine Zeit dazu hatte, aber Franz' Frau hätte dies übernehmen können. Samantha sah es als eine Familienangelegenheit an. Ihr war nicht wohl, das Haus zu betreten. Das lag nicht nur an Annemaries Tod, sondern auch an dem Gefühl, in ihre Privatsphäre einzudringen.

Samantha betrachtete den Schlüsselbund und überlegte,

welcher der drei Schlüssel der passende sei, als ein «Wer sind Sie?» sie herumfahren liess.

Vor Samantha stand eine hagere Frau, die Ende fünfzig oder Anfang sechzig sein musste. Die Augenbrauen waren über der Nasenwurzel zusammengezogen und vertieften die steile Falte dazwischen.

«Gehören Sie etwa zu den Typen, die gestern spätabends durch das Quartier geschlichen sind?»

«Was?»

«Vom Aussehen würden Sie passen. Sie hatten wie Sie dunkle Haut, und es ist klar, was die wollten. Von solchen Leuten kann man nichts Gutes erwarten.»

Samantha versuchte die Anschuldigung an sich abprallen zu lassen, doch sie erwischte sie wie ein heftiger Schlag in die Magengrube.

«Ich bin gebeten worden, nachzuschauen, ob –»

«Sie können viel erzählen. Entweder verschwinden Sie, oder ich rufe die Polizei.»

«Machen Sie das», fauchte Samantha. «Herr Nussbaum wird Ihnen bestätigen können, dass ich –»

«Anneli, wo steckst du?», rief eine Frauenstimme von der Strasse.

«Martha, hier. Ich komme gleich.» Sie wandte sich Samantha zu. «Vergessen Sie nicht, dass ich eine genaue Personenbeschreibung liefern kann, und das Kennzeichen Ihres Wagens habe ich mir gemerkt.»

Mit hocherhobenem Kopf marschierte sie den Plattenweg zur Strasse. Als sie bei der anderen Frau angekommen war, deutete sie mehrmals auf Samantha. «Das Ausländerpack muss man genau im Auge behalten», hörte Samantha sie sagen, bevor sie ausser Hörweite waren.

Samantha lehnte sich gegen die Haustür und wartete, bis der Schmerz in ihrem Inneren abebbte. Nie würde sie richtig zur Schweiz gehören, obwohl sie hier aufgewachsen war und dieses Land als ihre Heimat betrachtete. Heimat … Ihre Gedanken huschten nach Agra zu ihrer indischen Schwester Ranjana und deren Familie. Wiederholt hatte Ranjana Samantha gebeten, nach Indien zurückzukehren. Sie war enttäuscht, als Samantha erklärt hatte, dies werde nicht geschehen. Die indische Lebensweise war Samantha zu fremd, und sie würde dort nicht leben können.

Hör auf, dich herunterziehen zu lassen, ermahnte Samantha sich. Du hast einen Auftrag zu erfüllen.

Sie öffnete die Tür und trat ein. Stille empfing sie. War das Haus tatsächlich von der Polizei freigegeben worden, wie Franz behauptet hatte? Samantha kehrte nach draussen zurück. Sie fand kein amtliches Siegel oder Reste davon an dem Holz der Haustür.

Nachdem Samantha die Tür geschlossen hatte, blieb sie stehen. Die Stille war unheimlich. Sie spürte das Pochen ihres Pulses am Hals. Ihr Körper war wie die gespannte Sehne eines Bogens kurz vor dem Abschuss. Dabei gab es keinen Grund zur Beunruhigung. Das stimmte nicht. Annemarie war in dem Haus gestorben, und offenbar nahm die Polizei an, es handle sich um einen ausserordentlichen Todesfall, wenn sie Franz richtig verstanden hatte.

Erneut stellte Samantha sich die Frage, ob es Anzeichen für Fremdeinwirkung gab oder was der Grund für das Misstrauen der Beamten war. Hielten Nussbaum und sein Team Franz für tatverdächtig? Weshalb nicht den Ex-Mann? Stopp, ermahnte sie sich.

Samantha wusste wenig über Annemaries Privatleben. Die Scheidung war nicht reibungslos verlaufen, hatte sie gehört. Aber nachdem die Formalitäten durch waren, hatte es ihres Wissens keine Vorfälle mehr gegeben. Das musste nichts heissen. An Annemaries Stelle würde Samantha solches nicht nach aussen tragen.

Ihre Gedanken kehrten zu Franz zurück. Sie sollte Nussbaum über die Pläne zur Geschäftsübertragung informieren, auch wenn es ihr nicht gefiel. Am Morgen hatte Joel das Thema beim Frühstück nochmals angeschnitten. Obwohl sie es nicht gerne zugab, musste sie ihm recht geben. Idealerweise hatte Franz der Polizei selbst davon berichtet. Was bedeutete es, falls er es nicht getan hatte? Oder hatte er es getan und war daher in den Fokus der Ermittlungen gerückt? Ermittlungen …

Das ist nicht dein Job, darüber nachzudenken. Deine Aufgabe ist es, diesen Kater zu finden.

Samantha streifte die Sandalen von den Füssen. Die Kühle der Platten tat gut und beruhigte.

Samantha betrat den ersten Raum, der vom Gang abzweigte, und fand sich in einer hell eingerichteten Küche mit weissen Schränken und weissem Plattenboden wieder. Die weisse Steinabdeckung war bis auf eine weisse Kaffeemaschine, einen Wasserkocher aus Edelstahl und eine PET-Flasche, die halb mit Wasser gefüllt war, leer. Alles machte einen sterilen Eindruck. Neben einem weissen Zweiertisch standen zwei rote Näpfe auf einer blauen Plastikdecke – die einzigen Farbtupfer in dem Raum. Beide waren leer. Samantha kehrte ins Entrée zurück und entdeckte neben dem Garderobenschrank die Transportbox, in die sie den Kater verfrachten sollte. Sie stiess die angelehnte Tür neben dem Schrank auf. Ein Gästebadezimmer, dessen Boden wie der im Gang und in der Küche mit weissen Plättli belegt war. Ein weisser Seifenspender und das weisse Handtuch rundeten den sterilen Eindruck ab. Dazu passte die Kiste mit der weissen Katzenstreu nicht. Das Katzenklo war nicht benutzt, wenn Samantha die glatte Oberfläche der Streu richtig deutete.

Sie verliess das Bad und betrat das Wohnzimmer. Hier war sie bereits am Freitag drin gewesen. Nichts hatte sich seitdem verändert. Nur der Vorhang war ein Stück zur Seite geschoben, und Samantha bemerkte die Katzentür in der Terrassentür. Sie bückte sich und blickte unter das Sofa. Nichts.

Sie wurde sich eines neuen Problems bewusst. Sollte sie den Kater nicht im Haus finden, würde es schwer sein, ihn draussen zu identifizieren. Schliesslich hatte sie ihn noch nie gesehen. Samantha stand auf und drehte sich im Kreis. Sie bemerkte zwei Fotografien. Auf einem Bild sass Annemarie auf einem der Gartenstühle und hatte eine rot-braun getigerte Katze auf dem Schoss. Das kleine Problem hatte sich gelöst.

Bevor Samantha im Garten ihr Glück versuchen wollte, wollte sie im oberen Stock nachschauen. Sie lief die helle Holztreppe nach oben. Die Türen zu allen vier Räumen standen einen Spaltbreit auf. Sie stiess die erste Tür auf und zuckte zurück, als sie das Bett entdeckte.

Vor ihrem inneren Auge sah sie Annemarie mit aufgerissenem Mund, einer Platzwunde am Kopf und starrem Blick zur Decke vor dem Bett liegen.

Hör auf damit. Samantha zwang sich, den Raum zu betreten. Sie schaute unter das Bett und in die Nische hinter dem Schrank. Von dem Kater keine Spur. Auch nicht hinter dem Stuhl, über dem einige Kleider lagen. Auf der Bettdecke sah sie eine längliche Kuhle. Stammte die von dem Kater? Unmöglich. Sie war zu gross. War das ein Abdruck von Annemaries Körper? War sie im Bett gewesen und hatte nicht schlafen können? War ihr schwarz vor Augen geworden, als sie aufgestanden war, um sich zu trinken zu holen oder um zum WC zu gehen? Sie stellte sich vor, wie Annemarie taumelte, stürzte und aufschrie, als ihr Kopf die Kante traf. Unweigerlich driftete ihr Blick zum Fussende, und Samantha erkannte einen dunkelroten Fleck auf dem hellen Holz. Blut.

Sie beeilte sich, den Raum zu verlassen. Das Nachbarzimmer war ein Büro. Über den Schreibtisch waren Unterlagen verteilt. Eine Computermaus lag einsam auf einer Schreibunterlage. Der Computer fehlte. Hatten den die Beamten mitgenommen?

Auf den Tablaren des Büchergestells standen mehrere Ordner, und auf dem Boden lagen zwei Ordner aufgeschlagen. Der Raum strahlte eine gewisse Gemütlichkeit aus und vermittelte den Eindruck, Annemarie werde gleich zurückkommen. Keine Anzeichen, ob Caruso hier drin gewesen war. Samantha widerstand dem Drang, in den Ordnern zu blättern. Das ging sie nichts an.

Sie schloss die Tür hinter sich und betrat den Raum gegenüber. Das Zimmer war leer, und es roch muffig. An den Wänden hingen Poster von einer Band, die Samantha nicht kannte, und ein Kalender von vor fünf Jahren mit Katzenmotiven. Im Gegensatz zu den anderen Räumen hatte es keine Vorhänge vor dem Fenster. Es musste das Zimmer von Cornelia gewesen sein. In den Zimmerecken lagen Staubmäuse. Samantha durchquerte den Raum und schaute aus dem Fenster, das zur Strasse rausging. Sie erkannte ihren Smart. Mit den Fingern fuhr sie über die Fensterbank und betrachtete den Staub auf ihrer Fingerkuppe. Hier war offenbar länger niemand gewesen.

Die Tür neben Cornelias Zimmer führte in das Bad. Keine Hinweise auf eine Anwesenheit des Katers. Samantha setzte sich auf den Badewannenrand und schaute sich um. Wie unten dominierte hier die Farbe Weiss, aber es machte keinen so sterilen Eindruck wie die Räume im Erdgeschoss. Dunkelrote Handtücher hingen an der Wand. Auf dem Tablar vor dem Spiegel standen in einem Glas Zahnbürste und Zahnpasta. Daneben waren Toilettenartikel und mehrere Produkte von Amry Cosmetics fein säuberlich aufgereiht. Der Deckel der Bodylotion für sehr trockene Haut lag neben der Flasche. Verwundert nahm Samantha die Flasche. Sie schnupperte daran und schraubte den Deckel darauf. Samantha erinnerte sich, wie Annemarie vor zwei Wochen ins Büro gekommen war und erklärt hatte, sie brauche Nachschub von der Bodylotion, da aufgrund der Krebsbehandlung ihre Haut sehr trocken sei.

«Dauernd muss ich mich eincremen», hatte sie sich beschwert.

Samantha lehnte sich nach hinten und rüttelte am zusammengeschobenen Duschvorhang. Nichts fiel heraus.

Was hast du anderes erwartet, dachte sie und betrachtete die weisse Decke.

Das Klingeln ihres Handys zerriss die Stille, und Samantha wäre vor Schreck beinahe rückwärts in die Badewanne gekippt.

«Hast du Caruso gefunden?», fragte Franz, nachdem Samantha das Gespräch entgegengenommen hatte.

«Nein. Im Haus ist er nicht. Ich schaue noch im Garten nach.»

«Vergiss den Geräteschuppen nicht. Dort ist er gerne drin.»

«Okay. Was soll ich machen, wenn ich ihn nicht finde?»

«Einen Moment warten. Er muss merken, dass jemand im Haus ist.»

«Er wird nicht begeistert sein, eine fremde Person vorzufinden.»

«Caruso ist zutraulich. Er wird Hunger haben. Irgendwo sollte eine Glocke herumliegen. Wenn er die hört, wird er kommen. Das ist todsicher.»

Samantha zuckte zusammen. Tolle Wortwahl, dachte sie. Franz schien es nicht aufzufallen.

«Bitte bleib dort. Wie gesagt, wenn er die Anwesenheit von jemandem im Haus spürt, sollte er kommen.»

Wunderbar, dachte Samantha, als sie das Handy in die Gesässtasche ihrer Jeans zurücksteckte. Wenigstens war sie so vorausschauend gewesen und hatte den Laptop mitgenommen.

Sie kehrte ins Erdgeschoss zurück, als Annemaries Festnetzanschluss klingelte.

Bevor Samantha sich schlüssig war, ob sie das Gespräch entgegennehmen sollte, schaltete sich der Anrufbeantworter ein. Es war unheimlich, Annemaries Ansagetext zu hören. Nach dem Signalton hörte Samantha heftiges Atmen, das sich in Keuchen steigerte. Als würde die Person am anderen Ende schnell laufen. Es rauschte. Wind? Es knackte. Ein Knall folgte. Danach das Freizeichen.

Samantha starrte auf das Telefon. Eine Gänsehaut bildete sich am ganzen Körper, und sie fror. Samantha streckte die Hand nach dem Mobilteil aus, um zu schauen, ob sie die Telefonnummer abrufen konnte. Die Bedienung war ähnlich wie bei ihrem Telefon. Sie betrachtete die Handynummer. Offenbar war es niemand, den Annemarie in ihrer Kontaktliste gespeichert hatte.

Du siehst Gespenster. Es gibt eine einfache Erklärung für diesen Anruf. Es wäre nicht das erste Mal, dass ein Handy sich selbstständig macht. Die Person war am Joggen, und das Handy hatte aus irgendeinem Grund Annemaries Telefonnummer eingestellt. Joels Handy hatte einmal ihres angerufen, als es in seiner Tasche gesteckt war. Dumpf hatte Samantha Joel gehört, wie er mit einer anderen Person gesprochen hatte. Seiner Schwester Simona war es sogar einmal passiert, dass ihr Handy den Notruf gewählt hatte und ihr Mann Maik eine entsprechende Nachricht als SMS erhielt, da Simona ihn als Notfallkontakt gespeichert hatte.

Aber dieser Anruf kam von einer nicht gespeicherten Nummer. Auch das musste nichts heissen. Trotzdem reduzierte es Samanthas Unbehagen nicht. Sie riss vom Block neben dem Telefon ein Blatt ab und notierte die Nummer. Sie würde Franz darauf ansprechen.

Samantha steckte das zusammengefaltete Blatt in die Hosentasche und ging zur Küche. Sie öffnete verschiedene Schränke und fand schliesslich in einem Katzenfutter. Daneben stand die von Franz erwähnte Glocke. Samantha füllte Futter in einen der beiden Näpfe und ging damit zur Terrasse. Sie stellte den Napf auf den Boden und klingelte.

Nichts geschah. Wahrscheinlich war der Kater nicht so zutraulich, wie Franz annahm, und sass unter einem der Büsche und beäugte sie misstrauisch. Samantha stellte die Glocke auf den Terrassentisch und lief durch den Garten. Sie schaute unter die Büsche. Kein Caruso.

Franz hat den Schuppen erwähnt, fiel ihr ein, und sie kehrte zur Vorderseite des Hauses zurück.

Die Tür des kleinen Gebäudes, das nicht mehr als zwei mal zwei Meter mass, stand offen.

Samantha brauchte einen Moment, bis sich ihre Augen nach dem hellen, gleissenden Licht an die Dunkelheit in dem kleinen Schuppen gewöhnt hatten. Es herrschte ein Durcheinander von verschiedenen Gartenutensilien. Leicht würde es nicht sein, den Kater hier zu finden. Samantha stieg über mehrere

Blumentöpfe und einen Sack mit Erde. Vorsichtig stellte sie Spaten und Besen auf die Seite und entdeckte neben einer Garette einen Rasenmäher, der verstaubt war.

Obwohl Annemarie Gartenarbeit liebte, hatte sie in den letzten Monaten einen Gärtner beauftragt, sich um ihren Garten zu kümmern, wie Annemarie bei einem ihrer seltenen Besuche bei Amry erzählt hatte. Die letzte Therapie hatte sie zu stark erschöpft. Ihr war es wichtig, einen gepflegten Garten zu haben. Samantha wischte mit dem Finger über den Benzinrasenmäher und betrachtete die schmutzige Fingerkuppe. Offenbar hatte der Gärtner eigenes Arbeitswerkzeug mitgebracht. Umso erstaunlicher war der Benzinkanister neben dem Rasenmäher, dessen Oberfläche sauber war und der einen neuen Eindruck machte.

Sie stellte alles zurück und ging wieder zur Terrasse.

Ihre Hoffnung, Caruso habe die Gelegenheit ergriffen und sich aus seiner Deckung gewagt, zerschlug sich, als sie das unberührte Futter sah. Samantha klingelte abermals. Nichts. Warum muss ausgerechnet ich diesen Job fassen, dachte sie von Neuem frustriert.

Samantha holte ihren Rucksack. Sie setzte sich an den Terrassentisch und öffnete das Protokoll vom letzten Online-Meeting, das sie mit einem potenziellen indischen Lieferanten gehabt hatte. Sie hatte Franz versprochen, einen Bericht zu schreiben. Konzentrieren konnte sie sich nicht. Wiederholt schaute sie in den Garten. Ausser den Büschen, einem Stück Rasen und dem Haus des Nachbarn konnte Samantha nichts erkennen.

Der Wind frischte auf. Dieser Unterbruch der drückenden Schwüle tat gut. Offenbar war ein Gewitter in der Nähe, aber es schien woanders durchzuziehen. Über den Himmel trieben einzelne weisse Wolken.

Samantha lehnte sich nach hinten und genoss den Luftzug, der über ihren erhitzten Körper strich. Sie schloss die Augen und merkte, wie ihre Glieder schwer wurden.

«Wer sind Sie?»

Samantha fuhr hoch. Vor ihr stand ein untersetzter Mann, der Ende fünfzig sein musste. Ein weisser Haarkranz umrahmte seinen Schädel. Auf der Glatze glänzten Schweisstropfen, und das Gesicht war gerötet. Für einen Augenblick glaubte Samantha, vor ihr stünde Florian Molina, der ehemalige Kollege von Jan Nussbaum.

«Samantha Kälin.» Sie stand auf und hielt dem Mann die Hand hin, der sie ignorierte. «Franz bat mich, nach Annemaries Kater zu schauen.»

«Franz Ammann?»

«Ja. Ich arbeite bei Amry Cosmetics.»

Die Falten auf der Stirn des Mannes glätteten sich, obwohl ein restliches Misstrauen in den Augen weiterhin erkennbar war.

«Walter Hausmann. Ich bin der Nachbar.» Mit dem Daumen deutete er schräg links hinter sich. «Letzte Nacht habe ich gemeint, es würde einer um das Haus schleichen, und nun sitzen Sie auf der Terrasse.» Das klang weniger barsch als vorhin. Er setzte sich zu Samantha an den Tisch und reckte den Hals, als er versuchte, auf den Bildschirm zu schauen. Samantha klappte den Deckel herunter.

«Schlimm ist das, was Annemarie passiert ist. Es war klar, wie es früher oder später ausgehen musste.»

«Warum?», fragte Samantha erschrocken.

«Wegen ihrer Erkrankung.» Das Misstrauen im Gesicht des Mannes war zurück.

«Ihr schien es nach der letzten Behandlung besser zu gehen», fühlte Samantha sich genötigt zu sagen.

«Das Gleiche dachten wir. Annemarie hat nicht über ihre Krankheit gesprochen. Jammern lag nicht in ihrer Natur. Daher wusste keiner, wie es ihr wirklich ging.»

Das stimmte.

«Den Kater suchen Sie?»

«Ich soll ihn einfangen, damit Annemaries Tochter ihn zu sich nehmen kann.»

«Caruso habe ich seit zwei Tagen nicht mehr gesehen. Normalerweise kommt er zu uns in den Garten und bettelt, wenn Annemarie nicht da ist.» Er holte ein Taschentuch hervor und wischte sich über die Glatze. «Es ist, als spüre Caruso, dass sie nicht mehr zurückkommt, und ist deswegen abgehauen.»

Samantha kannte sich mit Tieren nicht aus, aber es klang plausibel.

«Weiss man Genaueres zu Annemaries plötzlichem Tod?», fragte Hausmann. «Obwohl ich denke, der Grund für ihren Tod ist offensichtlich. Früher oder später war damit zu rechnen, und ich fand dieses Polizeiaufgebot seltsam.»

«Bei aussergewöhnlichen Todesfällen ist es Routine.»

«Eben. Dieses Polizeiaufgebot bedeutet, da muss einer nachgeholfen haben, in der Hoffnung, keiner merke es.»

Samantha verwünschte sich für ihre unüberlegte Antwort.

«Bei jedem unerwarteten Todesfall wird die Polizei gerufen», wiederholte sie. Stimmte das? Samantha liess es so im Raum stehen.

«Hatte sie äussere Verletzungen?», fragte Hausmann.

Samantha wollte nicht tratschen und zudem keinen Ärger, wenn herauskam, dass sie diese Informationen verbreitet hatte, und beschränkte sich auf ein Schulterzucken als Antwort. «Ist Ihnen in der letzten Zeit etwas seltsam vorgekommen?», fragte sie.

«Mir? Nein.» Er wischte abermals über die Glatze. Auf dem hellblauen Hemd zeichneten sich unter den Achseln nasse Flecken ab. «Bis auf letzte Nacht. Aber das kann Einbildung gewesen sein. Die Polizeipräsenz hat alle in unserer Strasse nervös gemacht. Und ihre Fragen erst recht.»

«Die Polizei hat Sie befragt?», hakte Samantha nach.

«Ja, ob wir etwas bemerkt haben, uns an Annemarie was aufgefallen ist, ob sie sich verändert hat und so. Ich denke, das gehört zu den Routinefragen, wie Sie angedeutet haben.»

Das waren für Samantha keine Routinefragen mehr, es klang nach konkreten Ermittlungen. «Was genau haben Sie letzte Nacht gesehen?»

«Ich habe eine Gestalt in Annemaries Garten gesehen. Ich

stand auf meiner Terrasse und habe eine geraucht. Als der Hund der Mäders angeschlagen hat, rannte die Person weg. Aber es war dunkel, und die Schatten der Nacht können mir einen Streich gespielt haben.» Er stand auf. «An Ihrer Stelle würde ich Caruso zu fressen hinstellen und später nachschauen kommen. Stellen Sie das Futter aber nicht dorthin, sonst haben Sie andere Abnehmer.» Er zeigte auf den Napf.

«Was meinen Sie mit anderen Abnehmern?»

«Krähen, Elstern oder andere Viecher. Stellen Sie es in die Küche. Das wurde normalerweise so gehandhabt, wenn Annemarie weg war. Er kommt durch die Katzentür, da er ein Halsband mit einem Sender trägt.» Hausmann stand auf und verabschiedete sich.

Samantha nahm den Ratschlag an. Sie stellte das Futter in die Küche und ging zu ihrem Auto. Bevor sie losfuhr, schrieb sie Franz eine SMS, den Kater nicht gefunden zu haben, aber morgen nachschauen zu gehen. Postwendend kam das «Daumen hoch»-Emoji.

Samantha wollte den Smart starten, als sie einen weissen SUV in der Einfahrt von Hausmanns Haus bemerkte. War es sein Auto, und war es normal, im Moment überall diese Fahrzeuge zu sehen?

Das konnte kein Zufall sein, dachte sie und stieg aus. Sie schlenderte zu der Einfahrt und holte ihr Handy hervor. Bevor sie es anheben konnte, um ein Foto zu machen, erschien Hausmann in der Haustür und kam zum Briefkasten. Rasch hielt Samantha es sich ans Ohr und tat so, als würde sie telefonieren. Sie lächelte Hausmann an, als er die Briefe herausnahm und ihr zunickte. Langsam ging sie weiter. Zwei Häuser später drehte sie sich um und rief die Kamerafunktion auf. Von dieser Seite kommend, hatte sie eine bessere Sicht auf den Wagen. Samantha machte ein Foto, obwohl die Entfernung zu gross war und sie einen falschen Blickwinkel hatte, um das Kennzeichen zu erkennen. Sie hielt das Handy ans Ohr und schlenderte zurück. Kurz bevor sie Hausmanns Grundstück erreichte, machte sie ein zweites Foto und hielt sich das Handy gleich wieder ans Ohr. Eine Frau mit einem Kinderwagen näherte sich.

«Ja, ist gut», sagte Samantha zum imaginären Gesprächspartner. «Ich melde mich morgen.» Sie tat, als würde sie das Gespräch beenden, und grüsste die Frau mit dem Kinderwagen, die abwechselnd von ihr zu Hausmanns Wagen blickte, bevor sie ihren Weg fortsetzte.

Samantha stieg in ihren Smart und tippte das Kennzeichen des Wagens in die Notizen.

VIER

Es klopfte, und Samantha schaute auf.

«Darf ich reinkommen?», fragte Franz.

«Natürlich.»

«Wie sieht es mit der Operation Caruso aus?» Das sollte vermutlich locker klingen, aber seine verkrampfte Körperhaltung stand dazu im Widerspruch.

«Nichts. Ich habe heute Morgen nachgeschaut. Das Futter war unberührt. Am Nachmittag fahre ich noch mal hin.»

«Danke.»

Samantha griff nach dem Handy. «Ich …»

«Ja?»

Sollte sie ihm das Foto von dem SUV in Hausmanns Einfahrt zeigen oder nicht? Samantha dachte an ihr Gespräch mit Joel.

«Das beweist nichts», hatte er gesagt, als sie von dem Wagen gesprochen hatte. «Du kannst nicht jeden, der ein solches Auto fährt, verdächtigen, Franz geschnitten zu haben.»

«Es ist der Wagen von Annemaries Nachbarn. Es könnte doch dieses Auto sein, das Franz geschnitten hat. Wobei ich denke, das hat nichts mit Annemaries Tod zu tun. Der wird auf eine Verkettung unglücklicher Umstände zurückzuführen sein: Sie ist aufgestanden, und ihr wurde schwindlig, woraufhin sie zusammensackte und mit dem Kopf gegen die Bettkante schlug. Trotzdem finde ich es einen grossen Zufall, wenn beim Nachbarn ein solcher Wagen herumsteht.»

«Das beweist genauso wenig. Die Beamten werden den Wagen gesehen haben und diesem Herrn Hausmann entsprechende Fragen gestellt haben.»

Die er gestern in ihrem Gespräch nicht erwähnt hatte. Das musste ebenfalls nichts bedeuten. Widerwillig musste Samantha Joel zustimmen.

«Hat man den Wagen ausfindig gemacht, der dich geschnitten hat?», fragte Samantha Franz.

«Nein. Da er ein falsches Kennzeichen hatte, wird es schwer werden, den Fahrer zu finden. Es ist nach wie vor unklar, warum er mit einem falschen Kennzeichen durch die Gegend fuhr. Es gab keinen Überfall in der Umgebung.»

«Er könnte es nicht in die Tat umgesetzt haben und hat es nach dem Überholmanöver sein gelassen.»

«Das vermutet die Polizei ebenfalls. Leider hilft die Überlegung nicht, Rückschlüsse auf den Fahrer zu ziehen und gegebenenfalls ein Verbrechen zu verhindern, da keiner weiss, was diese Person vorhatte.»

«Um welche Automarke handelte es sich?»

«Es ging zu schnell. Der Zeuge konnte dazu keine Angaben machen, und das Foto ist zu verschwommen.»

«Die Techniker sollten es entsprechend bearbeiten können.»

«Nur der untere Teil mit dem Kennzeichen ist zu sehen.»

«War es eventuell dieses Auto?» Samantha reichte ihm das Handy.

«Bist du am Ermitteln?», fragte Franz. In seinen Augen blitzte kurz Belustigung auf. «Pass auf, dass Herr Nussbaum nichts davon erfährt. Er wird nicht begeistert sein.» Franz betrachtete das Bild. «Ob es dieser Wagen war oder nicht, kann ich dir nicht sagen.»

«Er hat einen Kratzer auf der Seite.» Samantha tippte auf das Display.

«Das sagt nichts. Er hat mich nur geschnitten und nicht touchiert. Wo hast du ihn fotografiert?» Franz beugte sich vor. «Das ist Annemaries Haus», rief er gleich darauf.

«Das ist der Wagen des Nachbarn.»

«Walter Hausmann? Der fährt keinen SUV.»

«Der stand gestern in seiner Einfahrt.»

«Das sehe ich. Er könnte Besuch gehabt haben.»

«Oder …» … es ist der Unfallverursacher, hatte Samantha sagen wollen.

«Es ist lieb von dir, dass du die Augen aufhältst», sagte Franz. «Aber du solltest nicht gleich jeden verdächtigen, der einen hellen SUV fährt.»

Joels Worte, dachte Samantha und legte das Handy zurück auf das Pult.

Samantha stellte ihren Salat auf einen der runden Tische und setzte sich Emma gegenüber.

Sie schaute über die «Terrasse», die sich neben dem Eingang in das Gebäude von Amry Cosmetics befand und die alle die Firmenterrasse nannten. Diese kleine Fläche hatte ursprünglich keinen offensichtlichen Nutzen gehabt, bis Annemarie auf die Idee gekommen war, sie als Pausenecke zu gebrauchen. Meistens brachten die Mitarbeiter ihr Mittagessen von zu Hause mit, das sie in der Küche aufwärmten.

Liebevoll hatte Annemarie die Fläche mit Blumenkübeln, Tischen und Sonnenschirmen gestaltet und sie so zu einer kleinen grünen Oase in dem Gewerbegebiet gemacht. Um einen Holzbogen, der von der Strasse auf die Terrasse führte, rankten eine Clematis und ein Geissblatt, wie ihr Jasmin erklärt hatte. In den länglichen Pflanzentrögen wechselten sich halbhohe Büsche mit Stauden ab, die Annemarie je nach Jahreszeit neu bepflanzte. Im Moment blühte ein buntes Gemisch aus verschiedenen Sommerstauden, deren Namen Samantha nicht kannte. Die Blumen zogen eine Vielfalt von Wildbienen und Insekten an. Neben der Terrasse stand ein Bienenhotel, das fleissig frequentiert wurde. Zudem gab es vier Blumenkübel mit einer Zwergkirsche, einem Zwergapfel sowie einem Oleander und einer Rose. Der Oleander blühte und verbreitete einen süsslichen Duft. Drei runde Tischchen mit je vier Stühlen vervollständigten das Bild. Samantha fragte sich, wer sich nun um die Terrasse kümmern würde.

Dominik Eichinger, der für den Einkauf der Rohstoffe zuständig war, und Christian gesellten sich zu ihnen. Sie schoben einen runden Tisch heran und setzten sich.

«Hast du eine neue Frisur?», fragte Dominik Christian.

«Ich war gestern beim Coiffeur», erwiderte Christian und strich sich über die braunen Haarstoppeln.

«Sie sind ein wenig kurz geraten.»

«Ich habe mich von deinem kahlen Schädel inspirieren lassen und bin zum Schluss gekommen, das ist die idealere Frisur für den Sommer.»

«Sehr witzig», brummte Dominik.

In der Tür erschien Giulia Russo. Franz' Sekretärin hatte die gleiche Grösse und zierliche Figur wie Samantha. Giulia entdeckte sie. Ihre schwarzen Locken wippten auf und ab, als sie auf sie zukam. Samantha rutschte ein Stück zur Seite, damit sie sich zu ihnen setzen konnte.

«Hast du die Katze einfangen können?», fragte Emma.

«Nein. Ich fahre nach Feierabend wieder hin. Vielleicht habe ich heute Glück.»

«Ich bin froh, dass du den Job gefasst hast und nicht ich», sagte Christian kauend.

«Du mit deiner Katzenhaarallergie wärst sowieso die ungeeignetste Person dafür», erwiderte Dominik. «Was machst du, wenn der Kater nicht auftaucht?», wandte er sich an Samantha.

«Keine Ahnung. Das überlege ich, wenn es so weit ist. Aber ich gebe nicht auf. Ich fahre jeden Tag hin und stelle ihm frisches Futter hin. Wenn er so zutraulich ist, wie Franz behauptet, wird er kommen.»

«Vielleicht ist er eingesperrt», mischte sich Giulia in das Gespräch ein.

«Im Haus ist er nicht. Ich habe in allen Zimmern nachgesehen, und im Schuppen ist er ebenfalls nicht.»

«Wie sieht es mit dem Keller aus?»

Keller ... Dort hatte sie nicht nachgeschaut. Bei der Vorstellung, das nachholen zu müssen, verkrampfte sich Samanthas Inneres. Keller gehörten zu den Orten, die sie mied. Schon als Kind. «Du hast eine Kellerphobie», hatte ihre verstorbene Adoptivmutter gewitzelt. Es gab nicht mal einen Grund für Samanthas Aversion.

«Falls er dort unten gewesen wäre, hätte die Polizei ihn entdeckt», warf Dominik ein. «Ich gehe davon aus, sie haben das ganze Haus untersucht.»

«Nicht unbedingt», erwiderte Giulia. «Er kann sich verkrochen haben.»

«Apropos Polizei», sagte Dominik. «Weiss man, warum sie bei Annemaries Tod so aktiv ist?» Er hob die Hand, als Samantha zu einer Erwiderung ansetzte. «Ich weiss, aussergewöhnlicher Todesfall. Aber inzwischen sollte klar sein, dass keiner nachgeholfen hat.»

«Das ist es nicht», antwortete Giulia.

«Was meinst du damit?», fragte Christian. «Der Ursprung der Kopfwunde ist geklärt, wenn ich das richtig verstanden habe.»

«Ich will keine Gerüchte in die Welt setzen.»

«Du kannst nicht zurück», protestierte Dominik.

Giulia schaute zum Eingang, als wolle sie prüfen, ob Franz in der Nähe war. «Es besteht der Verdacht auf eine Vergiftung», sagte sie so leise, dass sich alle vorbeugen mussten, um sie zu verstehen.

«Das ist nicht dein Ernst!», rief Dominik.

«Nicht so laut!» Giulia schaute wiederum zur Tür.

«Wie kommt die Polizei darauf?», fragte Dominik eine Nuance leiser. «Wer hat dir das überhaupt erzählt?»

«Niemand. Ich habe gehört, wie Franz mit diesem Nuss…»

«Nussbaum», half Samantha.

«Genau, mit ihm hat er telefoniert. Die Polizei hat mit den Nachbarn gesprochen. Eine Frau Mäder erzählte, Annemarie habe am Samstagnachmittag über verschiedene Symptome wie Hautkribbeln, Übelkeit und anderes geklagt. Annemarie habe es mit einem Achselzucken abgetan. Während der Chemotherapie habe sie mehrfach mit seltsamen Nebenwirkungssymptomen zu kämpfen gehabt. Nun vermutet man, sie sei aufgrund dieser Vergiftung zusammengebrochen und habe sich den Kopf an der Bettkante gestossen.»

«Das klingt logisch», sagte Christian. «Warum glaubt man, sie sei vergiftet worden? Und um welches Gift soll es sich handeln?»

«Das weiss ich nicht», erwiderte Giulia. «Soweit ich das verstanden habe, gibt es Anzeichen dafür, aber keinen konkreten Hinweis, welches Gift es ist.»

«Das toxikologische Institut kann entsprechende Tests machen.»

«Sie werden nicht einfach drauflostesten», sagte Christian. «Das ist zu aufwendig, und es gibt zu viele Möglichkeiten. Sie brauchen einen Hinweis, wonach sie suchen müssen.»

***

Samantha blieb im Wagen sitzen und betrachtete Annemaries Haus und danach das Haus des Nachbarn. Der SUV stand nicht in Hausmanns Einfahrt. Dafür konnte es mehrere Gründe haben. Werner Hausmann war vielleicht nicht da. Er fährt keinen SUV, rief sie sich in Erinnerung.

Falls er einem Besucher gehörte, war es logisch, dass der Wagen nicht mehr da war. Sie holte ihr Handy hervor und betrachtete das Foto. Sollte sie Nussbaum den Wagen melden oder nicht? Ihr Kopf ruckte hoch. Wenn Annemaries Tod gewaltsam war, musste es einen Zusammenhang zwischen Franz' Unfall und ihrem Tod geben. Bisher hatte sie sich anderes eingeredet.

«So ein Blödsinn», murmelte sie.

Vergiftet … Jemand wollte sie töten.

Das musste nicht unbedingt sein. Es konnte ein Versehen sein. Womöglich hatte Annemarie eine zu hohe Dosis ihres Medikamentes geschluckt, wobei Samantha das nicht glauben konnte. Inzwischen musste sie genügend Erfahrung haben. Ausserdem meinte Samantha sich zu erinnern, wie Franz erwähnt hatte, dass die Medikamentendosis herabgesetzt worden sei. Zudem würde das die Toxikologie überprüft haben.

Welche Möglichkeiten für eine versehentliche Vergiftung gab es sonst? Selbst gesammelte Pilze? Es war keine Pilzsaison.

Sie musste vergiftet worden sein. Eine andere Erklärung gab es nicht.

Durch wen? Ihren Ex-Mann?

Inzwischen war er mit der um einige Jahre jüngeren Geliebten verheiratet und hatte eine kleine Tochter. Er lebte mit seiner Familie in der Nähe von Solothurn und hatte selten bis keinen Kontakt zu Annemarie. Er hatte sich nicht einmal gemeldet, nachdem sie an Krebs erkrankt war. Samantha erinnerte sich, wie Franz sich darüber ereifert hatte.

«Er hat sich die ganze Zeit rargemacht und braucht keine Anteilnahme heucheln», war Annemaries Standpunkt gewesen.

Ermordet …

Es widerstrebte Samantha, das Haus zu betreten. Davor drücken konnte sie sich jedoch nicht. Sie hatte versprochen, diesen Kater einzufangen.

Sie stieg aus und ging zum Haus. Bevor sie es betrat, schaute sie sich um. Vom Haus gegenüber sah man nur das Dach hinter der hohen Buchenhecke. Das Quartier war ruhig. Sie war mehrere Male hier gewesen. Die Leute, denen sie bisher begegnet war, konnte sie an einer Hand abzählen. Auch jetzt war niemand zu sehen. Und das am späten Nachmittag. Sie beschloss, zuerst im Garten nachzusehen.

Sie umrundete das Gebäude und blieb erstaunt stehen. Warum stand die Tür zum Schuppen offen? Sie war sich sicher, sie gestern geschlossen zu haben.

Als Samantha den Schuppen betrat, begann ihre Kopfhaut zu kribbeln. Sie widerstand dem Drang, ihn schnell zu verlassen. Was war anders? Samantha schaute beim Gestell nach. Die Dosen mit Holzlasur, die offenbar für den Gartenzaun gedacht war, und die dazugehörenden Pinsel waren am gleichen Ort wie gestern. Neben dem Gestell lag ein Sack mit Dünger auf dem Boden. Spaten, Besen und Harke lehnten an der Wand. Auch der Rasenmäher stand dort.

Hör auf, Gespenster zu sehen. Samantha verliess den Schuppen und kehrte zur Haustür zurück. Als Erstes würde sie im Keller nachschauen, ob der Kater dort zufällig eingesperrt worden war, damit sie es hinter sich hatte.

Die Stille im Haus fand Samantha unheimlicher als am Vortag. Würde der Mörder an seinen Tatort zurückkehren? War das Haus der Tatort? Annemarie konnte woanders vergiftet worden sein. Je nach Gift dauerte es unterschiedlich lang, bis erste Anzeichen auftraten. Hatte sie die Anzeichen falsch gedeutet, und war es zu spät gewesen, als sie realisierte, was los war? War sie aufgestanden, um den Notruf zu tätigen, hatte es aber nicht bis zum Telefon geschafft?

Sie betrat die Küche. Der Napf war leer. Caruso war offenbar nicht eingesperrt und in der Zwischenzeit da gewesen. Zu ihrer Erleichterung musste sie nicht in den Keller.

Samantha füllte den Napf auf. Als sie, in der Hoffnung, dieses Mal den Kater damit anzulocken, die Glocke nahm, gab es über ihr einen Knall.

Caruso musste im Haus sein. War er nach oben gerannt, als sie das Haus betreten hatte, und hatte etwas umgeworfen, als er sich vor ihr versteckte? Samantha trat aus der Küche und lauschte, ob sie das Trippeln von Katzenpfoten vernahm. Es blieb ruhig. Sie schloss die Wohnzimmertür, die einen Spaltbreit offen stand, damit der Kater nicht durch die Katzentür nach draussen entwischen konnte, und lief nach oben.

«Caruso?», rief sie leise.

Wenn sie das Geräusch richtig deutete, musste er im Badezimmer sein.

Vorsichtig stiess sie die angelehnte Tür auf. Ein Schatten flog auf sie zu. Ein Stoss gegen die Brust. Sie taumelte rückwärts und verlor den Halt.

Mit dem Kopf stiess sie gegen die Wand und sackte benommen zu Boden. Wie durch einen Schleier sah sie eine Person die Treppe nach unten rennen.

Nussbaum stellte eine Wasserflasche vor Samantha auf den Terrassentisch und setzte sich zu ihr.

«Sie haben Glück gehabt», sagte er. Vorsichtig tastete er ihren Kopf ab. «Das sollten Sie lieber einem Arzt zeigen. Es wird eine Beule geben.»

Nachdem die Benommenheit gewichen war, hatte Samantha als Erstes Nussbaum verständigt.

Er war innerhalb von zehn Minuten vor Ort gewesen. Als er sich davon überzeugt hatte, dass Samantha nicht ernsthaft verletzt war, hatte er sie gebeten, auf der Terrasse zu warten.

«Was haben Sie in Frau Rysers Haus zu suchen?», fragte er.

Er lehnte sich nach hinten und verschränkte die Arme vor der Brust, während Samantha von ihrem Auftrag erzählte. Dabei schaute sie zur Terrassentür. Falls Caruso in der Nähe war, würde er nun sicher nicht kommen.

Ein Beamter in einem weissen Schutzanzug untersuchte gerade die Schliessvorrichtung.

«Haben Sie das Wohnzimmer heute betreten?», fragte Nussbaum, der Samanthas Blick bemerkt haben musste. Inzwischen hatte sie erfahren, dass der Einbrecher sich durch die Terrassentür gewaltsam Zutritt zum Haus verschafft hatte.

«Nein.»

«Gestern?»

«Ja. Ich war auf der Terrasse und habe gewartet, in der Hoffnung, der Kater werde kommen.»

«Ist Ihnen dabei an der Tür etwas aufgefallen?»

«Nein. Oder halt. Sie klemmte.»

«Aber sie liess sich schliessen?»

«Ja. Daher habe ich mir nichts weiter dabei gedacht. Unsere Tür klemmt im Augenblick auch. Sie ist wie diese aus Holz, und bei der momentanen hohen Luftfeuchtigkeit hat sie sich verzogen.»

Nussbaum runzelte die Stirn, schwieg aber.

Ihre Terrassentür war ein Billigmodell. Im Frühling hatte Nussbaum sie darauf hingewiesen, besser nicht an diesem Ort im Haus zu sparen. Joel hatte die Vermieterin kontaktiert, aber Isabel Herzog Küng sah es nicht als notwendig an, die Tür zu ersetzen. Sie lehnte ebenso Joels Angebot ab, es auf eigene Kosten zu tun. «Wenn Sie ausziehen, muss es in den Originalzustand zurückversetzt werden», hatte sie erklärt.

«Konnten Sie die Person erkennen?»

«Es ging zu schnell. Er hat mich überrumpelt.»

«Sie können keinerlei Angaben machen?», hakte Nussbaum nach und wirkte enttäuscht.

Samantha überlegte. «Es war ein Mann», kam ihr in den Sinn.

«Wie kommen Sie darauf?»

«Er hat geflucht, als er aus dem Bad rannte.»

«In welcher Sprache?»

«Schweizerdeutsch. Er trug dunkle Kleidung und hatte dunkle Haare. Bitte betrachten Sie diese Angaben ohne Gewähr, ich habe ihn im Gegenlicht gesehen.»

Nussbaum machte Notizen. «Alter?»

«Keine Ahnung, tut mir leid.»

«Macht nichts.»

Doch, das tat es. Falls es stimmte, dass Annemarie ermordet worden war, könnte das der Täter gewesen sein, der zurückgekehrt war und etwas gesucht oder vergessen hatte.

Ein Maunzen liess Samantha aufschauen. Eine rot-braun getigerte Katze stand am Terrassenrand. Sie schaute von Samantha zu dem Beamten an der Tür und zurück. Die Schwanzspitze zuckte, als wäre der Kater auf der Hut.

«Caruso?», sagte Samantha. Vorsichtig rutschte sie ein Stück nach hinten und klopfte auf ihre Oberschenkel.

Nach einigen Sekunden kam er zögernd auf sie zu und sprang zu Samanthas Erstaunen auf ihren Schoss. Er setzte sich, war aber angespannt wie eine Feder.

«Kennt er Sie?», fragte Nussbaum.

«Nein, aber er ist zutraulich.» Vorsichtig strich sie ihm über den Rücken. Die Anspannung wich, und Caruso schnurrte leise. Er drehte sich einmal um die eigene Achse, bevor er es sich auf Samanthas Schoss gemütlich machte.

«Offensichtlich ist er das. In dem Fall haben Sie Ihren Job erledigt.»

«Nicht ganz. Ich muss ihn in die Transportbox bekommen. Die steht im Gang neben der Garderobe.»

«Ich sage einem der Kollegen, er soll sie bringen.» Nussbaum erhob sich, als Bühler die Terrasse betrat. Er streifte die

Kapuze des weissen Overalls vom Kopf. Bühler entdeckte Samantha und Nussbaum und kam auf sie zu. Er zog sich einen Stuhl heran und setzte sich neben Samantha.

«Es ist seltsam», sagte er, als Nussbaum zurück war. «Der Täter hat nur das Badezimmer verwüstet. In den anderen Räumen scheint er nicht gewesen zu sein. Zumindest gibt es dort kein Durcheinander. Ob das daran liegt, dass Sie ihn gestört haben», er nickte Samantha zu, «oder es einen anderen Grund hatte, wird schwer herauszufinden sein. Ich finde es seltsam, da er offenbar zuerst ins Bad gegangen ist, in dem er eindeutig etwas gesucht hat.»

«Sieht es aus, als habe er was mitgenommen?», fragte Nussbaum.

«Das kann ich nicht sagen. Wir müssen zuerst die Bestandsliste von der letzten Untersuchung durchgehen.»

«Vielleicht kann ich Ihnen helfen», sagte Samantha. «Ich war gestern im oberen Stock.»

«Sie meinen, Ihnen fällt auf, wenn etwas fehlt?», fragte Bühler ungläubig.

«Einen Versuch ist es wert», sagte Nussbaum.

«Okay, wenn die Jungs von der Spurensicherung fertig sind», sagte Bühler gedehnt. Er war eindeutig nicht mit diesem Vorschlag einverstanden. «Ich melde mich bei Ihnen.»

***

Samantha bog in die Industriestrasse und fuhr den Gleisen entlang durch das Gewerbegebiet. Sie passierte die Ortseinfahrt von Frenkendorf und folgte der Linkskurve, bevor sie an der T-Kreuzung links abbog. Sie folgte der Strasse bergauf. Abermals zweigte sie links ab und passierte das «Zone 30»-Schild. Nach nochmaligem Linksabbiegen verkündete die Männerstimme des Navis: «Sie haben Ihr Ziel erreicht.» Samantha hielt hinter Franz' Wagen, der in der Einfahrt eines Einfamilienhauses mit dunkelgrauen Storen stand, die im ersten Stock halb heruntergelassen waren. Es befand sich am Rand des Quartiers, und man hatte Sicht auf eine Wiese mit einzelnen Obstbäumen. Am Ende der Wiese erkannte Samantha einen Wald.

Sie schaute zu dem modernen Haus zurück. Franz hatte einmal erzählt, Annemarie habe ihn nach dem Tod der Eltern ausbezahlt. Sie war in das Elternhaus in Liestal gezogen, und Franz hatte sich ein Grundstück in Frenkendorf gekauft und neu gebaut. Würde Samantha wählen können, würde sie Annemaries Haus bevorzugen. Dieser graue, viereckige Klotz mit Flachdach hatte keinen Charme. Der unpersönliche Eindruck wurde durch die vereinzelten Büsche in dem Steinbeet verstärkt.

Auf der Seite des Gebäudes befand sich ein Schuppen aus graubraunem Holz. Obwohl der Schuppen auf modern getrimmt war, passte er nicht zu dem Haus, an das er direkt angebaut war.

Ein Maunzen drang aus der Transportbox, die Samantha neben sich auf dem Beifahrersitz mit dem Gurt fixiert hatte.

Nachdem Nussbaum seine Befragung beendet hatte, hatte ein Kollege von ihm die Box gebracht. Zu Samanthas Erstaunen war es einfach gewesen, Caruso hineinzuverfrachten. Es war, als sei der Kater froh darum gewesen.

Sie hatte zusätzlich die Näpfe und das Futter ausgehändigt bekommen. Danach waren sie gemeinsam ins Badezimmer gegangen. Im Gegensatz zu gestern war die Tür des Schränkchens unter dem Lavabo offen, und einzelne Kosmetikartikel lagen auf dem Boden. Samantha konnte jedoch nicht sagen, ob etwas fehlte.

Im Auto hatte Samantha Franz angerufen und gefragt, ob sie den Kater bringen könne.

«Warum kannst du ihn nicht im Haus lassen, Cornelia anrufen und warten, bis sie kommt?», hatte Franz gefragt.

Das werde sie ihm später erklären, war Samanthas Antwort gewesen.

Samantha stieg aus. Von der Wiese drang das Zirpen von Grillen zu ihr. Vögel zwitscherten, und aus der Ferne hörte Samantha das Schlagen einer Kirchenglocke.

Als sie die Box mit Caruso aus dem Auto hob, wurde die Haustür von einer blonden Jugendlichen geöffnet. Das musste Franz' Tochter sein. Sein Sohn war von zu Hause ausgezogen, wenn Samantha das richtig im Kopf hatte.

«Sie bringen Caruso.» Keine Frage, sondern eine Feststellung.

«Das ist richtig.» Samantha reichte ihr die Box.

«Bring ihn bitte ins Wohnzimmer, Diana.» Franz war in der Tür erschienen. Er trat zur Seite, als Diana ins Haus schlüpfte. «Möchtest du reinkommen?» Er sah mitgenommener als am Vortag aus. Er war blasser und hatte Ringe unter den Augen.

«Ich will nicht lange stören», sagte Samantha.

Franz deutete mit der Hand ins Hausinnere. Die Heftigkeit dieser Geste liess keinen Widerspruch zu.

Als Samantha auf das Haus zuging, hielt ein silbriger SUV hinter ihrem Smart in der Einfahrt. Eine blonde Frau, die Annemarie wie aus dem Gesicht geschnitten war, stieg aus.

«Hallo, Franz», sagte sie.

«Cornelia.» Er nickte ihr zu.

Eine herzliche Begrüssung ist das nicht gerade, dachte Samantha. Die Luft schien elektrisch aufgeladen zu sein.

Hinter Franz erschien Diana. Sie hielt den Korb mit dem Kater in der Hand. «Warum können wir Caruso nicht behalten?», fragte sie.

«Das haben wir mehr als einmal besprochen.» Franz machte eine Bewegung mit der Hand zu Cornelia.

Dianas Widerwille war eindeutig, als sie die Box Cornelia reichte. Ohne ein weiteres Wort drehte sie sich um und lief ins Haus zurück.

«Tschüss, Cornelia.» Franz folgte seiner Tochter ins Innere.

Samantha blieb unschlüssig vor der Tür stehen und sah zu, wie Cornelia die Box ins Auto stellte.

Franz' unhöfliches Verhalten hätte Samantha an ihrer Stelle als Affront empfunden, aber Cornelia schien damit gerechnet zu haben und froh zu sein, nicht ins Haus gebeten worden zu sein. So wie Samantha den grimmigen Blick einschätzte, den sie Franz zugeworfen hatte, als er aus dem Haus gekommen war, wäre sie der Einladung nicht gefolgt.

«Vielen Dank fürs Einfangen», sagte Cornelia.

Bevor Samantha antworten konnte, war Cornelia in den Wagen gestiegen und hatte die Tür zugeschlagen.

Samantha fühlte sich unwohl. Das lag nicht nur an der gedrückten Stimmung. Zu gerne hätte sie Franz' Angebot, mit ihnen zu essen, abgelehnt, aber seine Bitte war einer Aufforderung gleichgekommen, die keinen Widerspruch duldete.

Franz' Frau Martina stellte eine Schüssel mit Wurstsalat und Brot auf den Tisch.

«Entschuldige», sagte sie. «Ich war heute nicht einkaufen.»

«Das ist alles bestens», erwiderte Samantha. «Vielen Dank.»

Es war stickig im Raum. Samantha hätte es bevorzugt, draussen auf der Terrasse zu essen, wo ein auffrischender Wind die Nähe eines Gewitters verriet.

Diana war kurz nach Cornelias Aufbruch gegangen. Sie habe mit Freunden abgemacht, hatte sie erklärt und war aus dem Haus gewesen, bevor Franz «Du bleibst» gesagt hatte.

«Alles nur wegen dieser verdammten Katze», hatte er gebrummt und Samantha ins Wohnzimmer gebeten.

Während Martina das Nachtessen zubereitet hatte, hatte Samantha von den Vorfällen in Annemaries Haus berichtet.

Bei der Schilderung war Franz um eine Spur blasser geworden, sofern das möglich war. «Hätte ich das geahnt, hätte ich dich nie damit beauftragt.»

«Es wusste keiner, was passieren würde», sagte Samantha.

«Hoffentlich wird dieser unfähige Beamte nun begreifen, dass du nichts mit Annemaries Tod zu tun hast», rief Martina. Sie öffnete die Terrassentür einen Spaltbreit. Feuchtwarme Luft strömte herein. Sie brachte keine Abkühlung, aber der Windstoss tat gut.

«Ich hätte jemanden beauftragen können», erwiderte Franz.

«So ein Blödsinn», rief sie eine Spur lauter.

Samantha spiesste ein Stück Cervelat und ein Rüebli mit der Gabel auf.

«Sie haben sogar seine Fingerabdrücke genommen», wandte Martina sich an Samantha.

«Das haben sie bei mir auch.»

«Wie bitte?» Franz beugte sich in Samanthas Richtung.

«Ich war ebenfalls im Haus. Das sei Routine, hat mir Herr Nussbaum versichert, und nach Abschluss der Untersuchungen würden sie gelöscht.»

«Siehst du, Martina. Es ist, wie ich es dir gesagt habe.»

«Er verdächtigt dich», raunte sie zurück.

«Häufig sind die Täter im Umfeld der Familie zu suchen.»

«Welchen Nutzen solltest du haben?», fragte Martina.

Franz schwieg. Er warf Samantha einen Seitenblick zu und stocherte im Wurstsalat. Was wollte er ihr zu verstehen geben? Wusste Martina nichts von der Übernahme von Annemaries Geschäftsanteil?

Das Telefon klingelte. Martina stand auf. Kaum hatte sie das Gespräch entgegengenommen, beendete sie es. «Verflixte Werbeanrufe.» Sie kehrte zum Tisch zurück.

Telefon. Klingeln. Daran hatte Samantha nicht mehr gedacht. Sie berichtete Franz von dem Anruf und war sich gleichzeitig bewusst, dass sie es vorhin Nussbaum hätte sagen müssen. Sie überlegte, wo sie den Notizzettel mit der Telefonnummer hingelegt hatte.

«Die Person hat sich nicht gemeldet?», fragte Franz nach.

«Nein, es war nur das schnelle Atmen zu hören, als würde jemand rennen.»

«Das kann jeder sein. Ich würde –»

Das Klingeln an der Haustür unterbrach ihn.

«Ich gehe schon», sagte Martina und stand abermals hastig auf.

Stimmengemurmel drang zu ihnen, und kurz darauf erschien Martina mit Nussbaum.

«Frau Kälin?», sagte Nussbaum erstaunt. Er musterte abwechselnd den gedeckten Tisch und Samantha.

Es musste seltsam anmuten, sie hier beim gemütlichen Nachtessen mit dem Chef anzutreffen.

«Darf ich bitte mit Ihnen unter vier Augen sprechen, Herr Ammann», sagte Nussbaum, bevor Samantha den Grund für ihre Anwesenheit erklären konnte.

Franz deutete mit der Hand zur Terrasse. Die beiden Männer blieben draussen stehen, allerdings waren sie zu weit entfernt, um ein Wort zu verstehen.

Martina setzte sich zurück an den Tisch. Sie war blass. Ihr Blick huschte in regelmässigen Abständen zu Nussbaum und ihrem Mann. Ein weiteres Mal kam Samantha sich fehl am Platz vor und wäre am liebsten gegangen.

«Es hatte so enden müssen», murmelte Martina.

«Wie meinst du das?»

«In den letzten Wochen war Franz' Laune eine Katastrophe.» Samantha musste erstaunt aussehen. «War er in der Firma nicht übellaunig?»

«Nein», sagte Samantha gedehnt und dachte an die geplante Geschäftsübertragung.

«Irgendwas muss bei Amry im Argen sein, aber er sagt mir nie etwas.» Sie starrte Samantha an, aber ihr gelang es, einen nichtssagenden Gesichtsausdruck aufzusetzen. Es war nicht an ihr, mit Martina über Geschäftliches zu reden, zumal es unklar war, ob sie von den Plänen wusste, von denen Samantha eigentlich nichts wissen sollte.

«Warum wollte Herr Nussbaum von dir dieses Alibi?», fragte Martina. «Warum sieht er es nicht endlich ein?»

Nach dem Gespräch mit Franz hatte Nussbaum kurz mit Martina gesprochen, bevor er gegangen war.

«Er wollte wissen, wo ich heute Nachmittag war, als Samantha den Einbrecher in Annemaries Haus angetroffen hat.»

«Er verdächtigt dich weiterhin?», fragte Martina.

Schulterzucken war die Antwort.

«Das ist ungeheuerlich!»

«Routinefragen», sagte Franz.

«Du warst um diese Zeit hier, und das habe ich ihm gesagt.» Etwas flackerte in ihren Augen auf. War es Angst? Log sie? War Franz am Nachmittag wirklich hier gewesen?

Warum sollte er in Annemaries Haus einbrechen, fragte Samantha sich gleich darauf. Er besass einen Schlüssel. Er hätte der Polizei dazu nur eine plausible Erklärung liefern müssen.

Stopp. Den Schlüssel hatte er ihr gegeben, damit sie Caruso einfangen konnte. Trotzdem hatte er keinen Grund, ins Haus einzubrechen. Er müsste nur warten, bis Samantha ihm den Schlüssel zurückgab. Es sei denn, er hatte es eilig, um … Um was eigentlich?

«Wie geht es nun mit Annemaries Anteil weiter?», nahm Martina den Faden des Gesprächs auf, bevor Nussbaum gekommen war, und bestätigte damit Samanthas Verdacht, sie habe keine Ahnung von der Übertragung der Geschäftsanteile. «Den erbt Annemaries Tochter, nehme ich an.»

«Wahrscheinlich», brummte Franz.

War die Übertragung der Anteile keine beschlossene Sache gewesen, wie er Samantha gesagt hatte? War das der Grund für die kühle Stimmung zwischen Cornelia und ihm.

«Falls das so ist, wird es mühsam», sagte Martina. «Mit Annemarie war es nicht immer einfach, aber Cornelia ist schlimmer.»

«Wieso?», rutschte es Samantha heraus.

«Cornelia ist unfähig und hat kein Interesse an der Firma», sagte Franz.

«Du weisst, das stimmt nicht», hielt Martina dagegen.

«Okay, Interesse hat sie, aber das ist nur auf den finanziellen Vorteil ausgerichtet. Sie hat keine Ahnung von der Materie und möchte schnell Geld verdienen.»

«Sie hat Chemie studiert.»

«Von der Leitung einer Firma hat sie keine Ahnung. Sie ist zu jung dafür.» Franz schob ein Stück Cervelat in den Mund und kaute, als handle es sich dabei um zähes Fleisch.

Martina schnupperte. «Es riecht verbrannt.»

«Das sind unsere Hippie-Nachbarn, die wie so oft ihren

Grill nicht im Griff haben.» Er deutete auf die überdachte Terrasse des Nachbarhauses. Eine riesige Rauchwolke umgab den Grill, und ein Mann mit wilden Locken und eine Frau in einem weiten bunten Gewand eilten aus der Wolke heraus.

«Es wäre nicht das erste Mal, eingenebelt zu werden», sagte Martina.

«Sie sind neu eingezogen», fügte Franz an. «Seltsame Leute.»

«Der Rauch zieht aber in die andere Richtung», sagte Samantha.

«Der Wind wechselt dauernd seine Richtung.» Franz stand auf und schloss die Terrassentür.

«Möchtest du noch vom Salat?», fragte Martina.

«Nein, danke. Es war fein», erwiderte Samantha und überlegte, ob es unhöflich war, wenn sie andeutete, gehen zu wollen. Immerhin war es inzwischen nach neun Uhr am Abend.

Martina nahm die Schüssel mit dem restlichen Wurstsalat und verliess das Zimmer. Ein Aufschrei folgte. Ein Knall. Klirren. Ein Tosen drang aus dem Gang.

Martina kam ins Wohnzimmer gerannt. «Feuer!», kreischte sie. Durch die offene Wohnzimmertür konnte Samantha Flammen sehen, die aus der Küche züngelten. Sie erfassten die Garderobe. Franz schlug die Tür zu und schnappte sich das Handy, das auf dem Buffet lag. Er schob Samantha und Martina zur Terrassentür. Im Garten angekommen, wählte er den Notruf.

***

Das Donnergrollen ebbte ab, und der Regen liess nach. Samantha starrte in die Dunkelheit.

«Hier der Tee», sagte Joel und setzte sich neben sie auf die Bank auf der Terrasse.

Samantha schloss den Reissverschluss ihrer Fleecejacke. Sie fror.

«Es hat abgekühlt», sagte Joel. «Wollen wir reingehen?»

«Nein», sagte sie.

«Beginnen wir von vorne. Plötzlich stand die Küche in Flammen?»

«Ja.» Deutlich sah sie das sich rasch ausbreitende Feuer vor sich. Sie durchlebte nochmals die Panik, die sie starr am Ort verweilen liess, bevor Franz sie nach draussen gestossen hatte.

«Hatte Franz' Frau vergessen, den Herd abzustellen, und es war etwas darauf oder in der Nähe, das Feuer fangen konnte?»

«Martina sagt Nein.»

«Wann war sie das letzte Mal in der Küche?»

«Sie hat den Wurstsalat und das Brot gebracht, und wir haben ungefähr eine halbe Stunde gegessen, bevor Herr Nussbaum kam.» Samantha schilderte den Ablauf des Abends. «Kann sich ein Feuer so schnell ausbreiten? Es kam mir wie eine Feuerwand vor.»

Das klang übertrieben, musste Samantha einräumen, aber es war ihr so erschienen. Das Tosen. Samantha wagte sich nicht auszumalen, was geschehen wäre, wenn sie das Feuer zu spät bemerkt hätten. Hör auf damit. Der Fluchtweg zur Terrasse hätte weiterhin bestanden.

«Ich bin kein Experte, aber wenn genügend Brennbares in der Nähe ist, wird es schnell gehen», beantwortete Joel Samanthas Frage. «Das heisst, die Küche war der Ausgangspunkt für den Brand?»

«Keine Ahnung.»

«Woraus besteht der Boden?»

«Aus grauen Steinplatten.»

«Die brennen nicht. Wie viel brennbare Materialien hatte es? Damit meine ich Holz und Vorhänge?»

«Du stellst Fragen …»

Samantha sah sich vor dem Haus stehen. Aus dem Küchenfenster schlugen die Flammen, und der Schopf, der neben der Küche an das Haus anschloss, brannte ebenfalls lichterloh. Samantha spürte nach wie vor die Hitze auf der Haut, obwohl sie weiterhin fror. Sie hörte die Sirenen der sich nähernden Feuerwehr. Der Brandgeruch haftete ihr noch immer an, obwohl sie ausgiebig geduscht hatte.

Die Feuerwehr war innerhalb von Minuten vor Ort gewesen und hatte den Brand zum Glück schnell unter Kontrolle gebracht. Der einsetzende Starkregen hatte die Feuerwehrleute dabei unterstützt, war Samantha sich sicher.

«Ist das gesamte Haus zerstört?», fragte Joel.

«Ich glaube nicht. Nur der Schuppen, die Küche und der Eingangsbereich haben gebrannt. Der hintere Teil und der obere Stock sahen von aussen unversehrt aus. Wie es innen ist und ob es bewohnbar ist, weiss ich nicht.»

«Wieso hat das Feuer sich vom Schopf auf das Haus ausgebreitet?»

«Wie meinst du das?»

«Wenn der Schuppen brennt, kann es nicht gleichzeitig im Haus brennen.»

«Ich habe gehört, wie einer der Feuerwehrmänner sagte, es müsse sich um zwei Brandherde handeln.»

«Es hat an zwei Orten gleichzeitig zu brennen begonnen? Das finde ich seltsam.»

Das Gleiche hatten die Feuerwehrleute diskutiert.

«Wo können Franz und seine Frau bleiben?», fragte Joel.

«Die Nachbarn haben eine Einliegerwohnung, die im Moment leer steht.» Die Nachbarn, die den Grill nicht im Griff haben, fügte Samantha im Stillen an. Ob Franz seine Meinung über diese Leute revidieren würde?

FÜNF

Samantha fühlte sich, als sei ein Zug über sie hinweggerast. Ursprünglich hatte sie geplant, zu Hause zu bleiben, aber das konnte sie sich nicht leisten, da sie mit der Arbeit hinterherhinkte. Sie starrte auf die E-Mail, die sie versuchte zu schreiben. Brauchbares war dabei bisher nicht herausgekommen.

Gefühlt hatte sie in der Nacht kein Auge zugetan. Nach und nach war ihr bewusst geworden, welches Glück sie gehabt hatte. Wäre sie zu diesem Zeitpunkt im Gästebadezimmer gewesen, wäre sie dort gefangen gewesen und verbrannt.

Es war erschreckend, wie schnell sich das Feuer ausgebreitet hatte. Das Wort Brandstiftung war durch Samanthas Kopf gegeistert. Obwohl sie versucht hatte, es zur Seite zu drängen, war es hartnäckig geblieben. So schnell konnte sich ein Feuer nicht ausbreiten und vor allem nicht an zwei Orten gleichzeitig. Oder funktionierte das doch?

Samantha rief Google auf und tippte: «Wie schnell kann sich Feuer ausbreiten?»

Sie klickte auf einen der aufgelisteten Links. «Blitzschnell breitet sich ein Brand in der Wohnung aus», las sie. «Aus einem brennenden Mülleimer kann innerhalb einer Minute ein unkontrollierbares Feuer werden.»

Also keine Brandstiftung, sondern nur Unachtsamkeit von Martina? Wieso brach aber ein zweites Feuer im Schopf aus?

«Bestimmt hat Diana heimlich geraucht», hatte Franz zu Martina gesagt, bevor Samantha sich verabschiedet hatte. «Erst letzte Woche habe ich sie erwischt. Ich hatte gehofft, ihr wäre klar, welche Konsequenzen es nach sich ziehen würde, wenn es nochmals vorkommt.»

Die Androhung von Konsequenzen würde Diana nicht davon abhalten, überlegte Samantha und unterdrückte ein Gähnen. Ich brauche dringend einen Kaffee. Sie schlurfte zur Küche.

«Samantha, du bist hier und nicht auf der Suche nach Annemaries Katze?», fragte Dominik erstaunt.

«Die Arbeit erledigt sich nicht von allein.»

«Du siehst aus, als könntest du einen doppelten Espresso vertragen. Hast du Überstunden geschoben, um diese Katze einzufangen?»

Sie brauchte einen Augenblick, bis sie begriff, was er meinte. «Das ist erledigt. Lieber nur einen Cappuccino. Ich habe zu viel Koffein intus.»

Dominik nahm zwei Tassen aus dem Schrank. «Hast du das mit Franz' Haus gehört?»

«Ich –»

«Das ist richtig schlimm», unterbrach er sie. «Alles wurde abgefackelt.»

«Nicht das ganze Haus. Nur der vordere Teil. Ob es aber bewohnbar ist, sei dahingestellt.»

«Woher weisst du das?»

«Ich war da.»

«Was? Um Gottes willen.»

«Warum warst du dort?», fragte Emma.

Samantha hatte nicht bemerkt, wie die Laborantin den Raum betreten hatte.

«Ich habe ihm den Kater gebracht.» Samantha berichtete von gestern Abend. Dabei liess sie aus, zum Nachtessen eingeladen gewesen zu sein. Sie wollte nicht den Anschein einer zu grossen Vertrautheit mit dem Eigentümer erwecken. Wie das enden konnte, wusste sie aus Erfahrung aus der Zeit, als sie bei ihrem früheren Arbeitgeber AarePharm angestellt gewesen war und mit ihrem damaligen Vorgesetzten Joel ein Paar geworden war.

«Ich kann nicht glauben, dass keiner aus der Nachbarschaft gesehen hat, wie der Brand gelegt wurde», sagte Emma. «Um diese Uhrzeit ist es nicht dunkel.»

«Es ist ein ruhiges Quartier», erwiderte Samantha. «Als ich kam, habe ich niemand gesehen.»

«Hey, Leute.» Bruno Fassbinder, der neue Verkäufer für

den deutschen Markt, kam mit grossen Schritten in die Küche. Der hagere, hochaufgeschossene Mittvierziger zog sich schwungvoll einen Stuhl heran, auf den er sich fallen liess. «Ich melde mich pflichtbewusst zurück.» Er schaute von einem zum anderen. «Ihr seht aus wie auf einer Beerdigung. Etwas mehr Begeisterung hätte ich erwartet, wenn ich nach einer Woche wieder nach Hause komme. Zumal ich gute Neuigkeiten mitbringe.»

Sowohl Samantha als auch Dominik schwiegen.

«Ich bringe einen neuen deutschen Grosskunden. Sie sind begeistert von der … Himmel, ist einer gestorben?»

«Ja», sagte Samantha. Hatte ihn keiner über Annemaries Tod informiert?

«Toller Witz», sagte Bruno.

«Weisst du das nicht?», fragte Dominik.

Das Lächeln verschwand aus Brunos braunen Augen und wechselte zu Bestürzung, als Dominik zusammenfasste, was in den letzten Tagen los gewesen war.

«Mord? Brandstiftung? Mein Gott!»

«Es ist nicht sicher, ob es Brandstiftung ist», sagte Emma.

«Hier steckst du, Samantha», sagte Christian, der in der Tür aufgetaucht war. «Herr Nussbaum hat dich gesucht. Du sollst bitte zurückrufen.»

***

«Vielen Dank, dass Sie es kurzfristig einrichten konnten zu kommen», sagte Nussbaum und setzte sich zusammen mit Bühler und einem drahtig gebauten braunhaarigen Mann, den Samantha nicht kannte, ihr gegenüber an den Tisch in einem der Besprechungszimmer im Polizeiposten Gutsmatte.

In diesem Raum war Samantha noch nie gewesen, aber er ähnelte den anderen.

«Das ist Aaron Müller von der Brandermittlung», sagte Nussbaum. «Wir haben hier Ihre Aussage von gestern.» Er deutete auf eine Klarsichtmappe, die vor ihm auf dem Tisch lag. «Bevor Sie diese unterschreiben können, möchte ich Ihnen gerne weitere Fragen stellen. Wie gut kennen Sie Franz Ammann?»

«Er ist der Eigentümer von Amry Cosmetics und mein Vorgesetzter.»

«Sie haben privat keinen Umgang mit der Familie?»

«Nein.»

«Gestern waren Sie zum Nachtessen eingeladen. Das war nicht privat?»

«Ich wurde eingeladen, weil ich die Katze seiner Schwester gebracht habe.»

«Wieso hatten ausgerechnet Sie die Aufgabe, die Katze einzufangen und ihm persönlich vorbeizubringen?»

«Franz hat mich darum gebeten.»

«Warum?», hakte Nussbaum nach. «Ich denke, Sie haben keinen privaten Umgang.»

Weshalb ritt er so hartnäckig auf der Sache mit dem Kater herum? Das hatte nichts mit dem Brand zu tun. «Er hatte keine Zeit», improvisierte sie. «Das Gleiche galt für seine Familie. Ich würde es als Zufall bezeichnen, dass er mich und keinen anderen vom Team darum gebeten hat.»

Nussbaum schien sich ihre Antwort durch den Kopf gehen zu lassen. «Es war also die erste private Einladung?»

Die Fragen muteten für Samantha zunehmend seltsam an. «Ja. Geschäftlich nein, da gab es zum Beispiel das Weihnachtsessen.»

«Sie wussten, dass Franz Ammann Geschäftsanteile seiner Schwester übernehmen wollte.» Das war nicht als Frage formuliert. Woher wusste er das? Samantha war klar, welches Bild das abgab. Ihre Antworten würden als unwahr herüberkommen.

«Warum haben Sie dieses bei den früheren Befragungen nicht erwähnt?», fragte Nussbaum weiter. Offenbar fasste er Samanthas Schweigen als Eingeständnis auf.

«Ich nahm an, es sei nicht wichtig.» Das klang lahm in ihren Ohren. Wie musste diese Aussage bei den Beamten rüberkommen?

«Ich finde es seltsam, wenn eine einzelne Angestellte davon weiss und der Rest der Belegschaft nicht.»

Erneut fragte sie sich, woher er diese Kenntnis hatte. Hatte Franz ihm das erzählt?

«Es war ein Versehen», sagte Samantha. «Franz bat mich, Stillschweigen zu bewahren, bis der Transfer abgeschlossen war. Im Anschluss sollten alle Mitarbeiter informiert werden.»

«War Herr Ammann die ganze Zeit bei Ihnen?»

Obwohl Samantha Nussbaums abrupte Themenwechsel kannte, kam sie nicht damit zurecht. «Wann?»

«Gestern, als Sie bei ihm zu Hause waren?»

«Ja.» Sie zögerte.

«Offenbar nicht.»

«Ich war vor dem Essen auf dem WC.»

«Sah zu diesem Zeitpunkt alles normal aus?»

«Ja.»

«Auch in der Küche?»

«Ich war nicht in der Küche, und die Tür war geschlossen, als ich zur Toilette ging.»

«Wo war Herr Ammann, als sie zurückkehrten? Im Wohnzimmer?»

«Er betrat nach mir den Raum. Ich weiss nicht, wo er war.»

«Wo befand sich seine Frau?»

«In der Küche. Sie hat das Essen zubereitet.»

Worauf wollte Nussbaum hinaus? Samantha schielte zu Müller. Er machte einen unbeteiligten Eindruck. Brandermittler. Es war logisch, dass Spezialisten hinzugezogen wurden, um die Brandursache zu klären. Hiess Müllers Anwesenheit aber, dass eine Unachtsamkeit oder eine heimlich gerauchte Zigarette nicht die Brandursache waren?

«Wissen Sie, ob Herr Ammann in der Küche war?»

«Nein.»

«Wie lange dauerte es, bis Herr Ammann ins Wohnzimmer kam, als Sie vom WC zurückgekehrt waren?»

«Ich empfand es nicht als lange. Er betrat von der Terrasse das Wohnzimmer.»

Nussbaum machte eine Notiz und unterstrich sie zweimal. Die Fragen muteten zusehends seltsamer an.

«Wissen Sie, wie es um die finanzielle Situation der Firma bestellt ist?»

Wieder brauchte Samantha einige Momente, bis sie mit dem Themenwechsel klarkam.

«Nein. Woher sollte ich das?» Worauf wollte Nussbaum hinaus? Hatte Amry Cosmetics Schulden?

«Danke. Das reicht für den Augenblick.» Nussbaum schob Samantha die Klarsichtmappe zu. «Bitte gehen Sie Ihre Aussage von gestern durch. Wenn alles korrekt ist, unterschreiben Sie bitte auf jeder Seite.»

Samantha nahm den Stift, schaute aber Nussbaum an. «Wenn ich Ihre Fragen richtig deute, wurde der Brand gelegt.»

Müller und Nussbaum wechselten einen Blick, bis Müller nickte. «Wir haben Hinweise auf Brandbeschleuniger gefunden. Der Brand fand den Anfang in der Küche und hat sich schnell auf den Gang ausgebreitet. Der zweite Brand im Schuppen ist auf die gleiche Weise entstanden.»

***

Fassungslos verliess Samantha den Polizeiposten. Unschlüssig blieb sie vor dem Gebäude stehen. Es hatte ihr einen Schock versetzt, ihre Befürchtungen bestätigt zu bekommen. Sie musste das erst einmal verdauen, bevor sie zu Amry zurückkehrte.

Samantha schaute auf ihre Armbanduhr. Fast zwölf Uhr – Mittagszeit. Sie beschloss, einen Abstecher ins Stedtli zu machen. Die Pause würde hoffentlich reichen, um ihre Gedanken in Ordnung zu bringen.

Wenige Minuten später bog sie in die Rathausstrasse ein. Sie war sich unschlüssig, was sie essen sollte. Einen Salat, ein Sandwich oder etwas Warmes in einem der Cafés? Grossen Appetit hatte sie nicht.

«Sammy?»

«Cédric», rief sie, als sie Lorenas Freund erkannte. Ex-Beinahe-Ehemann, korrigierte sie sich gleich darauf. Nachdem Lorena im Frühling versucht hatte, Samantha und Joel auseinanderzubringen, hatte Cédric sich von ihr getrennt. Er war entsetzt gewesen, wozu Lorena fähig gewesen war.

Die Hochzeit hätte in diesem Oktober stattfinden sollen. Von Lorena hatte Samantha seit der Trennung nichts mehr gehört. Das letzte Gespräch, das sie miteinander geführt hatten, hatte unschön geendet, indem Lorena mit Verwünschungen davongestürmt war. Sie gab Samantha an allem die Schuld. Sie kannten sich seit dem Kindergarten, und es tat weh, dass diese tiefe Freundschaft auseinandergegangen war.

«Was machst du hier?», fragte Samantha.

«Ich bin auf Wohnungssuche.» Ein leichtes Lächeln blitzte in seinem Gesicht auf, war aber sogleich wieder verschwunden. Er sah niedergeschlagen aus und war hagerer, als sie ihn in Erinnerung hatte.

«In Liestal?» Cédric war aus dem gemeinsamen Haus in Brugg ausgezogen, wie Samantha wusste, aber dass er ausgerechnet im Baselbiet eine Wohnung suchte, war ihr neu.

«Wie du weisst, arbeite ich in Basel. Da ist Liestal näher als Brugg.»

«Du könntest direkt nach Basel ziehen.»

«Zu teuer, und ich wohne gerne ausserhalb.»

«Wollen wir zusammen eine Kleinigkeit essen?», fragte Samantha.

«Leider habe ich keine Zeit. Ich habe gleich einen Besichtigungstermin. Falls es mit der Wohnung klappen sollte, holen wir das nach.»

«Auf jeden Fall.» Samantha schaute ihm hinterher. Die Sonne liess seinen roten Wuschelkopf wie Kupfer aufleuchten. Er hatte die gleiche Haarfarbe wie Lorena. Wie oft hatten sie sich darüber amüsiert.

«Wir sehen eben zu, dass Rothaarige nicht aussterben», hatte Cédric gewitzelt. Über Samantha senkte sich Traurigkeit, als sie beobachtete, wie er sich schlurfend entfernte. Cédric war früher stets zu Spässen aufgelegt gewesen.

Erneut fragte sie sich, ob das Auseinanderbrechen ihrer Freundschaft hatte sein müssen. Warum war Lorena so daran gelegen gewesen, die Beziehung von Samantha und Joel zu zerstören? Ihr wurde bewusst, wie stark ihr ihre beste Freundin fehlte. Besonders in der jetzigen Situation: Wegen dem, was gerade bei Amry Cosmetics alles los war, und wegen Annemaries Tod hätte sie gerne neben Joel mit jemandem darüber gesprochen, bei dem sie nicht lange überlegen musste, was sie sagte. Es war nicht so, dass sie keine anderen Freundinnen und Freunde hatte, aber die Freundschaft zu Lorena war etwas Besonderes gewesen.

«Frau Kälin?»

«Ja?» Verwirrt schaute Samantha die Frau an, die sich ihr unbemerkt genähert hatte. Sie brauchte einen Moment, bis sie diese erkannte. Die gestern noch blonden, schulterlangen Haare waren jetzt kurz geschnitten und braun. Sie musste beim Coiffeur gewesen sein.

«Cornelia Ryser», sagte sie, da sie Samanthas Zögern bemerkt hatte. «Annemaries Tochter. Haben Sie kurz Zeit?»

Samantha war hin- und hergerissen.

«Es dauert nicht lange.» Eindringlich sah sie Samantha an.

«Ich mache gerade Mittagspause», sagte Samantha.

«Prima. Essen wir eine Kleinigkeit zusammen.»

Das war Samantha alles andere als recht. Bevor sie eine Ausrede parat hatte, deutete Cornelia Ryser auf einen Zweiertisch vor dem Restaurant Pizzeria Schweizerhof. Die Kellnerin war sofort zur Stelle und reichte die Menükarten.

«Es ist gut, Sie zu treffen», sagte Cornelia Ryser, nachdem sie bestellt hatten. Das klang geschäftsmässig freundlich, wenn da nicht ein Unterton gewesen wäre. «Welches ist Ihre Rolle bei Amry?», fragte sie.

Direkt und kein Vorgeplänkel, dachte Samantha. Ausserdem sollte sie meine Position kennen. «Ich bin für die Qualitätssicherung zuständig.»

«Für die Qualitätssicherung?»

Das klang, als wisse Cornelia Ryser nicht, wovon Samantha

sprach. Samanthas Irritation nahm zu. Das sollte sie ebenfalls wissen. «Ja. Auch für Reinigungsmilch, Aknemittel, Körperlotionen, Gesichts- und Sonnencremen muss genau auf die Qualität der Rohstoffe geachtet werden.»

«Das müssen Sie mir nicht erklären», herrschte Cornelia sie an.

Ganz ruhig, nicht aufregen. «Zudem möchte Franz neu GMP, also die ‹Gute Herstellungspraxis für Arzneimittel› für pharmazeutische Produkte einführen. Da er …»

«… Cortisonsalben selbst herstellen will. Und dazu braucht er die GMP und nicht nur die für Kosmetika. Ich weiss das von meiner Mutter. Zufällig hat sie von seinen Plänen erfahren. Sie war nicht einverstanden und stand überhaupt nicht hinter diesen Absichten, neu nicht nur Kosmetika, sondern auch medizinische Salben zu produzieren.»

Knapp konnte Samantha ihr Erstaunen verbergen. Annemarie war damit nicht einverstanden gewesen? So wie Franz in den Sitzungen geklungen hatte, stand sie voll hinter dieser Entscheidung. Wenn das stimmte, was Cornelia sagte, war klar, warum Annemarie bei den Sitzungen nie dabei gewesen war. Anfangs hatte Samantha sich darüber gewundert, schnell aber Annemaries Gesundheitszustand als Erklärung gefunden und ihre Abwesenheit nicht in Frage gestellt. Hatte Franz alles hinter Annemaries Rücken aufgegleist und seine Schwester vor vollendete Tatsachen gestellt?

«Sie haben sich mehr als einmal darüber gestritten», fuhr Cornelia fort. «‹GMP für kosmetische Produkte reicht völlig. Er verzettelt sich›, hat sie betont. Sie war der Meinung, wir seien den Anforderungen an die Produktion im pharmazeutischen Umfeld der Swissmedic nicht gewachsen. Auch in finanzieller Hinsicht nicht.»

Samantha dachte das Gleiche. Jedes Mal wenn sie an das bevorstehende Audit bei der Swissmedic gedacht hatte, hatte es einen Adrenalinschub gegeben. Einen Termin mit dem Schweizerischen Heilmittelinstitut gab es bisher nicht. Franz hatte angedeutet, es gerne spätestens im nächsten Frühling durchzuziehen. Samantha als Qualitätsverantwortliche hatte alles vorzubereiten und war Ansprechperson. Sie musste schauen, ob die von Swissmedic geforderte Qualität und Sorgfalt bei der Herstellung, Verpackung und dem Transport der Medikamente eingehalten wurden.

Für Samantha war neu, dass Annemarie anderer Meinung als Franz gewesen war. Samantha selbst hatte Franz ebenfalls darauf hingewiesen, wie schwierig es werden würde. Sie hatte ihm von den Standards bei dem Pharmaunternehmen Aare-Pharm berichtet und welche Investitionen dafür nötig wären. Er hatte aber abgewunken. «Das schaffen wir locker», hatte er gesagt.

«Er kann es sich nicht leisten», fuhr Cornelia fort, nachdem der Kellner Samanthas Salatteller und Cornelias Ergolz Burger gebracht hatte.

«Sie meinen die Kosten für den notwendigen Umbau?»

«Nicht nur. Auch die Übernahme der Aktien meiner Mutter kann er sich nicht leisten. Aber er war fest entschlossen.»

«Wieso wollte Ihre Mutter verkaufen? Entschuldigung, das geht mich nichts an.» Samantha spiesste ein Pouletstück auf die Gabel.

«Eigentlich wollte sie nicht verkaufen. Die beiden hatten in der letzten Zeit häufiger Streit. Das Ganze war nervenaufreibend für meine Mutter.»

Auch davon hatte Samantha nichts mitbekommen. Annemarie kam nur, wenn wichtige Entscheidungen anstanden. Wenn Samantha es rückblickend überlegte, konnte eine Anspannung zwischen ihnen geherrscht haben.

«Einmal habe ich gehört, wie meine Mutter ‹Mach deinen Kram allein› gerufen hat. Er hat daraufhin gesagt: ‹Gerne. Du musst mir nur deine Aktien geben. Ich kaufe sie dir alle ab. Auch Cornelias Anteil.› Und sie meinte: ‹Nur über meine Leiche. Ich lasse nicht zu, dass du die Firma zugrunde richtest und meine Tochter um ihr Erbe bringst.›» Cornelia biss in ihren Burger. Fett lief über ihr Kinn und tropfte auf den Teller. Sie schien es nicht zu bemerken.

Das war seltsam, dachte Samantha. An dem Tag, als Franz den Unfall hatte, hatte es so ausgesehen, als hätten sie einen Termin mit dem Notar abgemacht, um letzte Details zu klären. Hatte Annemarie es sich anders überlegt, und Cornelia wusste nichts von dem Aktienverkauf, oder gab es ein Missverständnis?

Gedankenverloren überquerte Samantha die Rheinstrasse. Ein Hupen liess sie zusammenfahren. Der Fahrer gestikulierte und schrie etwas, das Samantha nicht verstand. Gleich darauf erblickte sie das rote Fussgängersymbol. Sie beeilte sich, auf die andere Strassenseite zu kommen. Der Mann hielt auf ihrer Höhe an und kurbelte das Fenster herunter. «Das nächste Mal fahre ich dich über den Haufen.»

Samantha stützte sich an der Ampelstange ab und zwang sich, ruhig zu atmen.

Du bist selbst schuld, sagte sie sich. Du hättest deine Gedanken beieinanderhaben sollten, als du die Strasse überquert hast.

Samantha bog in den Eichenweg ein und gelangte ins Schildareal. Als sie ihr Büro betrat, war zu ihrer Erleichterung Christian nicht da. Sie setzte sich an den Tisch und entsperrte den Computer. Allerdings war sie ausserstande, sich zu konzentrieren.

«Eigentlich schätze ich meinen Onkel», echote Cornelias Stimme in ihrem Kopf. «Aber ich traue ihm zu, meine Mutter auf dem Gewissen zu haben, damit er an sein Ziel kommt. Er hat sich verändert in den letzten Monaten.»

Abgesehen davon, dass Samantha dies nicht glauben konnte, musste sie Cornelia widersprechen. Für sie war Franz wie immer gewesen. Am Ziel, die Firma ganz zu übernehmen, wäre er trotz des Todes seiner Schwester nicht. Cornelia und ihr Vater wären die nächsten Erben. Stimmte das? Hatte Annemarie ihrem Bruder den Vorzug gegeben und ihrer Tochter nur den Pflichtteil zugesprochen? Samantha kannte sich mit dem Erbrecht nicht aus.

Sie öffnete Google.

«Stirbt eine ledige, geschiedene oder verwitwete Person mit Kindern, erben ihre Kinder das ganze Vermögen», las sie auf der Webseite des Vermögenszentrums. Das bedeutete, Annemaries Ex-Mann ging leer aus. Aber man konnte das Erbe mit einem Testament anpassen.

«Samantha.» Erschrocken sah Samantha auf und schloss den Internetbrowser. «Kannst du bitte in mein Büro kommen?» Franz deutete den Gang entlang.

«Bitte mach die Tür zu», sagte Franz, als sie ihm gefolgt war. War das Groll in seiner Stimme? Samantha überlegte, ob sie eine Aufgabe nicht zufriedenstellend gelöst hatte.

«Setz dich.»

Zögernd kam sie der Aufforderung nach.

Franz schaute sie einige Sekunden an. «Was hast du denen erzählt?»

«Ich? Was? Wem?»

«Der Polizei.»

«Nichts.»

«Das halte ich für eine Lüge! Sie haben dich zu dem Brand befragt. Du wirst Antworten gegeben haben. Mich interessiert, welche.»

Der Eindruck des Teddybären, den er mit seinen gekrausten Haaren und dem Bart sonst vermittelte, war verschwunden. Stattdessen blitzten seine Augen. Da war Zorn und noch was. Berechnung?

Er hat sich verändert, echote Cornelias Stimme von Neuem in ihrem Kopf. Nun musste sie ihr zustimmen. So hatte sie Franz noch nie erlebt. Auch nicht, wenn jemand Mist gebaut hatte. Dieser Ausdruck in seinem Gesicht jagte ihr Angst ein. Samantha konnte es nicht verhindern, zur Tür zu schauen, ob jemand in der Nähe war.

Christian und Bruno gingen vorbei. Sie schauten kurz in ihre Richtung. Bitte bleibt stehen, beschwor Samantha die beiden im Stillen, aber sie taten ihr den Gefallen nicht.

«Also habe ich recht.»

«Womit?»

«Du hast mich verunglimpft.»

«Das habe ich nicht. Ich habe nur erzählt, was passiert ist.»

«Das wäre.»

Samantha wiederholte in Kurzfassung ihre Aussage.

«Und daraus, dass ich vor dem Essen eine Runde im Garten drehte, schliesst die Polizei, ich hätte das Feuer selbst gelegt?»

***

Sie hatten heute Abend nur einen kurzen Spaziergang gemacht, da es zu heiss war. Joel schloss die Haustür auf und liess Samantha den Vortritt. Samantha streifte die Schuhe von den Füssen, ging ins Wohnzimmer und liess sich auf das Sofa plumpsen.

«Das ist alles seltsam und verwirrend», sagte Joel und setzte sich neben sie.

Während des Spazierganges hatte Samantha ihm von der Befragung durch Nussbaum, der Begegnung mit Cornelia und dem Gespräch mit Franz erzählt.

«Ich hatte richtig Angst», sagte Samantha.

«Ich kann Franz ein bisschen verstehen. Ich wäre ebenfalls sauer, wenn man mir was anhängen wollte.»

«Er muss mich aber nicht so angehen. Ich habe nichts gemacht.»

«Du hast nichts von deinem Gespräch mit Cornelia erzählt?»

«Ich habe mich gehütet, das zu tun.»

«Du hattest keine Ahnung, dass Annemarie gegen die Erweiterung um pharmazeutische Produkte ist?»

«Nein. Franz war immer glaubhaft mit seiner Aussage, Annemarie unterstütze alles und würde ihm freie Hand lassen.»

«Aussage gegen Aussage. Annemarie kannst du nicht mehr fragen.»

«Was offensichtlich ist: Cornelia und Franz haben nicht das beste Verhältnis», sagte Samantha.

«Ich frage mich, wie die Übernahme der Anteile da reinpasst. Einer von beiden sagt die Unwahrheit. Mir kommt es vor, als fühle Cornelia sich übergangen.»

«Oder betrogen.»

«Was richtig ist, kommt raus, wenn das Testament eröffnet wird.»

«Nicht unbedingt», widersprach Samantha. «Annemarie könnte die Übertragung ihrer Geschäftsanteile vor Kurzem beschlossen haben und das Testament nicht angepasst haben.»

«In dem Fall gäbe es die entsprechenden Dokumente beim Notar. Falls das so ist, hätte eher Cornelia als Franz einen Grund, Annemarie zu töten», sagte Joel.

Das stimmte, musste Samantha einräumen. Obwohl … «Cornelia sagt, Franz habe nicht das Geld, um Annemarie die Aktien abzukaufen.»

«Woher weiss sie das?»

«Von ihrer Mutter, nehme ich an.»

«Annemarie zu töten nützt Franz nichts, falls Cornelia nach wie vor im Testament begünstigt ist.»

Dem musste Samantha zustimmen.

«Er muss sich sicher sein, dass Cornelia nichts erbt», fuhr Joel fort. «Du hast erzählt, Cornelia habe angedeutet, Amry könne sich die Investitionen nicht leisten. Weisst du, wie es finanziell um das Unternehmen bestellt ist?»

«Woher sollte ich das?»

«Hat die Firma das Geld, um den Aufwand zu betreiben, die Zulassung für pharmazeutische Produkte zu bekommen?»

Eine andere Antwort, als mit den Schultern zu zucken, hatte Samantha nicht.

«Annemarie könnte anfangs dafür gewesen sein», sinnierte Joel weiter. «Doch als sie merkte, welche Kosten auf das Unternehmen zukommen, schwenkte sie um. Es sind grosse Ausgaben, wenn ich deine Einschätzung richtig in Erinnerung habe.»

«Ja, es kommt einiges an Kosten auf Amry zu. Dringend muss bei der Belüftung und der Temperaturkontrolle in der Produktionsstätte aufgerüstet werden. Die Wasseraufbereitung ist ein Thema, und die IT muss ausgebaut werden, damit jeder Schritt vom Rohstoff bis zum Endprodukt beim Kunden zurückverfolgt werden kann.»

«Das ist einiges. Meinst du, Franz hat privat das Geld dafür, um es in die Firma einzuschiessen?»

«Gemäss Cornelia nicht. Er muss sich etwas einfallen lassen. Aber ich bin der gleichen Meinung wie du, Cornelia und Annemarie. Er übernimmt sich, und wir sollten lieber nur kosmetische Produkte wie bisher herstellen. Amry hat sich inzwischen einen Namen mit Nachhaltigkeit und hoher Qualität gemacht.»

«Warum will er so verbissen dieses Upgrade», Joel malte mit den Fingern Gänsefüsschen in die Luft, «für pharmazeutische Produkte?»

«Er hat einmal gesagt, er habe es sich an Neujahr zum Ziel gesetzt, die Firma zu vergrössern.»

«Nun merkt er, was es finanziell bedeutet, will aber nicht von seinem Vorhaben abweichen. Er hätte also einen Grund, sein Haus anzuzünden, um die Versicherungssumme zu kassieren», sagte Joel.

«Was bringt ihm das?», fragte Samantha.

«Du hast recht. Das Geld der Versicherung braucht er, um ein neues Haus zum Wohnen zu haben. Es passt alles nicht zusammen.»

«Ich habe Durst», sagte Samantha. «Möchtest du was zu trinken?»

«Ein Glacé wäre mir lieber.»

«Gute Idee. Bleib sitzen. Ich bringe eins mit.»

Nachdem Samantha in der Küche Wasser getrunken hatte, lief sie in den Keller. Als sie die Kühltruhe öffnete, hörte sie die Klingel an der Haustür und kurz darauf Stimmen. Joel und ein anderer Mann.

Samantha kehrte mit den beiden Cornets ins Wohnzimmer zurück und hätte sie beinahe fallen gelassen, als sie Nussbaum bemerkte, der sie grimmig anschaute. Bühler, der schräg hinter Nussbaum stand, hatte eine ähnliche Miene aufgesetzt.

«Darf ich kurz mit Ihnen sprechen?», fragte Nussbaum Samantha. «Allein.»

Joel sah genauso erschrocken aus, wie sie es war.

«Sicher.» Sie legte die Cornets auf den Esszimmertisch und folgte Nussbaum durch die Tür auf die Terrasse.

Im Wohnzimmer machte Bühler eine Geste zum Esstisch, und Joel setzte sich mit dem Rücken zu Samantha gewandt. Bühler beugte sich vor und sprach auf Joel ein.

Nussbaum klappte sein Notizbuch auf. «Wo waren Sie heute zwischen siebzehn und zwanzig Uhr?»

Samantha erschrak. Er wollte ein Alibi?

Nussbaum räusperte sich. Die Ungeduld war deutlich.

«Kurz nach siebzehn Uhr habe ich Feierabend gemacht und bin nach Hause gefahren.»

«Direkt?», unterbrach Nussbaum sie.

«Ja. Nein. Ich habe einen Zwischenstopp bei der Migros gemacht.»

«Bei welcher Migros? In Liestal?» Offenbar wollte er es ganz genau haben, was Samantha zunehmend beunruhigte.

«Ja, bei der in der Kasernenstrasse. Das ist auf meinem Heimweg.»

«Wo haben Sie das Auto abgestellt? In dem Parking?»

«Ich war mit dem Velo unterwegs.»

«Mit dem Velo?» Erstaunen verdrängte für einen kurzen Moment den harten Gesichtsausdruck.

«Ich sitze den ganzen Tag. Bewegung tut gut und hilft, den Kopf nach einem anstrengenden Arbeitstag zu lüften.»

«Es geht danach ziemlich bergauf.»

«Mein Ziel ist es, jeden Tag ein Stück weiterzukommen.»

«Kann jemand bestätigen, dass Sie mit dem Velo unterwegs und einkaufen waren?»

«Meine Kollegen bei Amry wissen, dass ich neuerdings hin und wieder mit dem Velo komme, aber ich erzähle es nicht jedes Mal. In der Migros waren einige Leute. Ob sich jemand an mich erinnert, weiss ich nicht. Das Gleiche gilt für die Frau an der Kasse.»

«Haben Sie die Quittung des Einkaufs?»

«Nein. Ich habe der Kassierin gesagt, ich brauche sie nicht.» In Zukunft würde sie das nicht mehr tun, dachte Samantha.

«Haben Sie eine Cumulus-Karte?», fragte Nussbaum weiter.

«Wie bitte?» Was sollte diese Frage?

Nussbaum sagte nichts, sondern starrte sie weiter an.

«Ja, aber heute hatte ich sie nicht dabei. Warum?»

«Was haben Sie gekauft?», fuhr Nussbaum fort.

Warum sollte das wichtig sein? Samanthas Irritation nahm zu. Wozu brauchte er diese Details von ihr?

«Unser heutiges Nachtessen: Brot, Fetakäse, Gurken, Zwiebeln, Salat, Oliven, Öl und Essig.»

Nussbaums Stift huschte über die Seite. «Danach sind Sie nach Hause gefahren?»

«Ja.»

«Wann waren Sie zu Hause?»

«Ich habe nicht auf die Uhr geschaut. Es muss um achtzehn Uhr gewesen sein.»

«Hat sie jemand gesehen?»

«Oliver Marti. Er kam gerade aus dem Spital. Heute wurde sein Kind – ein Sohn – geboren. Er heisst Damian und ist einige Tage zu früh auf die Welt gekommen. Er wiegt knapp drei Kilo und ist einundfünfzig Zentimeter gross, wenn ich mich richtig erinnere. Seiner Mutter und ihm geht es gut. Das nur, falls Sie bei Oliver Marti nachfragen wollen.»

Das war ihr schärfer herausgerutscht als beabsichtigt. Reiss dich zusammen. Du solltest Nussbaum nicht gegen dich aufbringen. Besonders, da du nicht weisst, was los ist.

«Weiter», forderte Nussbaum sie auf.

«Ich habe aus den eingekauften Zutaten einen griechischen Salat gemacht, den –»

«Wann kam Herr Gyger nach Hause? Vor oder nach Ihnen?»

«Nach mir. Ich habe abermals nicht auf die Uhr geschaut. Zwischen halb sieben und sieben haben wir gegessen und sind im Anschluss spazieren gegangen. Danach sind Sie gekommen.»

Nussbaum machte weitere Notizen und schaute auf.

«Warum wollen Sie mein Feierabendprogramm so genau wissen?», fragte Samantha, da er nicht weitersprach.

Er klappte das Notizbuch zu und schaute Samantha direkt in die Augen. «Frau Rysers Haus hat heute Abend um diese Uhrzeit gebrannt.»

Inzwischen war es dunkel geworden. Wie spät es war, wusste Samantha nicht, aber es war ihr egal. Müdigkeit verspürte sie keine.

«Hier.» Joel reichte Samantha die Fleecejacke und setzte sich neben sie auf die Holzbank. Schweigend schauten sie in den Garten. Zwischen den Bäumen konnte Samantha über das Tal auf die Höhenzüge auf der anderen Seite schauen, die sich wie ein Schemen gegen den Nachthimmel abhoben.

Es war still, nur hin und wieder war das Rascheln der Blätter zu hören.

«Wir gehen von Brandstiftung aus», hallte Nussbaums Stimme in ihrem Kopf nach. Das war naheliegend, wenn es am Vortag bei ihrem Bruder gebrannt hatte.

«Ich verstehe nicht, wie Herr Nussbaum auf die Idee kommt, du hättest das Feuer gelegt.»

«Na ja, ich war gestern beim Brand vor Ort, und kurz bevor der Brand bei Annemarie entdeckt wurde, wurde eine Person gesehen, die wegrannte und mir ähnlich sieht.» Das laut auszusprechen jagte Samantha abermals einen Schrecken ein. «Sie habe meine Grösse, dunkle Haare und eine dunkle Hautfarbe gehabt. So wie ich Herrn Nussbaum verstanden habe, war die Beschreibung detailliert.»

«Er muss den Hinweisen nachgehen», sagte Joel.

«Ich weiss, und ich würde gerne wissen, wer diese Aussage gemacht hat. Herr Nussbaum meinte, er dürfe mir das nicht sagen.»

«Lassen wir das», sagte Joel. «Die Spur hat sich als falsch erwiesen.»

«Bist du sicher?» Samantha dachte an die Frau aus Annemaries Nachbarschaft, die sie beschimpft hatte. War sie die Zeugin? Durchaus möglich, dass sie sich wichtigmachen wollte. Da sie offensichtlich keine gute Meinung von Ausländern hatte, war es ihr zuzutrauen, den Verdacht auf Samantha zu lenken.

«Du warst nicht dort», sagte Joel.

«Du meinst, Herr Nussbaum glaubt mir?»

«Welchen Grund sollte er haben, das nicht zu tun? Oliver wird euer Gespräch bestätigen können.»

Samantha hatte vom Küchenfenster aus beobachtet, wie Nussbaum seinen Wagen vor ihrem Haus stehen gelassen hatte und zum Haus der Martis gegangen war. Er hatte mit Oliver einige Worte gewechselt, bevor er in dessen Haus verschwunden war. Wie lange er geblieben war, konnte sie nicht sagen, weil Joel Samantha vom Fenster weggeführt hatte. «Das bringt nichts», hatte er gesagt.

«Ich möchte wissen, warum einen Tag nach dem Brand bei Franz nun Annemaries Haus brennt», sagte Joel. «Das ergibt keinen Sinn.»

«Warum nicht?», entgegnete Samantha. «Um Beweise zu vernichten.»

«Nach so langer Zeit? Inzwischen hat die Polizei alles eingesammelt, was in ihren Augen wichtig sein könnte. Ich denke, es soll Verwirrung stiften.»

«Was meinst du damit?», fragte Samantha.

«Gestern brennt es bei Franz. Offenbar nicht einfach so, sondern mit Hilfe. Heute legt jemand Feuer bei Annemarie. Für mich ist es eindeutig, von irgendwas soll abgelenkt werden.»

SECHS

Samantha öffnete die Augen und schloss sie sofort wieder. Sonnenlicht flutete durch das Dachfenster und traf direkt ihr Gesicht. Sie drehte sich auf die Seite, was ein Pochen im Kopf auslöste. Es war glücklicherweise weniger als am Morgen.

Sie hatte fast nicht geschlafen und war mit heftigen Kopfschmerzen aus dem Schlaf geschreckt.

Samantha hatte sich krankgemeldet. Joel war zur Arbeit aufgebrochen und Samantha zurück ins Bett gekrochen.

Es war stickig im Schlafzimmer, und sie war nass geschwitzt. Vorsichtig richtete sie sich auf. Das funktionierte besser als heute früh.

Nachdem Samantha lauwarm geduscht hatte, bereitete sie sich ein Fruchtjoghurt zu. Sie ass es im Stehen. Inzwischen war es früher Nachmittag. Sie hatte über die Hälfte des Tages verschlafen. Ein No-Go normalerweise. Was war aber im Moment normal? Sie dachte an die beiden Brände. Ein Zusammenhang zwischen den Bränden war für Samantha eindeutig. Gab es einen Zusammenhang mit Annemaries Tod, wie Joel in der Nacht vermutet hatte? Dem konnte Samantha nicht zustimmen. Der Brandstifter hätte gleich nach dem Tod zugeschlagen, um Spuren zu verwischen.

Samantha nahm ein Glas und füllte es mit Hahnenwasser. Sie ging ins Wohnzimmer und trat an die Terrassentür. Langsam trank sie. War der letzte Brand nur ein unglücklicher Zufall, der auf einen Kurzschluss zurückzuführen war?

Samantha beschloss, sich das Haus anzusehen.

Eine Viertelstunde später bog sie in die Strasse ein, in der Annemarie gewohnt hatte.

Vor Schreck trat sie auf die Bremse, als sie das Haus erblickte. Der Fahrer hinter ihr hupte. Samantha setzte den Blinker und hielt an. Hupend fuhr der Mann vorbei und zeigte ihr einen Vogel. Der Wagen bog an der nächsten Strasse rechts ab.

Samantha starrte das Haus an. Der Brand war verheerend gewesen. Das Dach war eingestürzt und die Fassade russgeschwärzt. Erstaunlicherweise hatte der Schuppen fast nichts abbekommen. Nur die dem Haus zugewandte Wand war schwarz.

Samantha stieg aus und ging auf das Haus zu. Vor dem Absperrband, das in der Einfahrt gespannt war, blieb sie stehen. Brandgeruch stieg in ihre Nase.

«Wer macht so was?», fragte jemand hinter ihr.

Samantha drehte sich um und bemerkte eine grauhaarige Frau. Sie kam ihr vage bekannt vor.

«Erst Annemaries Tod und nun das», fuhr die Frau fort. Sie zog leicht die Augenbrauen zusammen. «Kenne ich Sie?»

«Ich glaube nicht.»

«Sie wohnen nicht hier.» Keine Frage, sondern eine Feststellung.

«Nein.»

Die Augenbrauen vertieften die Falte zwischen sich.

«Ich habe das von Annemarie gehört», sagte Samantha. «Ich arbeite in ihrer Firma und war auf dem Weg nach Hause. Da ich nicht glauben konnte, was passiert war, musste ich vorbeikommen.»

Die Augenbrauen senkten sich. «Schlimm, nicht wahr?»

«Das ist es», sagte Samantha. Sie verabschiedete sich, drehte sich um und wäre beinahe mit einer weiteren Frau zusammengestossen.

«Sie», zischte diese. «Sie wagen es, herzukommen!»

«Anneli», sagte die erste Frau. «Was ist los?»

«Was los ist, Martha? Das ist die Brandstifterin.»

Erschrocken machte Martha einige Schritte von Samantha weg.

«Ich habe das Feuer nicht gelegt!», rief Samantha.

«Ich habe Sie beobachtet!»

Die Zeugin, dachte Samantha. Nun wusste sie, wann sie die beiden das letzte Mal gesehen hatte. Anneli hatte sie beschimpft, als sie da gewesen war, um Caruso einzufangen. Sie hatte mit ihrer Vermutung recht gehabt.

«Sie sind an den Ort Ihres Verbrechens zurückgekehrt. Haben Sie Annemarie auf dem Gewissen?»

«Anneli, nun lass es gut sein. Gehen wir lieber.» Martha fasste sie am Arm und zog sie mit sich fort.

«Wir müssen die Polizei verständigen.»

«Annemarie und sie kennen sich offenbar.» Das klang beschwichtigend.

«Kennen? Nun wundert mich nichts mehr.»

«Was wundert dich nicht?»

«Wenn sich Annemarie mit solchem Ausländerpack umgibt, ist es kein Wunder, wenn ihr etwas zugestossen ist und das Haus abgebrannt ist. Ich habe es gewusst.»

«Was meinst du damit?»

«Wer weiss, wer diese Frau geschickt hat.»

«Worauf willst du hinaus?»

«Martha, sei nicht so schwer von Begriff. Das Stichwort ist: Organisiertes Verbrechen.»

«Übertreib nicht.»

«Die dunklen Gestalten, die Annemarie in den letzten Tagen zu Besuch hatte, sagen alles. Und Walti hat neulich in der Nacht jemanden gesehen, der durch Annemaries Garten schlich, und hat diese Person da», sie deutete zu Samantha, «in ihrem Garten angetroffen, angeblich, um Caruso einzufangen. Der Walti ist wie du zu gutmütig. Ich rufe die Polizei, bevor sie weg ist.»

Die Antwort verstand Samantha nicht mehr, da die beiden Frauen ausser Hörweite waren. Sie sah, wie Martha versuchte, mit Anneli Schritt zu halten.

Samantha starrte den Frauen nach, die sich mehrmals umschauten. Es war ein Fehler gewesen herzukommen.

Samantha fuhr wie in Trance zurück. Was würde passieren, wenn Nussbaum von ihrem Vorbeischauen erfuhr? Würde es nur eine Standpauke geben, oder hatte sie sich gerade zurück auf die Liste der Täterverdächtigen manövriert?

Ein Feuerwehrwagen kam ihr entgegen, als sie über die Bahnlinie fuhr und weiter der Seltisbergerstrasse folgte.

Erschrocken sah sie dem Wagen nach. Der Smart machte einen Schlenker, und Samantha schaute zurück auf die Strasse vor sich. Ein Feuerwehrwagen.

«Er ist ohne Blaulicht unterwegs», murmelte sie.

Das musste nichts heissen. Sein Einsatz konnte beendet sein. Vor ihrem inneren Auge erschien ihr Haus – abgebrannt bis auf die Grundmauern. Aus der Ruine stiegen letzte Rauchwolken auf …

Samantha bog in die Strasse ab, in der sie wohnte. Sie stiess die Luft aus, die sie angehalten hatte. Hier sah alles wie immer aus. Kein Haus mit eingestürztem Dach oder einer russgeschwärzten Fassade. Ihres sah aus, wie sie es verlassen hatte.

Ein heller Wagen kam ihr entgegen, und sie musste ausweichen. Erst als er vorbei war, realisierte sie, dass es ein SUV war. Sie trat auf die Bremse und schaute in den Rückspiegel. Der Wagen war ebenfalls stehen geblieben. Er war nicht weiss, sondern hatte eine silberne Farbe, die bei dem Sonnenschein fast weiss schien.

Samantha betrachtete weiter den Wagen im Rückspiegel. Sie hatte ihn hier nie gesehen.

Sie drängte das mulmige Gefühl, das sich ausbreitete, zur Seite. Das muss nichts heissen, sagte sie sich. Du solltest nicht hinter jedem hellen SUV den potenziellen Schuldigen an Franz' Unfall suchen.

Ein Baselbieter Kennzeichen. Die Zahlen im Rückspiegel waren seitenverkehrt. Bevor es Samantha gelang, sie zu entziffern, setzte der Wagen ein Stück rückwärts in ihre Richtung und bog danach in die Einfahrt von Oliver und Rita Marti ein.

«Siehst du, nur Besuch», versuchte sie sich zu beruhigen.

Der Fahrer stieg nicht aus. Seltsam. Wartete er auf Oliver?

«Lass das», sagte sie und fuhr in ihre Einfahrt.

Couverts ragten aus ihrem Briefkastenschlitz. Samantha öffnete das Fach, und zwei fielen auf den Boden. Ein weiterer lag abgeknickt in dem Fach. Samantha fluchte. Normalerweise war das nicht so. Es musste die Ferienvertretung sein. Warum konnte der Pöstler die Briefe nicht vorsichtig hineinlegen?

Sie hob die Couverts auf und strich das geknickte glatt. Als sie sich dem Haus zuwandte, näherte sich ein Auto.

Es war der helle SUV. Er verlangsamte das Tempo, als er Samantha fast erreicht hatte, und sie meinte, er werde anhalten.

Sie erkannte zwei Personen. Der Fahrer trug eine Sonnenbrille. Vom Beifahrer sah sie nur die Silhouette.

Beide schauten zu ihr, als der Wagen langsam vorbeirollte und um die Kurve verschwand.

Es ist nichts dabei, sagte sie sich. Sie suchen eine Adresse.

Samantha blätterte durch die Couverts, nachdem sie das Haus betreten hatte. Alle waren an Joel adressiert. Sie legte sie auf den Wohnzimmertisch und ging in die Küche.

Als sie Wasser in ein Glas füllte, bemerkte sie einen Wagen, der vor ihrer Einfahrt anhielt.

«Schon wieder der», stiess sie hervor. Dieses Mal erkannte sie den Beifahrer. Er trug wie der Fahrer eine Sonnenbrille und schaute in ihre Richtung.

«Es reicht!» Schwungvoll stellte Samantha das Glas auf die Anrichte und eilte barfuss nach draussen.

Der Fahrer gab Gas. Bevor Samantha die Strasse erreichte, war er aus ihrem Blickfeld verschwunden. Du hättest dir das Kennzeichen merken müssen, dachte sie frustriert.

«Beim Wagen habe ich keine Bedenken. Er wird eine Adresse gesucht haben», sagte Joel und gab Erdbeeren, Milch und Eiswürfel in den Mixer.

«Warum beobachtet er unser Grundstück und verschwindet, sobald ich aus dem Haus komme?»

«Zufall. Sie werden die Hausnummer angeschaut haben.»

«Heute gibt es Navis. Da braucht es kein Abklappern nach der Hausnummer.»

«Navis sind nicht perfekt.»

«Unsere Strasse liegt nicht ab vom Schuss.»

«In meinem Navi sind nicht alle Haunummern der jeweiligen Strasse aufgeführt. In solchen Fällen gebe ich eine ein und suche das richtige Haus, sobald ich die Strasse erreicht habe.» Er gab Samantha ein Glas mit Erdbeermilch. «Haben sie gesehen, wie du rausgekommen bist?»

Das konnte sie nicht beantworten.

Joel goss Erdbeermilch in das zweite Glas und trank einen Schluck. Ein dünner Milchschnauz blieb oberhalb der Lippe zurück. «Um auf deine Anfangsfrage zurückzukommen. Ich fände es übertrieben, die Polizei deswegen zu verständigen. Es kommt häufiger vor, dass die Leute nach einer Adresse suchen und aussehen, als irrten sie herum.» Er fuhr mit dem Finger über die Lippe und betrachtete für den Bruchteil einer Sekunde die Milch auf der Fingerkuppe, bevor er sie abschleckte.

Samantha nippte an der Erdbeermilch. «Fein», sagte sie und folgte Joel auf die Terrasse. «Du magst recht haben, was das Auto betrifft. Trotzdem bleibt ein schaler Beigeschmack.»

«Verständlich bei dem, was gerade los ist.»

«Ausserdem sind da die beiden Frauen», fuhr Samantha fort.

«Die beiden, die dich beschimpft haben und von zwielichtigen Besuchern bei Annemarie gesprochen haben?»

«Genau.»

«Das halte ich für harmlos.»

Verständnislos schaute Samantha Joel an. «Harmlos?»

«Nicht ihre Ausländerhetze – deswegen sollte man sie belangen. Aber die beiden gehören für mich in die Kategorie Klatschnachbarn. Sie wissen nichts mit sich und den langen Tagen anzufangen. Gerüchte zu verbreiten ist ihr Hobby.»

«Du glaubst nicht, dass sie mich bei Herrn Nussbaum anschwärzen?»

«Das will ich damit nicht sagen. Diese Leute machen sich gerne wichtig, und es ist denkbar, dass sie ihn informieren. Er wird nicht … angetan sein, und du solltest dir einen plausiblen Grund einfallen lassen, weshalb du dort warst, damit du ihm den Wind aus den Segeln nehmen kannst, falls er auf dich zukommt.»

«Hallo zusammen.»

Joel und Samantha drehten sich gleichzeitig um.

Ihr Nachbar Daniel Braun stand mit einer Schaufel am Gartenzaun und hob zum Gruss die andere Hand.

«Gartenarbeit?», fragte Joel und trat zu ihm.

«Das Unkraut wächst schneller als alles andere.»

«Wem sagst du das.»

«Man muss am Abend jäten. Tagsüber ist es zu heiss. Apropos zu heiss. Habt ihr das gehört?»

«Was?»

«Es hat heute gebrannt.»

«Wo?»

«Ganz in der Nähe.» Er nannte den Strassennamen.

Samantha versteifte sich. Der Feuerwehrwagen, der ihr entgegengekommen war.

«Zum Glück wurde das Feuer schnell bemerkt, der Schaden hält sich in Grenzen, soweit ich weiss.»

«Weiss man, warum?», fragte Joel.

«In den Nachrichten hiess es, die Brandursache sei nicht geklärt. Im Moment brennt es ziemlich viel», fuhr Daniel Braun fort. «Genau genommen ist es das dritte Mal innerhalb weniger Tage. Bei den anderen beiden Fällen scheint es sich um Brandstiftung zu handeln, wenn man das glauben kann, was die Medien verbreiten.»

«Das ist beunruhigend», schaffte Samantha zu sagen. Beim besten Willen wollte sie Daniel Braun nicht sagen, dass es so war und sie, wenn auch nur indirekt, davon betroffen war.

«Claudia meint, es könnte ein Brandstifter sein Unwesen treiben.»

«Hoffentlich nicht», sagte eine Frauenstimme. Gleich darauf tauchte Daniel Brauns Frau hinter ihrem Mann auf. «Das sieht aus, als würde er willkürlich zuschlagen, und, um ehrlich zu sein, ich habe Angst.»

Nicht nur du, sagte sich Samantha im Stillen und dachte an den hellen SUV.

SIEBEN

Vor der Begegnungszone in Sissach bog Samantha links ab und folgte Christians Wagen. Er hatte sie gefragt, ob sie mitfahren wollte, aber Samantha hatte abgelehnt, da sie nach dem Essen nach Lenzburg musste, um ihre ehemalige Wohnung abzugeben.

Sie überquerte die Ergolz, folgte der Rheinstrasse bergauf und verliess Sissach. Die kurvige Strasse führte an Wiesen mit Obstbäumen, Reben und Weiden mit Kühen entlang.

Christian bremste und bog rechts auf einen Parkplatz ab. Samantha hielt neben ihm an.

«Kann man nicht bis oben fahren?», fragte sie, als Christian ausgestiegen war. Sie wies auf die schmale Strasse, die steil hangaufwärts führte.

«Man kann oben parken, aber häufig sind alle Parkplätze besetzt. Daher laufe ich das letzte Stück lieber.»

Nebeneinander folgten sie dem Weg. Die Sonne brannte auf sie herunter. Samantha schwitzte. Die Luft war heute wie am Wochenende, zum Schneiden. Neue Gewitter waren angekündigt, und man befürchtete, sie würden ähnlich heftig sein wie vorgestern, am Samstagabend.

Erste Wolkenberge, die sich auftürmten, verrieten, dass die Wetterfrösche mit ihrer Prognose richtiglagen.

«Wie findest du die Einladung zu diesem Mittagessen?», fragte Christian, der ausser Atem war. Schweisstropfen glänzten auf seiner Stirn.

«Ehrlich? Ich weiss nicht, was ich davon halten soll.»

«Ich auch nicht. Ich finde es makaber.»

«Franz hat gesagt, Annemarie hätte sich kein Trübsalblasen gewünscht. Also nichts mit einer Gedenkansprache in der Firma mit anschliessendem steifen Herumstehen bei einem Glas Weisswein.»

«Damit hat er recht», erwiderte Christian. «Ich finde jedoch, er hätte damit warten können. Besonders nach den beiden Bränden mutet es seltsam an.»

«Es ist die Suche nach Halt und Normalität.»

Der Weg führte ein Stück durch einen Wald. Es tat gut, aus der sengenden Sonne herauszukommen, obwohl es nicht signifikant kühler war.

«Was sind das für Mauerreste?», fragte Samantha.

«Sie gehören zu der Ruine Sissacherflue.»

«War das eine Burg?»

«Diese Wehranlage gibt es seit mehreren tausend Jahren, wenn ich das richtig im Kopf habe. Sie wurde öfter umgebaut und hauptsächlich im Mittelalter genutzt.»

Vor der Ruine standen einzelne Wagen. Samantha erkannte Emmas silbrigen Audi mit deutschem Kennzeichen. Emma war Grenzgängerin und wohnte ungefähr zwanzig Kilometer von Liestal entfernt. Sie war zusammen mit Dominik aufgebrochen, der bei ihr mitgefahren war.

«Die anderen sind offenbar schon da», sagte Christian. «Es ist nicht mehr weit. Das Restaurant Sissacherfluh ist da vorne.» Er zeigte geradeaus.

«Was sind das für Holzhütten?», fragte Samantha.

«Die Sissacherfluh Hüsli. Sie gehören zum Restaurant, und es gibt spezielle Aktionen, die man als Kleingruppen buchen kann. Im letzten Dezember war ich zu einem Käsefondue eingeladen. Das war richtig gemütlich.»

Samantha spähte in ein Häuschen hinein. Ein Tisch mit acht Stühlen stand darin. Boden und Wände waren aus Holz. Vor dem Fenster hing ein Vorhang. Das Ganze machte einen heimeligen Eindruck.

«Wo sind die anderen?», fragte Christian. «Wir hatten auf der Terrasse abgemacht.»

«Kann ich Ihnen helfen?», fragte eine Kellnerin. «Die sind zur Aussichtsplattform gegangen», erwiderte sie, als Christian nach der Gruppe von Amry Cosmetics fragte. «Sie müssen den Weg dort nehmen.»

Keine Minute später erreichten sie die Plattform.

«Die Letzten sind da», rief Dominik, der sie zuerst entdeckt hatte.

Samantha trat an das schmiedeeiserne Geländer und wich einen Schritt zurück, als sie erkannte, wie senkrecht die Felskante abfiel.

«Tolle Aussicht, nicht wahr?», fragte Dominik.

«Das stimmt.»

«Du hast hier eine wunderbare Aussicht ins Ergolz- und Diegtertal. Wenn es nicht so dunstig ist, kannst du bis zu den Alpen sehen.» Dominik zeigte nach Süden.

Samantha liess die Aussicht auf sich wirken. «Ist das dahinten Basel mit den Roche-Türmen?»

«Richtig.»

«Das da unten ist Sissach, nehme ich an. Und wo ist Liestal?»

«Hinter dem Höhenzug», erwiderte Franz und stellte sich neben Samantha. Er legte seine Hände auf das Geländer. Samantha spürte seine Augen auf sich gerichtet. Sie schaute weiter Richtung Basel und tat, als würde sie die Aussicht geniessen.

Wenn er dich hier hinunterstösst, überlebst du das nicht. Sie erschrak über ihren Gedanken.

«Schön ist es hier, nicht wahr?», sagte Franz. Wollte er mit dem Small Talk zurück zu einem normalen Umgang finden? Samantha dachte an seine Beschuldigungen, sie habe gegenüber Nussbaum falsche Aussagen gemacht. Hatte er realisiert, überreagiert zu haben?

Samantha traute der Inszenierung der friedlichen Stimmung nicht und trat einen weiteren Schritt zur Seite.

«Lasst uns zum Restaurant zurückkehren, da nun alle da sind», sagte Franz. «Auf der Terrasse ist ein Tisch für uns reserviert.»

Samantha wählte einen Platz möglichst weit von Franz entfernt. Sie setzte sich an den Rand des Tisches neben Jasmin und Emma gegenüber.

Christian, der sich neben Emma gesetzt hatte, griff nach der

Karte, auf der das Menü notiert war, das Franz für sie bestellt hatte. «Salat, Eglifilet im Bierteig mit Tartarsauce.» Er schaute erstaunt auf. «Haben alle gerne Fisch?»

«Ja, ich habe euch gefragt, und alle waren einverstanden», erwiderte Franz.

«Erstaunlich. In meinem Bekanntenkreis gibt es regelmässig Theater, wenn es um Fisch geht.»

Die Kellnerin brachte Nüsse, Wasser und Weisswein zum Apéro.

«Was ist mit dir los?» Christian stiess mit dem Ellenbogen leicht gegen Emmas Oberarm. «Du bist so still heute.»

«Es ist … nichts.»

«Nach nichts sieht das nicht aus.»

Emma druckste herum.

«Sag, was ist los. Hängt es mit Annemarie zusammen?»

«Nein. Es ist … vielleicht ist es nichts.» Sie nippte am Wasser. «Ich weiss nicht, wie ich es sagen soll. War jemand von euch am Freitag oder über das Wochenende im Labor?»

«Ich?» Christian deutete auf sich. «Nein, warum? Am Wochenende habe ich Besseres zu tun.»

Emmas Blick wanderte zu Samantha.

«Ich war am Freitag krank. Donnerstag war ich kurz bei dir, weil –»

«Ich meine, als ich bereits gegangen war.»

«Dazu hatte ich keinen Grund», erwiderte Samantha.

«Ich auch nicht», sagte Jasmin. «Warum?»

«Gewisse Sachen standen nicht mehr dort, wo ich sie hingestellt hatte.»

«Was meinst du damit?», fragte Christian.

«Der Mörser stand zum Beispiel auf dem Arbeitstisch mit dem Abzug.»

«Was ist daran seltsam?», fragte Jasmin.

Warum Emma ein Problem damit hatte, konnte auch Samantha nicht nachvollziehen.

«Ich räume die Dinge grundsätzlich auf!»

Das stimmte. Emma war pingelig, was die Ordnung im

Labor betraf. Alles hatte seinen Platz. Und sie wusste stets, welche Dinge sie an welchen Ort geräumt hatte.

«Vielleicht warst du beim Aufräumen mit deinen Gedanken anderswo. Erstens, weil das Wochenende vor der Tür stand, und ausserdem ist es in Anbetracht der momentanen Ausnahmesituation verständlich.» Christian schob sich einige Nüsse in den Mund.

«Den Mörser habe ich letzte Woche nicht gebraucht. Zwei Schranktüren standen offen. Als ob jemand darin was gesucht und die Türen danach nicht mehr geschlossen hätte. Und wenn ich es mir genau überlege, hatte ich letzte Woche schon einmal das Gefühl, es sei jemand während meiner Abwesenheit im Labor gewesen.»

Christian schaute Samantha an und schwieg.

«Logisch, keiner will es zugeben.» Emma klang sauer. «Wenn jemand seinen Privatversuch machen möchte, kann er das gerne, aber nur in meiner Anwesenheit.»

«Wir sollten uns beeilen», sagte Christian und zeigte mit dem Finger zum Himmel. Der Wind hatte aufgefrischt, und vereinzelt war Donnergrollen zu hören. Es roch nach warmem Regen.

Nebeneinander eilten sie die Strasse entlang und hatten die Ruine erreicht, als ein Wagen neben ihnen anhielt.

«Warum lauft ihr?», fragte Franz.

«Wir haben unten geparkt», sagte Christian.

«Steigt ein.»

«Nein danke», sagte Samantha. «Ein Verdauungsspaziergang tut gut.»

«Was ist mit dir los?», fragte Christian.

«Nichts, ich habe zu viel gegessen, und Bewegung ist genau das Richtige.»

«Es wird gleich regnen.»

Wie zur Bestätigung fielen erste grosse Tropfen. Christian öffnete die Beifahrertür und machte eine ausladende Bewegung mit der Hand ins Innere. «Die Dame, bitte nehmen Sie Platz.»

Widerwillig schlüpfte Samantha auf den Beifahrersitz.

Christian stieg hinten ein. Zu gerne hätte Samantha mit ihm getauscht. Sie war froh, als sie den Parkplatz erreichten.

«Du hast heute Nachmittag freigenommen. Ist das richtig?», fragte Franz, als er anhielt.

«Ich muss meine Lenzburger Wohnung abgeben.»

«Du ziehst nach Liestal?», fragte Christian und öffnete die Tür.

«Ja.»

«Das wurde Zeit. In dem Fall bis morgen.» Er rannte durch den Regen zum Auto.

«Warte», sagte Franz, als Samantha ihm folgen wollte. «Es tut mir leid, wie ich mit dir umgesprungen bin.»

«Schon gut», sagte Samantha.

«Gar nichts ist gut. Du hast, ohne zu murren, die Sonderaufgaben erledigt, die mit Geschäftlichem nichts zu tun haben.»

«Das ist für mich okay.»

«Anstatt dir zu danken, fauchte ich dich an.»

«Mach dir keine Gedanken», sagte Samantha. «Es ist viel im Moment.»

«Das stimmt.» Er fuhr mit der Hand über seinen Kopf. «Als ob Annemaries Tod nicht reichen würde. Nun hat es jemand zusätzlich auf unsere Häuser abgesehen.»

«War es definitiv Brandstiftung?», fragte Samantha.

«Ja. Bei Annemarie ging man zunächst von einem Kurzschluss aus, aber man hat wie bei mir Brandbeschleuniger gefunden.»

«Das heisst, ihr Tod hängt mit den Brandstiftungen zusammen?»

«Das können die Beamten nicht sagen. Immerhin hat es gestern abermals in Liestal gebrannt, und die Eigentümer des Hauses haben nichts mit uns zu tun. Ich will damit sagen, ich kenne sie nicht.»

«Und Annemarie?»

«Soweit ich weiss, ebenfalls nicht. Cornelia meinte nein,

und die Leute gaben an, nie Kontakt zu Annemarie gehabt zu haben.»

«Weiss man mehr zu dem dritten Brand?»

«Herr Müller wollte sich dazu nicht äussern.»

Samantha brauchte einen Moment, bis sie wusste, dass Franz den Brandermittler meinte.

Der Regen trommelte auf das Autodach. Durch die Windschutzscheibe erkannte Samantha Christians Wagen, der vom Parkplatz fuhr. Christian winkte ihnen zu.

«Weiss man, woran Annemarie gestorben ist?», fragte Samantha, als sich das Schweigen in die Länge zog.

«Aconitin.»

«Woran?»

Franz antwortete nicht.

Es dauerte einen Augenblick, bis ihr klar wurde, was Aconitin war. «Sie wurde mit Eisenhut vergiftet?»

***

«Das klingt schrecklich», rief Simona. Es war nicht zu übersehen, dass Simona die zwei Jahre ältere Schwester von Joel war. Ihre leicht gewellten Haare hatten den gleichen Kastanienton wie Joels. Auch ihre Augen hatten dasselbe Braun, und die Augenform stimmte mit seiner überein.

Samantha hatte Simona nach dem Mittagessen angerufen. Da sie wegen des früheren Aufbruchs aufgrund des Gewitters gut in der Zeit war, könne sie Nicos Kleider, die Simona bei ihrem letzten Besuch bei Samantha und Joel vergessen hatte, vorbeibringen, obwohl es über Mumpf nach Lenzburg ein Umweg war. Samantha war froh, die Sachen heute vorsichtshalber mitgenommen zu haben.

Simona hatte Samantha ein kleines Zvieri offeriert und Kirschen und Erdbeeren auf den Tisch gestellt.

«Nico! Sei nicht so gierig», sagte Simona. Ihm gelang es, noch zwei Erdbeeren zu nehmen, als Simona den Teller aus seiner Reichweite schob, und er stopfte sie in den Mund. Der

Saft lief an seinem Kinn nach unten und tropfte auf das Lätzchen.

«Mit welchem Gift wurde sie getötet?», fragte Simona. Sie rutschte auf dem Sofa hin und her, offenbar darum bemüht, eine bequeme Lage zu finden. Sie war im sechsten Monat schwanger, hatte aber das Gefühl, wie kurz vor dem Geburtstermin ihres inzwischen zweijährigen Sohnes Nico auszusehen. «Wenn ich mich mit einem Walross vergleiche, ist es eine Beleidigung für dieses Tier», hatte sie einmal erklärt.

«Aconitin», erwiderte Samantha. «Das ist im blauen Eisenhut enthalten. Der blaue Eisenhut zählt zu den giftigsten Pflanzen und kommt auch bei uns vor.»

«Bei uns?»

«Ja, in fast ganz Mittel- und Nordeuropa in höheren Lagen der Mittelgebirge. Er ist zudem in vielen Gärten als Zierpflanze zu finden.»

«In Gärten?», fragte Simona weiter.

«Eisenhut sieht hübsch aus.» Sie zeigte Simona auf dem Handy ein Foto. «Dabei ist das nicht unproblematisch. Man sollte diese Pflanze nur anfassen, wenn man Handschuhe trägt, da das Gift über die Haut in den Körper gelangen kann.»

«Das klingt saugiftig, und wenn ich dich richtig verstehe, ist es tödlich. Und dazu muss man es nicht einmal oral zu sich nehmen?»

«Genau. Aconitin zählt in der Toxikologie zu den am stärksten wirksamen biogenen Giften. Wie angedeutet kann bereits das Berühren oder Pflücken von Pflanzen zur Gefahr werden, da das Gift sogar durch die unverletzte Haut resorbiert werden kann. Alle Pflanzenteile sind giftig. Hat man davon gegessen, treten nach kurzer Zeit die ersten Vergiftungssymptome auf: Kribbeln, Taubheitsgefühl in Händen und Füssen, Lähmungen im Gesichtsbereich und ein unerträgliches Kältegefühl im gesamten Körper. Danach folgen Gefühllosigkeit und Lähmungserscheinungen in Armen und Beinen, erschwerte Atmung, Schwindel, Ohrensausen, Erbrechen und Durchfall.

Der Tod tritt je nach Giftmenge in einer halben Stunde oder innerhalb von drei Stunden durch Atemlähmung oder Herzversagen ein. Es ist ein schmerzhafter Tod. Das Bewusstsein ist bis zuletzt nicht beeinträchtigt.»

Simona starrte Samantha an. «Woher weisst du das?»

«Von meinem Biologiestudium. Ich fand alles besonders spannend, was mit Giftpflanzen zu tun hatte. Meine Kommilitonen hatten mich Gifthexe genannt.» Samantha lächelte. «Ausserdem findet man dazu genügend Informationen im Netz. Dies kannst du zum Beispiel hier nachlesen.» Samantha kehrte zur Google-Suchmaske zurück. Sie tippte auf einen Link von «doctors today» und reichte Simona das Gerät.

«Giftpflanze mit krimineller Vergangenheit», sagte Simona kaum hörbar und schaute auf. «Du sagtest, diese Pflanze ist also einfach zu beschaffen.»

«Ja, gerade ist Blütezeit.»

«Der Täter könnte sie bei sich im Garten haben?»

«Das ist denkbar. Viele sind sich nicht bewusst, was sie im Garten gepflanzt haben», sagte Samantha.

«Ich finde es beängstigend, dass man sich allein mit Berühren durch die Haut vergiften kann.»

«Das haben sich schon die Römer zunutze gemacht. Um zu morden, haben sie zum Beispiel Pulver auf Kopfkissen verteilt oder Handschuhe in einen Aconitinextrakt getaucht. Soviel ich weiss, wurden bereits römische Kaiser mit dem blauen Eisenhut ins Jenseits befördert.»

Simona reichte Samantha das Handy zurück. «Wo bist du da nur hineingeraten, Sammy?»

«Nicht ich, sondern Franz und Annemarie.»

«Du arbeitest für diese Firma. Bitte pass auf dich auf und sieh zu, nicht in das Schussfeld des Täters zu kommen.»

«Warum sollte ich das?», fragte Samantha lockerer, als ihr zumute war.

«Der Typ könnte es auf Amry Cosmetics abgesehen habe, und alle, die dort arbeiten –»

«Nein», unterbrach Samantha sie. «Das ist zu weit hergeholt.» Oder hatte Simona mit ihrer Annahme recht? Samantha dachte an den weissen SUV, den sie vor Kurzem in ihrer Strasse gesehen hatte. So einen Wagen hatte sie auch im Schildareal gesehen und bei Annemaries Nachbarn. Hör auf damit und lass dich nicht wild machen. Sie steckte das Handy in ihre Tasche.

***

Samantha hätte nicht gedacht, rechtzeitig zum Übergabetermin zu kommen. Nur durch Zufall hatte sie bei Simona auf die Uhr geschaut. Glücklicherweise hatte es keinen Stau gehabt. Vom Seifi-Parkplatz war sie hergerannt. Ivo Seiler, der Vermieter ihrer Dachwohnung in der Lenzburger Altstadt, war nicht da.

Samantha schaute auf die Uhr. Hatte sie sich eine falsche Uhrzeit notiert? Erleichtert sah sie, wie er aus derselben Richtung wie sie vorhin kam.

«Entschuldigen Sie die Verspätung», sagte er und reichte Samantha die Hand.

«Kein Problem.»

Sie betrat hinter ihm das Haus und stieg die Treppe nach oben. Vor der Wohnungstür von Christa und Norbert Ott zögerte sie. «Wir sind mit der Seniorengruppe in Barcelona», hatte Christa sie wissen lassen, als Samantha gefragt hatte, ob sie da seien. Sie hätte sich gerne verabschiedet. «Wir hoffen, du besuchst uns einmal», hatte Christa angefügt.

Das würde sie bestimmt, nahm Samantha sich vor. Christa und Norbert Ott waren mehr als Nachbarn und Freunde. Stets waren sie für Samantha da gewesen.

Samantha schloss die Tür zu ihrer Dachwohnung auf. Es war seltsam, in der leeren Wohnung zu stehen, die einige Jahre ihr Zuhause gewesen war. Samantha hatte nicht mit dieser Trauer gerechnet, die sie verspürte, ein letztes Mal hier zu sein. Die Wohnung war bis zu diesem Einbruch im vergangenen Frühling ihr Refugium gewesen. Auch wenn Joel und sie keine Pläne zum Zusammenziehen gehabt hätten, wäre sie ausgezogen.

Ivo Seiler war in Richtung Badezimmer verschwunden, um zu inspizieren, ob alles in Ordnung war.

Samantha trat an das Fenster und schaute nach unten. Einige Passanten flanierten die Rathausgasse entlang und verschwanden in den Läden. Aus ihrem Haus trat Charlotte Häfliger, die in der untersten Wohnung wohnte und im Schuhgeschäft im Erdgeschoss als Verkäuferin arbeitete. Sie zündete eine Zigarette an und schaute hoch, als habe sie Samanthas Blick gespürt.

Samantha war froh, in Zukunft dieser Frau nicht mehr begegnen zu müssen. Sie hatte keine Gelegenheit ausgelassen, Samantha zu verstehen zu geben, was sie von ihr hielt. Sie würde Samantha nicht fehlen.

«Es sieht alles in Ordnung aus.»

Ivo Seiler ging zur Küchenanrichte und machte einige Notizen in das Abnahmeprotokoll.

Als er den Kopf hob, lächelte er Samantha an. «Ich finde es schade, dass Sie ausziehen, aber ich verstehe, wenn Sie mit Ihrem Freund zusammenziehen wollen.»

Im Frühling hatte das anders geklungen. Er war nicht erfreut über die Verwüstung nach dem Einbruch gewesen. Glücklicherweise hatte Samanthas Versicherung die Kosten für den Schaden übernommen.

Ivo Seiler reichte Samantha den Kugelschreiber und deutete auf das Formular. «Können Sie bitte hier unterschreiben?»

Er gab Samantha ein Exemplar des Abnahmeprotokolls und reichte ihr die Hand. «Ich wünsche Ihnen alles Gute.»

Bevor Samantha die Wohnung verliess, schaute sie sich um. Sie verspürte ein wenig Wehmut – trotz allem, was geschehen war.

Sie lief die Treppe nach unten und trat auf die Gasse. An der Tür zum Schuhladen hing ein Schild mit «Ich bin gleich zurück». Aus dem Eingangsbereich gegenüber stiess sich eine Frau von der Hauswand ab und kam auf Samantha zu. Im ersten Moment dachte Samantha, es sei Charlotte Häfliger, die sie abgepasst hatte, um eine ihrer Schimpftiraden gegen Ausländer platzieren zu können. Auf den zweiten Blick erkannte sie, dass die Frau jünger war. Sie blieb vor der Tür zum Schuhladen unschlüssig stehen, bevor sie weiterging.

Samantha schlug den gleichen Weg Richtung Leuengasse ein.

«Was machst du hier?», rief jemand hinter Samantha, was alles andere als begeistert klang.

«Lorena.» Samantha verspürte einen Kloss im Hals. «Das Gleiche könnte ich dich fragen.»

«Spionierst du mir hinterher?»

«Woher soll ich wissen, dass du hier bist? Ich habe meine Wohnung abgegeben.»

«Da kann Lenzburg sich glücklich schätzen, dich loszuwerden. Wohnst du in Liestal?»

«Ja.»

«Bei ihm?» Das klang, als habe Lorena in eine Zitrone gebissen.

«Ja», erwiderte Samantha abermals.

«Wie schön für dich.»

«Hör zu, ich will keine Auseinandersetzung mitten auf der Strasse. Ich fände es an der Zeit, um –»

«Um was? Zu einem normalen Alltag zurückzukehren? Das kannst du vergessen. Immerhin hast du mein Leben zerstört.»

«Das habe ich nicht. Du wolltest meins zerstören und Joel und mich auseinanderbringen, weil du Joel, aus welchen Gründen auch immer, nicht ausstehen kannst.» Samantha verfluchte sich, auf die Konfrontation eingegangen zu sein. Sie hätte Lorena stehen lassen sollen. «Die Folgen –»

«Hör auf, den Moralapostel zu spielen. Du hast an Cédrics Trennung von mir Schuld.»

«Habe ich nicht.» Samantha überlegte fieberhaft, wie sie sich einem weiteren Wortgefecht entziehen konnte. Als sie im Frühling das Gespräch mit Lorena gesucht hatte, war es unschön geworden, und sie hatte es vorgezogen, den Kontakt zu Lorena abzubrechen.

«Ich habe eh keine Zeit, mit dir unnütze Diskussionen zu führen. Ich muss das hier wegbringen.» Lorena deutete auf die Tasche in ihrer Hand. «Da ist das Hochzeitskleid drin, das ich zum Glück zurückgeben kann.» Abrupt drehte sie sich um, und die roten Locken wirbelten um ihren Kopf. Mit durchgestrecktem Rücken marschierte sie davon.

Niedergeschlagen schaute Samantha ihr hinterher und ging zum Seifi-Parkplatz. Die Sonne strahlte das Schloss Lenzburg an. Es schien wie von selbst zu leuchten. Dort oben hätten Lorena und Cédric ihre Hochzeit gefeiert.

Aus den Augenwinkeln nahm Samantha eine Bewegung wahr. Im Wagen neben ihr sass die dunkelhaarige Frau, die vorhin ins Schuhgeschäft gehen wollte. Sie hielt ihr Handy ans Ohr und wandte sich ab.

Auf halbem Weg zu ihrem Smart blieb Samantha abrupt stehen. Neben ihrem Wagen stand ein heller SUV. Eine Frau mit einem Mädchen, das etwa zwölf Jahre alt sein musste, kam über den Parkplatz, und die Blinklichter des SUV leuchteten auf. Das Mädchen öffnete den Kofferraum und stellte den Schulrucksack hinein. Kurz schaute sie Samantha an, bevor sie zu dem Mädchen ins Auto stieg.

Siehst du, ganz normal und ungefährlich, sagte Samantha sich und stellte ihre Handtasche auf den Beifahrersitz.

Als sie anfuhr, startete die Frau neben ihr den Wagen und fuhr hinter Samantha vom Parkplatz.

Wiederholt schaute Samantha in den Rückspiegel. Der SUV folgte ihr zur Autobahn. Dort überholte er sie und verschwand aus ihrem Blickfeld.

***

«Unwetter mit Hagel haben in Schwyz für überschwemmte Strassen gesorgt», meldete der Radiosprecher. «In Aarau wurden Teile des Bahnhofs und der Unterführung geflutet.

Weitere heftige Unwetter sind für die gesamte Schweiz in der kommenden Nacht zu erwarten.»

Bisher hatten die für heute angekündigten Gewitter um Liestal einen grossen Bogen gemacht, worüber Samantha froh war. Der Hagel des Unwetters von vergangenem Wochenende hatte Samanthas Bemühungen, im Hochbeet Kräuter und Salat zu ziehen, zunichtegemacht. Das Basilikum war wie gehäckselt und sah wie Pesto aus.

Joel kam in die Küche und gab Samantha zur Begrüssung einen Kuss. Er wirkte abgekämpft. «So ein elender Mist», schimpfte er.

«Was?» Samantha schaltete das Radio aus.

«Die Amerikaner.»

«Was ist passiert?»

«Sie sind mit dem Halbjahresabschluss nicht zufrieden. Ich habe die Ehre, mit nach Amerika reisen zu dürfen.»

«Finanzen sind nicht dein Ressort.»

«Bei der Gelegenheit sollen die Unstimmigkeiten in Bezug auf die Qualitätssicherung besprochen werden.» Joel füllte Wasser in ein Glas, das er in einem Zug leerte.

«Wann musst du fliegen?»

«In den nächsten Tagen. Der Termin muss von den Amerikanern bestätigt werden. Das Treffen wird mehrere Tage dauern. Als ob ich nichts anderes zu tun hätte.»

Samantha wusch die Tomaten, die sie für den Tomaten-Mozzarella-Salat vorgesehen hatte. Joel stellte sich neben sie und schnitt den Mozzarella in dünne Scheiben.

«Sind das die neuen Mieter von Josefinas Haus?», fragte er.

«Welche neuen Mieter?»

«Der da in dem Wagen, der auf der Strasse vor ihrem Haus parkt.»

Samanthas Blick folgte seinem ausgestreckten Arm, und sie stutzte. Wo hatte sie diesen Wagen schon einmal gesehen? Das Fenster auf der Fahrerseite war heruntergelassen, und Samantha konnte den Schemen einer Person erkennen. Eine Hand mit einer Zigarette streckte sich aus dem Fahrerfenster.

Auf wen wartete er? Sie betrachtete das Haus, in dem ihre im Frühling ermordete Nachbarin gelebt hatte. Bisher hatte es keinen neuen Mieter gegeben, soweit Samantha wusste. Hin und wieder waren Leute zur Besichtigung gekommen. Sobald sie erfuhren, was in dem Haus geschehen war, hatten sie es sich anders überlegt, wie Oliver Marti Joel einmal erzählt hatte.

Die Hand mit der Zigarette verschwand im Inneren des Wagens, und gleich darauf waberte eine Rauchwolke durch das offene Fenster. Die Hand erschien von Neuem und schnippte die Kippe fort.

«So ein Sauhund», rief Samantha.

«Was?»

«Der Typ da hat die Zigarette fortgeschmissen, und sie ist in unserer Einfahrt gelandet.»

Samantha deckte den Tisch. Während sie assen, berichtete sie von dem Abschiedsessen für Annemarie, wie Franz es genannt hatte, und erwähnte die Eisenhutvergiftung.

«Das rückt alles in ein anderes Licht», sagte Joel. «Die Polizei hat schon vorher durchblicken lassen, dass Annemarie keines natürlichen Todes gestorben ist, aber das ist heftig. Ich frage mich, wie sie darauf gekommen sind, toxikologische Untersuchungen auf Eisenhut zu machen.»

«Wie meinst du das?»

«Es wird nicht zum Standardprogramm der Rechtsmedizin gehören, nach einer Aconitinvergiftung zu suchen. Sie müssen einen entsprechenden Hinweis gehabt haben.»

«Franz sagt, auf dem Nachttischchen habe ein Buch über Giftpflanzen gelegen. Die Seite mit dem Eisenhut war aufgeschlagen.»

«Du meinst, sie hat die Anzeichen als Vergiftung gedeutet, aber vorsichtshalber nachgeschlagen. Als sich ihr Verdacht bestätigte, ist sie aufgestanden und hat den Notruf gewählt.»

Samantha griff nach dem Brot, um eine Scheibe abzuschneiden. «Das könnte eine Erklärung sein. Genau weiss man es nicht. Autsch!»

«Was ist?»

«Ich habe mich geschnitten.» Samantha steckte den Finger in den Mund.

«Tomaten-Mozzarella-Salat mit Fleischzusatz. Das gibt den besonderen Goût.»

«Sehr witzig.»

«Warte.» Joel verliess die Küche und kehrte gleich darauf mit einem Pflaster zurück.

Samantha hielt ihm den Finger hin.

«Ich frage mich, ob sie nicht gemerkt hat, dass mit dem Essen etwas nicht stimmte», sagte Joel.

«Wieso mit dem Essen?»

«Hat sie Eisenhut im Garten und ist mit ihm bei der Gartenarbeit in Berührung gekommen?»

«Ich habe keinen gesehen», erwiderte Samantha. «Du meinst, etwas von der Pflanze war zum Beispiel in einem Salat?»

«Genau. Wenn nicht durch die Haut, dann muss das Gift über den Mund in ihren Körper gelangt sein.»

«Eisenhut ist nicht geschmacksneutral. Er ist bitter.»

«Wie du weisst, reicht eine kleine Menge», sagte Joel. «Wenn ich das richtig im Kopf habe, sind bereits zwei bis fünf Milligramm Aconitin tödlich.»

«Sie hätte nach oder beim Essen ein Kribbeln im Mund oder Taubheit spüren müssen. Hinzu kommen Übelkeit und Erbrechen.»

«Sofern es diese Symptome gegeben hat.»

«Ich bin überzeugt, sie hätte die Symptome erkannt, egal, wie schwach sie gewesen waren», fuhr Samantha unbeirrt fort. «Und nicht erst, als sie sich zum Schlafen parat gemacht hat.»

«Meinst du wirklich? War sie das ganze Wochenende allein?»

«Das weiss ich nicht. Warum?»

«Wenn sie allein gegessen hat, muss sie nicht auf die Idee kommen, sie habe Giftiges gegessen.» Joel hob die Hand, als Samantha zu einer Erwiderung ansetzte. «Du hast erzählt, ihr sei aufgrund der Medikamente häufig schlecht gewesen und das Wohlbefinden tagesformabhängig. Sie hat sich daher hingelegt. Erst als es schlimmer wurde, kam ihr der Verdacht, es könnte eine Vergiftung sein.»

Joels Schlussfolgerungen klangen logisch. «Soviel ich weiss, hat Annemarie sich ausgiebig mit Pflanzen beschäftigt», sagte Samantha. «Sie hat sogar einen Giftpflanzenführer veröffentlicht. Ebendiesen, den man auf dem Nachttischchen gefunden hat.»

«Sie hat ein Buch geschrieben?», fragte Joel erstaunt.

«Mehrere. Sie stehen im Sitzungszimmer.»

«Kennst du das Buch?»

«Gelesen habe ich es nicht. Bis zu dem Zeitpunkt, als ich bei Amry anfing, war mir nicht bewusst, dass die Miteigentümerin und die Autorin ein und dieselbe Person sind», räumte Samantha ein. «Franz hat einmal erzählt, es gäbe eine Neuauflage, mit der sie beschäftigt sei. Er war froh, da es sie von ihrer Krankheit ablenkte.»

«Franz könnte Eisenhutextrakt oder Pulver aus getrockneten Wurzeln am Freitag ins Essen geschmuggelt haben», sagte Joel, nachdem er sich wieder an den Tisch gesetzt hatte.

«Warum sollte Franz auf diese abwegige Idee kommen?»

«Wann war der Todeszeitpunkt?»

«Das weiss ich nicht», antwortete Samantha. «Irgendwann zwischen Freitagabend und Montagmorgen. Franz wird es nicht gewesen sein. Er war nicht vorbereitet. Er war nur dort, weil er diesen Unfall hatte und verletzt war.»

«Er kann beispielsweise Pulver die ganze Zeit bei sich gehabt und nur auf eine Gelegenheit gewartet haben. Er brauchte nur eine kleine Menge, die er bequem im Hosensack bei sich haben konnte.»

«Das klingt weit hergeholt», widersprach Samantha. Sie wollte weiterhin nicht wahrhaben, dass Franz seine Schwester getötet haben könnte.

«Vergiss nicht die Meinungsverschiedenheit, die zwischen den Geschwistern bestand.»

«Streit und Spannungen gibt es zwischen Geschwistern häufiger. Das ist kein Grund, gleich die andere oder den andern zu vergiften.»

Trotzdem musste Samantha sich eingestehen, dass Joel recht haben konnte. Falls Franz finanzielle Probleme hatte und ihm das Wasser bis zum Hals stand, sah er eventuell keinen anderen Ausweg. Zudem fand sie Franz' Verhalten nach wie vor seltsam. Wieso tat er gegenüber Samantha so, als sei alles in bester Ordnung, und hatte behauptet, Annemarie sei einverstanden gewesen, an der Pharmazulassung zu arbeiten. Nächste Frage: Wo sollte Franz das Gift herhaben? Samanthas Gedanken drifteten zum Labor.

«Gibt es weitere Vorkommnisse?», riss Joel sie aus den Gedanken.

«Ja.» Samantha erzählte von Emmas Verdacht, jemand sei im Labor gewesen. «Sie verdächtigt jemanden, private Versuche gemacht zu haben.»

«Das finde ich abwegig, meinst du nicht auch?», fuhr Joel fort. «Ich kann Emmas Ärger nachvollziehen, falls es stimmen sollte. Allerdings bedeuten offene Schranktüren nicht automatisch, dass einer seine privaten Experimente gemacht hat. Dafür kann es einen anderen Grund haben: Jemand hat etwas gesucht.»

«Was sollte sich einer aus dem Labor ausleihen?», fragte Samantha.

«Gefässe? Das ist in meinen Augen ebenfalls ein No-Go.»

Samantha stimmte Joel zu. Es sei denn, es war Franz, der dort das Gift abgefüllt hatte. Stopp, ermahnte sie sich.

«Kann man als Firmenfremder das Gebäude von Amry betreten?», fragte Joel.

«Tagsüber ja. Nachts nicht. Der Letzte am Abend klappt den Mechanismus am Schloss der Haustür herunter, damit man diese nicht mehr von aussen aufstossen kann. Das Gebäude kann danach nur noch mit dem Badge betreten werden.»

«Das heisst, der Erste am Morgen gelangt mit einem Badge ins Gebäude und klappt ihn wieder zurück?»

«Genau.»

«Wer kann in den Labortrakt?», fragte Joel.

«Wir alle mit unserem Badge.» Samantha tunkte ein Stück Brot ins Dressing.

«Keiner von ausserhalb, der tagsüber das Gebäude betritt?»

«Nein. Die Tür kann nur mit dem Badge geöffnet werden. Allerdings funktioniert der Schliessmechanismus in letzter Zeit nicht richtig, und sie ist nur angelehnt. Franz hat eine Firma beauftragt, das Problem zu beheben.»

«Das heisst, im Moment kann jeder im Labortrakt ein und aus gehen.»

«Rein theoretisch ja. Aber das halte ich für unwahrscheinlich. Ich würde nicht die Frechheit besitzen, in eine Firma zu spazieren und gleich weiter zum Labor zu gehen. Ein Aussenstehender weiss zudem nicht unbedingt, wo das Labor ist. Die Tür zum Trakt besitzt kein Glasfenster und ist nicht angeschrieben. Um das zu realisieren, müsste man erst den Trakt betreten.»

«Aufgrund des Defekts ist die Tür über Nacht offen?», hakte Joel nach.

«Nur die zum Trakt. Für den Raum, in dem das Labor ist, braucht man eine spezielle Codierung auf dem Badge, die nicht alle haben.»

«Es wird eine einfache Erklärung geben, warum gewisse Dinge nicht dort standen, wo Emma gemeint hat, sie hingestellt zu haben – zum Beispiel durch die Reinigungskraft.»

«Ich denke auch. Wir sind alle im Moment wegen Annemaries Tod nicht ganz bei der Sache. Ich vermute, sie hat aufgeräumt, aber vergessen, was sie wo hingestellt hat. Möchtest du Nachschlag?» Samantha deutete auf das Brot.

«Nein danke. Ich bin satt.»

Während Samantha Besteck und Teller in den Geschirrspüler räumte, fiel ihr Blick auf den Wagen. Das Fahrerfenster war geschlossen. Samantha konnte nicht erkennen, ob nach wie vor eine Person im Auto sass. Sie kam sich beobachtet vor.

Joel trat neben sie. «Was ist los?»

«Der ist immer noch da.»

«Ja und? Es ist nicht verboten zu parken. Er kann zu Besuch sein.» Er machte eine Bewegung mit der Hand die Strasse entlang. «Ich muss was für die Videokonferenz von morgen vorbereiten.»

Samantha blieb am Fenster stehen, nachdem Joel die Küche verlassen hatte.

Es stimmte, es war nicht verboten, dort den Wagen abzustellen. Trotzdem bereitete die Anwesenheit des ihr unbekannten Autos ihr Unbehagen.

ACHT

«Falls mich jemand sucht, ich bin bei Emma im Labor», sagte Samantha und stand auf.

«Ist gut», erwiderte Christian, ohne aufzuschauen.

Samantha schnappte Block und Stift und verliess das Büro. Sie machte einen Abstecher in die Küche und bereitete zwei Cappuccino zu.

Den Block unter den Arm geklemmt und in jeder Hand eine Tasse, ging sie zu Emmas kleinem Büro, das sich gegenüber dem Laborraum befand.

«Klopf, klopf», sagte sie und stiess die Tür mit dem Fuss auf.

Emma war nicht da, aber ihre Tasche stand auf dem Boden gegen das Tischbein gelehnt. Samantha stellte die Tassen ab und legte Block und Stift auf das Pult.

«Emma?»

Keine Antwort. Bestimmt war sie auf dem WC und würde gleich kommen. Samantha zog einen Stuhl heran und setzte sich neben Emmas Pult. Sie trank einen Schluck vom Kaffee und betrachtete den Schreibtisch. Er war aufgeräumt. Nicht das kleinste Staubkorn war zu sehen.

«Nein, gar nicht», hatte Emma geantwortet, als Samantha sie gefragt hatte, ob ihr Schreibtisch zu Hause genauso aussah. «Im Büro muss ich Ordnung haben. Dafür lebe ich das Chaos daheim aus.»

Hoffentlich hatte sich Emmas Laune gebessert, dachte Samantha und nahm einen zweiten Schluck. Wo blieb sie? Unpünktlichkeit passte nicht zu Emma.

Emma war nicht begeistert von Franz' Plänen, die Pharmazulassung anzustreben, und hatte widerwillig der Sitzung mit Samantha zugestimmt, in der sie besprechen wollten, welche Auswirkungen diese Pläne auf das Labor hatten. «Am besten gleich am Morgen, dann habe ich es hinter mir», hatte sie erklärt, als Samantha sie um eine Sitzung gebeten hatte.

Samantha kam es vor, als unterstütze keiner der Mitarbeiter die Pläne von Franz. Alle waren sich einig, dass diese Ambitionen eine Nummer zu gross für das kleine Kosmetikunternehmen waren.

«Nur wegen einer dämlichen Cortisonsalbe», hatte Christian gemurrt. «Es gibt genügend andere Hersteller. Keiner wartet auf die einzigartige Salbe aus dem Labor des weitbekannten Unternehmens Amry», hatte er hinzugefügt und die Ironie alle deutlich spüren lassen.

«Später können weitere Produkte hinzukommen», war Franz' Antwort gewesen. Böse hatte er Christian angefunkelt.

Samantha schaute auf ihre Armbanduhr. Fast fünf Minuten waren seit ihrem Eintreffen vergangen. So lange konnte Emma nicht auf dem WC sein. Vermutlich war sie im Labor und hatte den Termin vergessen oder ihn verdrängt.

Samantha verliess das Büro und schaute durch das Glasfenster ins Labor. Keine Spur von Emma.

«Emma?», rief Samantha abermals.

Keine Antwort.

Vielleicht ist sie doch auf dem WC, dachte Samantha und kehrte ins Büro zurück. Sie setzte sich wieder an Emmas Pult und ging ihre Notizen durch. Die Zeit verstrich. Aus Sekunden wurden Minuten.

Samantha stellte die ausgetrunkene Tasse auf den Tisch und tippte die Maus an. Der Bildschirm blieb dunkel. Seltsam. Emmas erster Gang war grundsätzlich in ihr Arbeitszimmer, um den Computer hochzufahren, da dieser lange dazu brauchte. War sie nicht da?

Samantha schaute auf ihre Armbanduhr. Es war kurz vor halb neun. Sie meinte, Emmas Wagen auf dem Parkplatz gesehen zu haben. Doch Samantha hatte nicht darauf geachtet, ob der Wagen ein deutsches Kennzeichen hatte. Allerdings sprach die Tasche dafür, dass Emma da war. Es sei denn, sie hatte sie gestern vergessen. Wobei das unwahrscheinlich war. Spätestens wenn sie sich dem Zoll genähert hätte, wäre sie fluchend umgedreht. Hin und wieder war Emma gefragt worden, was sie in der Schweiz gemacht hatte. Ihre grösste Angst war, ihren Ausweis nicht dabeizuhaben.

Es gab eine andere Erklärung für Emmas Abwesenheit. Sie hatte es sich falsch notiert und war in Samanthas Büro. Falls das so war, sollte Christian sie hinuntergeschickt haben. Allerdings war er vorhin in seine Arbeit vertieft gewesen.

Samantha liess Block und Stift in Emmas Büro und eilte in ihr Arbeitszimmer. Nur Christian war dort.

«War Emma hier?»

«Keine Ahnung.» Christian starrte auf den Bildschirm und tippte.

«Christian!»

Er schaute auf. «Was ist?», fragte er unwillig.

«War Emma hier?»

«Nein, glaube nicht.»

«Ist sie da?»

«Woher soll ich das wissen? Gesehen habe ich sie nicht.»

Samantha öffnete die Adressliste und wählte Emmas Handynummer. Die Combox schaltete sich sofort ein.

Bruno streckte den Kopf zur Tür herein. «Hast du kurz Zeit, Christian.»

«Nein», knurrte Christian, und Bruno wich zurück. «Okay, aber nur kurz.» Zögernd näherte Bruno sich Christians Pult.

Samantha verliess das Büro. Während sie den Gang entlanglief, schaute sie durch die Glastüren in die anderen Räume. In keinem konnte sie Emma entdecken. In der Küche war sie auch nicht. Samantha kehrte zum Laborbereich zurück. Emmas Büro war weiterhin leer. Samantha öffnete die Tür zum Laborraum. Sie war nicht abgeschlossen. Also musste Emma hier drin gewesen sein. Obwohl sie wusste, Emma würde darüber nicht erfreut sein, betrat sie den Raum. Alles war penibel aufgeräumt. Samantha drehte sich um und schrie auf, als sie Emma an der Wand hinter dem Korpus auf dem Boden liegen sah.

Samantha schaute der Ambulanz nach, die das Schildareal verliess. Bilder wirbelten in ihren Gedanken durcheinander. Deutlich sah sie die Platzwunde an Emmas Hinterkopf. Ihr Gesicht wurde durch das von Samanthas Adoptivvater verdrängt, und sie betrat im Geiste wie vor drei Jahren das Haus ihrer Eltern. Sie sah vor sich, wie sie ihren Vater und ihre Mutter tot aufgefunden hatte. Erschlagen. Ihr Vater hatte wie Emma eine Wunde am Hinterkopf gehabt. Genau an der gleichen Stelle. Im Gegensatz zu ihrem Vater hatte Emma geatmet, war aber bis zum Eintreffen der Sanitäter bewusstlos gewesen. Samantha spürte nochmals ihre klamme Haut, als sie nach dem Puls getastet hatte. An das, was danach passiert war, konnte sie sich nur bruchstückhaft erinnern. Sie hatte die Ambulanz gerufen, die schnell da gewesen war und Emma ins nahe gelegene Liestaler Spital fuhr.

Franz hatte darauf bestanden, die Polizei zu verständigen, und war in seinem Büro verschwunden, um den Anruf zu tätigen.

«Ich kann nicht nachvollziehen, warum Franz unbedingt die Polizei verständigen musste», sagte Christian und holte damit Samantha zurück an den Küchentisch, um den sich alle versammelt hatten. «Es war ein Unfall.»

«Bist du sicher?», fragte Bruno.

«Sie wird gestolpert sein, das Gleichgewicht verloren haben und mit dem Kopf gegen den Korpus gestossen sein. Immerhin hat es an der Kante Blut.»

Das hatte Samantha nicht bemerkt.

«Worüber soll sie gestolpert sein?», fragte Bruno. «Das Labor ist blitzblank. Da liegt nichts auf dem Boden herum.»

«Emma hat gestern berichtet, sie habe den Verdacht, es sei jemand im Labor gewesen», warf Jasmin ein.

«Wann hat sie das gesagt?», fragte Bruno.

«Gestern beim Mittagessen.»

«Davon habe ich nichts mitbekommen.»

«Du sassest am anderen Ende.» Jasmin berichtete, was Emma erzählt hatte. «Sie war richtig sauer und nahm an, einer von uns habe private Versuche gemacht.»

«Das würde ich nie wagen», brummte Bruno. «Das soll der Grund sein, weshalb sie ausrutscht und unglücklich fällt?»

«Meinst du, es könnte jemand von ausserhalb sein, der sich im Labor herumgetrieben hat?», mischte sich Dominik in das Gespräch ein.

«Das kann ich mir nicht vorstellen», erwiderte Christian. «Wer sollte auf die Idee kommen, in das Labor eines kleinen Kosmetikunternehmens einzudringen, um … ja was eigentlich?»

Jemand klopfte gegen den Türrahmen, und Samantha erkannte Nussbaum. Er ist schnell da, dachte sie. Das war nicht verwunderlich, musste sie einräumen. Der Polizeiposten Gutsmatte befand sich schräg gegenüber vom Spital und war zehn Minuten zu Fuss von Amry Cosmetics entfernt.

«Frau Kälin, darf ich bitte mit Ihnen sprechen?», sagte Nussbaum. Er hatte sich gegen den Türrahmen gelehnt, und Samantha fragte sich, wie lange er bereits dort stand.

Samantha folgte ihm aus der Küche in den Eingangsbereich. Zwei Männer in weissen Schutzanzügen verschwanden im Labortrakt.

Samantha überlegte, ob dieser Aufwand nicht übertrieben war und Christian mit seiner Vermutung recht hatte, Emma sei gestolpert und unglücklich gefallen. Auf der anderen Seite waren da Annemaries Tod und die Brandstiftungen.

«Kommen Sie», sagte Nussbaum und führte Samantha ins Sitzungszimmer, in dem Bühler wartete.

«Möchten Sie etwas trinken?» Bühler deutete auf die Karaffe mit Wasser und die Gläser.

Samantha schüttelte den Kopf.

«Warum sind Sie ins Labor gegangen?», fragte Nussbaum, nachdem er sein Notizbuch aufgeschlagen hatte.

Samantha benötigte einen Augenblick, bis sie mit dem abrupten Einstieg zurechtkam. Sie berichtete, zu Emmas Arbeitszimmer gegangen zu sein, da sie zu einer Besprechung abgemacht hatten, und wie sie Emma anschliessend gesucht hatte.

Nussbaum schenkte ein Glas Wasser ein.

«Wie ist das Arbeitsklima in der Firma?», fragte er.

Wieder einer dieser abrupten Themenwechsel, die Samantha inzwischen kannte, bei denen sie aber nach wie vor einige Sekunden brauchte, bis sie sich darauf eingestellt hatte.

«Gut.»

«Auch nach dem Tod von Frau Ryser?»

«Alle sind betrübt, aber an der Art und Weise unserer Zusammenarbeit hat sich nichts geändert.»

«Keiner hatte ein Problem mit einem anderen?», hakte Nussbaum nach.

«Nein.»

«Auch mit Emma Hofmann nicht?»

Samantha verneinte abermals.

«Wie gut kennen Sie Frau Hofmann?»

«Wir arbeiten zusammen. Über ihr Privatleben hat sie nie gesprochen. Ich weiss nur, dass sie einen Freund hat, der in Deutschland arbeitet.»

«Hat sie sich in der letzten Zeit anders als gewöhnlich verhalten?»

«Mir ist nichts aufgefallen. Sie war sauer, weil jemand während ihrer Abwesenheit im Labor gewesen sein muss.»

Nussbaums Hand verharrte einige Sekunden, bevor er mit den Notizen weitermachte. «Hat sie jemanden vom Team speziell beschuldigt?»

«Nein.»

«Ist Ihnen etwas aufgefallen, als Sie heute Morgen zur Arbeit erschienen?»

«Es waren verschiedene Leute unterwegs, aber auch da habe ich nicht genau auf sie geachtet und kann nicht sagen, ob und in welchem der Betriebe sie angestellt sind.»

«Hielt sich eine Person in der Nähe von Amry Cosmetics auf?»

«Nein, und es ist keiner aus dem Gebäude gekommen.»

«Sie sind direkt in Ihr Büro gegangen?»

«Ja. Ich musste Unterlagen für die Besprechung holen.»

«Wer war anwesend, als Sie kamen?»

«Das kann ich nicht genau sagen. In Franz Ammanns Büro war der Bildschirmschoner an. Er ist bis auf wenige Ausnahmen generell der Erste von uns. Christian Probst war da. Mit ihm teile ich das Büro. Anderen bin ich nicht begegnet.»

«Können Sie bitte nochmals den Weg beschreiben, den Sie genommen haben, als Sie in den Labortrakt gingen?»

Samantha tat ihm den Gefallen. «Es gibt da etwas», sagte sie im Anschluss. «Emma geht grundsätzlich zuerst in ihr Büro, um den Computer anzuschalten, weil dieser lange braucht, bis er gestartet ist. Der Computer war heute aus, als ich kam.»

Nussbaum erwiderte nichts.

«Ihre Tasche stand im Büro. Es muss etwas gegeben haben, das sie veranlasst hat, zuerst ins Labor zu gehen.»

Samantha konnte sich nicht konzentrieren und stand auf. Sie trat ans Fenster und blickte auf das Areal.

Nach dem Mittag waren die Beamten der Spurensicherung gegangen, aber Ruhe war nicht eingekehrt. Obwohl es still in den Büroräumen war und jeder seiner Arbeit nachging, war die Anspannung spürbar. Alle schienen innerlich zu vibrieren. Samantha schaute zu Christians leerem Arbeitsplatz. Er hatte einen Kundenbesuch und würde voraussichtlich erst am späteren Nachmittag zurück sein. Sie war froh, allein zu sein.

Das Klingeln des Telefons zerriss die Stille. Die Nummer auf dem Display kannte Samantha nicht.

«Emma hier», kam es aus dem Hörer.

«Emma», rief Samantha und liess sich auf den Bürostuhl fallen. «Wie geht es dir?»

«Ich habe einen ordentlichen Brummschädel, aber die Medikamente, die sie mir gegeben haben, wirken ganz gut.»

«Das heisst, du musst im Spital bleiben?»

«Ein oder zwei Tage zur Beobachtung, hat der Arzt gesagt. Ich habe eine mittelschwere Gehirnerschütterung, und die Platzwunde musste genäht werden. Moment.» Samantha hörte, wie Emma mit jemandem sprach. Wenn sie die Wortfetzen richtig deutete, ging es darum, was Emma zum Nachtessen wünschte. «Da bin ich wieder», sagte Emma. «Kannst du mir einen Gefallen tun?»

«Natürlich, worum geht es?»

«Mein Freund würde heute am späteren Nachmittag vorbeikommen, um meine Tasche zu holen. Ich brauche meine Ausweise.»

«Das Labor ist von der Spurensicherung abgesperrt», sagte Samantha.

«Mein Büro auch?»

«Das nicht.»

«Meine Tasche ist dort.»

Richtig. Sie hatte diese neben dem Pult gesehen. Sie hoffte, die Beamten hatten sie nicht mitgenommen, sagte aber nichts.

«Okay, ich hole die Sachen gleich.»

Kurzes Schweigen stellte sich ein.

«Kannst du dich erinnern, was passiert ist?», fragte Samantha.

Stille. Samantha dachte, Emma habe das Gespräch unterbrochen, bis sie ein zittriges Ein- und Ausatmen hörte.

«Ich hatte recht», flüsterte Emma.

«Womit?»

«Es hat sich jemand im Labor herumgetrieben.»

«Heute Morgen?»

«Ich wollte zuerst in mein Büro, um den Computer zu starten, als ich ein Geräusch aus dem Labor hörte.»

«Du bist nachschauen gegangen?»

«Ja. Die Tür stand offen, was mir vorher nicht aufgefallen war. Ich war sauer und bin mit einem ‹Wer wagt es?› reingegangen. Ich hatte nicht damit gerechnet, dass mich einer angreifen würde, weil ich dachte, es sei jemand vom Team.»

«Es war keiner von uns?», fragte Samantha.

«Das kann ich nicht sagen. Es ging alles so schnell. Er muss neben der Tür gewartet haben. Als ich reinkam, stiess er mich an. Ich stolperte, und danach weiss ich nichts mehr.»

«Hast du ihn nicht erkannt?»

«Er war dunkel gekleidet, glaube ich, und hatte eine Maske an. Also eine Sturmhaube.»

«Hast du weitere Details erkennen können?»

«Nein. Aber es war ein Mann. Er hat geflucht und gab mir einen Stoss. Das, woran ich mich als Nächstes erinnern kann, ist der Sanitäter, der sich über mich beugte. Ich muss Schluss machen. Herr Nussbaum ist da.»

Bevor Samantha etwas erwidern konnte, hatte Emma aufgelegt.

Sie blieb mit dem Mobilteil in der Hand sitzen und starrte auf ihren Bildschirm, ohne etwas wahrzunehmen. Ein Maskierter, der in das Labor von Amry Cosmetics eindrang. Der Überfall musste passiert sein, kurz bevor Samantha gekommen war. Hatte er auf Emma gewartet? Da sie nach ihm gekommen war, musste die Tür abgeschlossen gewesen sein. Wieso konnte er ins Labor?

War es jemand vom Amry-Team? Samantha ging die Kollegen durch. Christian? Der war im Büro gewesen, als Samantha gekommen war, was jedoch nichts heissen musste. Dominik und Bruno? Samantha hatte keine Ahnung, ob die beiden vor ihr da gewesen waren. David von der IT hatte Ferien. Blieb Franz. Er konnte durchaus im Labor gewesen sein. Sein Badge war entsprechend codiert. Es war seine Firma, und er schaute regelmässig bei Emma vorbei. Warum sollte er ihr jedoch maskiert auflauern und sie stossen?

Falls Franz sie aus Versehen vor Schreck gestossen hatte, warum sagte er es nicht?

Es sei denn, er hatte im Labor etwas gemacht, was die anderen nicht sehen sollten.

Eisenhut …

Aconitin …

Beweise vernichten …

Aconitinpulver gehörte nicht zum Standard eines Kosmetiklabors.

Zu gerne wäre Samantha ins Labor gegangen, um nachzuschauen, ob sie einen Hinweis auf Aconitinpulver fand. Doch es war versiegelt. Hätte es davon im Labor gehabt, hätte es die Spurensicherung gefunden. Wirklich? Samantha ging davon aus, Nussbaums Team würde danach Ausschau gehalten haben. Das musste nichts heissen. Der Behälter konnte als Tarnung anders angeschrieben sein.

Die Versuchung, zum Labor zu gehen, wurde grösser, und Samantha gab ihr nach.

Sie schaute nach rechts und links, als sie ihr Büro verliess. Keiner war zu sehen. Sie huschte durch den Gang zum Labor. Aus der Küche drangen Stimmen – Dominik und Bruno.

«Das glaube ich nicht», sagte Bruno.

«Ich weiss nicht, was ich von der Sache halten soll», sagte Dominik.

Samantha spähte in den Raum. Beide standen vor der Kaffeemaschine und hatten ihr den Rücken zugedreht.

Rasch ging sie an der offenen Tür vorbei. Die Tür zum Labortrakt war nicht versiegelt und wie gehabt angelehnt. Samantha vergewisserte sich, dass keiner in der Nähe war. Es war ein mulmiges Gefühl, den Labortrakt zu betreten.

Stille empfing sie. Samantha lehnte die Tür hinter sich an. Die Tür zu Emmas Büro stand offen. Sie konnte einen Teil des Pultes und die Grünpflanze, die daraufstand, sehen.

Sie ging auf die andere Seite des Korridors zum Labor. Über der Tür klebte das Polizeisiegel.

Was hast du anderes erwartet, dachte sie. Es war nicht freigegeben worden.

Samantha spähte durch das Fenster in den Raum. Es sah wie am Morgen aus. Soweit sie erkennen konnte, waren alle Schränke geschlossen. Nichts stand herum. Würde es auffallen, wenn sie das Siegel abklaubte und später wieder befestigte, wenn sie fertig war?

«Samantha?»

Nur mit Mühe konnte Samantha den Aufschrei unterdrücken.

«Was machst du hier?», fragte Franz. «Die Polizei hat den Zutritt zum Labor untersagt.»

«Ich weiss.» Fieberhaft überlegte Samantha, wie sie ihre Anwesenheit erklären konnte.

«Das gilt auch für dich.» Die Schärfe in seiner Stimme nahm zu.

«Emma bat mich, ihre Handtasche zu holen und sie ihrem Freund zu geben, der später vorbeikommen möchte.» Samantha bemühte sich, sich ihre Erleichterung nicht anmerken zu lassen, weil der Grund plausibel tönte. Emma würde diese Aussage bestätigen, sollte Franz nachfragen.

«Die ist hoffentlich nicht da drin.»

«Nein, in ihrem Büro», sagte Samantha und ging in den gegenüberliegenden Raum.

Die beiden Kaffeetassen standen auf dem Pult, wie Samantha sie zurückgelassen hatte. Samantha leerte den Cappuccino, den sie Emma mitgebracht hatte, in das kleine Lavabo, das sich neben der Tür befand. Sie stellte die Tassen zusammen und nahm die Tasche.

Als sie herauskam, stand Franz an der gleichen Stelle. Er hatte die Arme vor der Brust verschränkt und schaute ins Labor. Als er Samantha bemerkte, trat er zur Seite und deutete auf den Ausgang des Labortraktes.

Hatte er auf sie gewartet, um sicher zu sein, dass sie den Bereich verliess?

«Ich muss kurz weg», sagte er, nachdem er die Tür geschlossen hatte. «Ich bitte dich, dich an die Anweisungen der Polizei zu halten.» Er wies mit dem Daumen zum Labor.

Was wolltest du dort, schickte Samantha ihm in Gedanken nach. Sie war überzeugt, Franz war ihr entweder gefolgt oder hatte selbst im Labor nachschauen wollen, ob das Gift noch dort war und er es verschwinden lassen konnte.

Es war kurz nach vier Uhr, als Samantha beschloss, für heute Schluss zu machen. Es würde jeder verstehen, wenn sie früher ging.

Samantha verstaute ihr Handy in der Tasche und verliess ihr Büro. Sie winkte den anderen zu. Als sie in den Eingangsbereich kam, stiess ein schlanker Mann die Tür schwungvoll auf, und Samantha musste zurückweichen.

«Entschuldigung», sagte er in Schriftdeutsch. «Bin ich hier richtig bei Amry Cosmetics?»

«Ja.» Emmas Freund, kam es Samantha in den Sinn. Ihn hatte sie völlig vergessen.

«Markus Schuster», sagte er und reichte Samantha die Hand. «Emma bat mich, ihre Tasche zu holen.»

«Warten Sie bitte hier. Ich hole sie.» Samantha eilte in ihr Büro und blieb verdutzt stehen. Die Tasche war weg. Sie war sich sicher, sie auf den Korpus gelegt zu haben.

«Hast du was vergessen?», fragte Christian.

«Emmas Freund ist da und möchte die Tasche holen.»

«Ja und?»

«Sie ist nicht mehr da.»

«Bist du sicher, sie dort hingelegt zu haben?», fragte Christian.

«Es ist eine braune Tasche in der Küche», sagte Dominik, der ins Büro kam. «Hinter der Kaffeemaschine. Suchst du die?»

Ohne zu antworten, eilte Samantha zur Küche. Die Tasche war dort, wo Dominik gesagt hatte – halb verdeckt von der Maschine. Samantha überlegte, ob sie die Tasche dort hingelegt hatte, als sie die Kaffeetassen in den Geschirrspüler gestellt hatte. Es war durchaus möglich, sie liegen gelassen zu haben.

Sie wollte die Tasche nehmen und bemerkte das Portemonnaie und den Autoschlüssel, die danebenlagen. Seltsam. Wer hatte in Emmas Tasche gestöbert? Dominik? Sollte sie ihn fragen? Falls er es gewesen war, würde er es nicht zugeben.

Samantha packte den Autoschlüssel und das Portemonnaie in die Tasche und kehrte in den Eingangsbereich zurück.

Markus Schuster stand an der gleichen Stelle, an der sie ihn zurückgelassen hatte. Mit den Augen schien er jeden Zentimeter des Eingangsbereiches zu scannen.

«Waren Sie schon mal hier?», fragte Samantha.

«Nein. Ich war noch nie in Liestal und habe mich erst einmal verfahren. Trotz Navi.» Er lächelte, was wohl entschuldigend sein sollte. «Daher bin ich so spät dran. Es tut mir leid.»

«Das ist kein Problem.»

«Ist es weit von hier zum Spital?»

«Nein. Es sind fünf bis zehn Minuten zu Fuss.» Samantha reichte ihm Emmas Tasche und trat mit ihm aus dem Gebäude.

«Nur zehn Minuten, sagen Sie? In dem Fall kann ich die kurze Strecke zu Fuss gehen. Wie komme ich dorthin?»

«Sie biegen dort links ab und laufen am besten die Rheinstrasse entlang. Das Spital ist ein rosa Gebäude auf der linken Strassenseite.»

«Und das ist nicht zu verfehlen?»

«Nein. Wissen Sie was, ich muss in die gleiche Richtung.»

Markus Schuster wirkte erleichtert. «Ich muss nur mein Velo holen.»

Samantha schaute Markus Schuster nach, wie er sich Richtung Spital entfernte. Nachdem sie es vergebens mit Small Talk – nicht ihre grosse Stärke – versucht hatte, hatten sie die kurze Strecke schweigend zurückgelegt.

Als er verschwunden war, stieg Samantha auf den Sattel.

Sie fuhr die Rheinstrasse entlang. Zwei Autos überholten sie knapp, und sie war um den Velostreifen froh. Sie erreichte das Stedtli und fuhr an der Stadtkirche und an dem roten Rathaus mit den Wandmalereien vorbei. Sie erreichte das Törli und folgte der Strasse bis zur Kreuzung. Nachdem sie diese überquert hatte, fuhr sie geradeaus in die Burgstrasse.

«Oh Mann», stiess sie hervor, als sie dem Strassenverlauf bergauf folgte. «Nicht aufgeben.» Samantha schaffte es bis zur Brücke, die über die Bahnlinie führte, und hielt an.

«Null Kondition», stöhnte sie. Ein Personenzug fuhr in die Richtung des Bahnhofes.

Heute war sie weniger weit als beim letzten Mal gekommen. Das konnte sie so nicht stehen lassen. Samantha stieg noch mal auf. Zum Glück war der Strassenverlauf flacher, bevor die Seltisbergerstrasse wieder steiler wurde. Samantha erreichte die

Einmündung des Quellenwegs. Das war eindeutig weiter als beim letzten Mal. Samantha wischte sich den Schweiss von der Stirn. Es dauerte einige Sekunden, bis sich ihr Atem beruhigt hatte. Es war eindeutig, sie sollte mehr Sport treiben.

Weiterfahren oder das Velo stossen? Samantha entschied sich für Zweites. Es war zu heiss, um den Vorsatz gleich in die Tat umzusetzen, und sie hatte genug geschwitzt.

Zehn Minuten später bog Samantha in ihre Einfahrt ein und blieb verdutzt stehen, als sie den weissen Wagen bemerkte, der vor ihrer Garage stand.

Die Fahrertür öffnete sich, und ein roter Lockenkopf erschien.

«Lorena?», fragte Samantha und schaffte es rechtzeitig, sich ihre Bestürzung nicht anmerken zu lassen. «Wartest du schon lange?», fragte sie und setzte ein Lächeln auf, von dem sie sich bewusst war, wie verkrampft es wirken musste. Lorena war die letzte Person, die sie hier erwartet hatte.

«Nicht so lange. Vielleicht fünf Minuten.» Lorena blieb beim Wagen stehen. «Ist Joel zu Hause?»

Was in aller Welt wollte ausgerechnet sie von Joel? «Ich glaube, er ist noch nicht da.»

War es Erleichterung in Lorenas Gesicht?

«Hast du kurz Zeit?» Sie hob die Hand. «Ich will nicht lange stören.»

«Ja, sicher, komm rein.» Samantha stellte ihr Velo in die Garage und ging vor Lorena zum Haus.

Kühle empfing sie, die unangenehm auf der verschwitzten Haut war. «Möchtest du etwas trinken?»

«Nein danke. Nur keine Umstände.» Sie folgte Samantha zum Wohnzimmer. «Ich will, wie gesagt, nicht lange bleiben.» Sie trat ans Terrassenfenster und schaute nach draussen. «Schön habt ihr es hier.»

Sag endlich, was du willst, dachte Samantha und schwieg.

«Es tut mir leid.»

«Was?»

«Das alles.»

Samanthas Verwirrung wuchs.

«Das, was ich im Frühling gemacht habe, war keine Glanzleistung.» Samantha meinte, sich verhört zu haben. «Als ich dich gestern in Lenzburg getroffen habe, habe ich endlich begriffen, was für eine dumme Kuh ich gewesen bin. Ich weiss, es wird nie mehr so sein, wie es früher gewesen ist, aber ich wollte es dir einfach gesagt haben.»

Wie stark hatte Samantha sich diese Entschuldigung gewünscht. Wiederholt hatte sie sich ausgemalt, was sein würde, wenn Lorena das tat, was gerade passierte. Aber Freude konnte sie nicht empfinden, und sie wusste nicht, ob und wie fest sie mit Lorena Kontakt haben wollte.

«Sammy?», kam Joels Stimme aus dem Entrée.

Lorena versteifte sich.

«Hier bist du.» Joel betrat das Wohnzimmer und blieb abrupt stehen. «Was willst du hier?»

«Gerade gehen.» Lorena eilte an Joel vorbei. Kurz darauf hörte Samantha die Haustür ins Schloss fallen.

«Was wollte die?», fragte Joel.

«Sich entschuldigen.»

«Sich was? Lorena? Reichlich spät, finde ich.»

«Besser spät als nie.»

«Und was wollte sie wirklich?»

«Wie meinst du das?»

«Ihren wahren Grund, den sie hinter einer Entschuldigung versteckte.»

«Sei nicht ungerecht, Joel.» Samantha küsste ihn. «Es freut mich einfach, dass sie sich entschuldigt hat.»

Joel erwiderte nichts und schaute zur Haustür. Seine Augenbrauen waren über der Nasenwurzel zusammengezogen. «Warum kommt sie ausgerechnet heute?»

Samantha klappte die Lehne des Liegestuhls ein Stück nach hinten und schlug den Roman auf. Joel setzte sich neben sie und faltete die Zeitung auf. Bis auf das Gezwitscher eines Vogels, der auf ihrem Dach sitzen musste, war es ruhig. Diese friedliche Stimmung tat gut und rückte die Geschehnisse in den Hintergrund. Samantha sog die Ruhe auf und begann zu lesen.

Das Telefon klingelte, als sie die erste Seite umblätterte, und Samantha stöhnte auf. Kaum hatte man den gemütlichen Teil des Abends eingeläutet, wurde man gestört.

«Ich übernehme das.» Joel legte die Zeitung neben seinem Liegestuhl auf den Boden und verschwand im Haus.

«Emma», hörte Samantha ihn rufen. «Wie geht es dir?» Mit dem Telefon am Ohr kehrte er auf die Terrasse zurück. «Morgen darfst du nach Hause? Das ist schön ... Ja, sie ist da.»

Er reichte Samantha das Telefon.

«Du hast das Handy nicht abgenommen, und ich dachte, ich versuche es auf dem Festnetz. Ich hoffe, ich störe nicht.»

«Ganz bestimmt nicht. Wie geht es dir?»

«Nach wie vor habe ich einen Brummschädel. Vielen Dank, dass du Markus die Handtasche gegeben hast», sagte Emma.

«Gerne», erwiderte Samantha.

«Mein Schlüsselbund ist nicht da drin. Kannst du morgen bitte in meinem Büro nachschauen?»

«Dein Schlüsselbund fehlt?», fragte Samantha verwirrt. Die Entspannung, die sich breitgemacht hatte, war mit einem Schlag weg.

«Ja. Da ist der Badge dran. Er wird wahrscheinlich auf meinem Pult liegen. Ich möchte ihn nicht dort lassen, bis ich zurück zur Arbeit kommen kann.»

«Mache ich», erwiderte Samantha und versuchte locker zu klingen.

Samantha wünschte weiterhin gute Besserung und verabschiedete sich. Sie liess den Telefonhörer sinken.

«Was ist?»

«Emmas Schlüsselbund mit dem Badge ist weg.»

«Wie, weg?»

«Und der ist nicht auf ihrem Pult, wie Emma vermutet.»

Verständnislos schaute Joel Samantha an.

«Als ich die Tasche in Emmas Büro geholt habe, lag dort nichts. Es waren nur die Kaffeetassen da, die ich zu unserer

Sitzung mitgebracht habe. Die Tasche war verschlossen und stand neben dem Pult. Aber später muss jemand darin herumgewühlt haben.»

«Was meinst du mit später?»

Samantha berichtete, wie sie die Tasche nicht in ihrem Büro, sondern in der Küche gefunden hatte.

«Wer sollte bei euch den Badge nehmen? Ihr habt alle einen», sagte Joel. «Und im Moment ist es sowieso kein Problem, da die Tür defekt ist.»

«Das ist richtig.»

«Wer hat alles die Codierung auf dem Badge, die Zutritt zum Labor gewährleistet?»

«Emma, Franz und ich. Giulia hat einen Reservebadge mit allen Zutrittsberechtigungen.»

«Giulia?»

«Giulia Russo, Franz' Sekretärin. Sie hat ihn in ihrem Büro in einer kleinen Schachtel auf dem Pult.»

«Mit anderen Worten, jeder kann ihn holen.»

«Ich weiss, da nützen die ganzen Massnahmen nichts.»

Das hatte Emma mehrmals beanstandet und gebeten, den speziellen Badge nicht bei den übrigen aufzubewahren. Davon hatte Franz nichts wissen wollen. «Wir sind ein kleines Team», hatte er gesagt und darauf hingewiesen, man solle sich gegenseitig vertrauen.

«Kann man den Badge von den anderen unterscheiden?»

«Ja, er ist grün. Die anderen sind blau.»

«Eure Büros sind frei zugänglich?»

«Mehr oder weniger. Wenn du das Gebäude betrittst, ist geradeaus der Labortrakt, wie du weisst. Rechts geht es die Treppe hoch zu den Büros, die öffentlich zugänglich sind. Alle müssen allerdings an Giulias Büro vorbei.»

«Ich weiss, es hat diesen kleinen Empfangsbereich unten neben der Tür zum Labortrakt. Aber merkt sie immer, wenn jemand dort steht, und sieht aus ihrem Büro hinter dem Empfangstresen, wenn jemand vorbeigeht?»

«Das weiss ich nicht. Wir haben kaum unangekündigten

Besuch. Wenn sie weiss, dass jemand kommt, hält sie sich beim Empfang auf. Ansonsten ist sie mehrheitlich in ihrem Büro und kann die Treppe und einen Teil des Eingangsbereiches durch ihre Glastür sehen.»

«Sicht auf die Küche hat sie nicht?»

«Nein, und unsere Büros hat sie auch nicht im Blick. Aber jeder, der im Gang daran vorbeigeht, kann durch die Glastüren reinschauen.»

«Das heisst, die Person, die die Tasche aus deinem Büro geholt hat –»

«Ich bin mir nicht sicher, ob ich sie mitgenommen habe, nachdem ich das Geschirr versorgt hatte. Genauso gut kann ich sie in der Küche vergessen haben.»

«Warum nimmt jemand von euch Emmas Badge, wenn er es einfacher haben kann und nur abwarten muss, bis Giulia nicht am Platz ist?»

Das war eine gute Frage. Und nächste Frage: War Emmas Angreifer mit dem Badge aus Giulias Büro ins Labor gekommen? Hätte Giulia es gemerkt, wenn er fehlte? Früher oder später schon. Giulia hätte die Mitarbeiter bestimmt danach gefragt. Es sei denn, die Person hatte ihn zurückgebracht, damit es Giulia nicht auffiel, und nun Emmas genommen. Alles wurde verworrener.

NEUN

Heute war Samantha offenbar die Erste, als sie gegen die Eingangstür stiess, die noch verschlossen war. Gestern hatte Franz sie wissen lassen, er werde voraussichtlich erst am späten Vormittag kommen.

Samantha betrat das Gebäude und stutzte. Was roch so seltsam? Sie brauchte einige Sekunden, bis ihr klar war, was es war: Rauch! Alarmiert rannte Samantha zu den Büroräumen und spähte in jeden Raum. Nichts. In der Küche war alles wie sonst. Der Rauchgeruch verstärkte sich. Verwirrt schaute sie sich um und entdeckte das gekippte Fenster über dem Kochherd.

Der Rauch musste von draussen hereinziehen. Sie schloss das Fenster, aber der Geruch blieb.

«Logisch», murmelte sie und schloss die Küchentür.

Ein Gedanke blitzte auf, verschwand aber sogleich. Sie ging in ihr Büro und stellte die Tasche auf das Pult.

Beunruhigung machte sich breit. Was stimmte nicht? Sie schaute sich im Raum um. Er sah so aus, wie sie ihn gestern verlassen hatte. Der Rauchgeruch verstärkte sich. Oder bildete sie es sich ein? War ein weiteres Fenster geöffnet, durch das der Geruch von draussen eindringen konnte?

Moment mal. Wieso von draussen? Als sie zum Gebäude gegangen war, hatte sie nichts wahrgenommen. Falls es im Schildareal gebrannt hätte, hätte es Schaulustige gehabt. Es war aber wie jeden Tag gewesen. Einzelne Leute waren zu ihren Büros geschlendert. Ein Mann hatte gegen seinen Wagen gelehnt eine E-Zigarette geraucht. Sein Kopf war von der Dampfwolke fast eingehüllt gewesen. Er konnte unmöglich die Ursache für den Geruch im Gebäude sein. Ausserdem roch es anders.

Nochmals ging Samantha in Gedanken den Weg, den sie genommen hatte. Nichts hatte auf einen Brand hingedeutet. Die Quelle musste im Gebäude sein.

Erneut eilte Samantha durch die Räume. Nichts.

Ratlos blieb sie im Korridor stehen. Wonach roch es genau? Wie ein Feuer zum Grillieren jedenfalls nicht. Es stank bestialisch.

Als sie sich Giulias Bürobereich näherte, intensivierte sich der Rauchgeruch.

«Das Labor!» Samantha stiess gegen die Tür, die zum Laborbereich führte. Sie war verschlossen. Kurz machte sich Verwunderung breit. War das Schloss etwa wieder intakt?

Samantha rannte in ihr Büro und holte den Badge. Als sie die Tür öffnete, nahm ihr der Brandgeruch fast den Atem. Ein Knall, und das Fenster in der Tür zum Labor zerbarst. Einzelne Flammen schlugen heraus.

Sekundenlang war Samantha wie gelähmt, bevor Bewegung in sie kam. Sie schlug die Tür des Labortraktes zu und rannte in ihr Büro. Sie verlor einige Sekunden, bis sie mit zitternden Fingern den Notruf gewählt hatte.

Schaulustige hatten sich auf dem Parkplatz hinter der Absperrung versammelt und schauten zum Gebäude von Amry Cosmetics. Einige kannte Samantha vom Sehen, anderen war sie noch nie begegnet. Vermutlich waren es Passanten, die auf den Brand aufmerksam geworden waren.

Die Feuerwehrmänner rollten den Schlauch zusammen und verfrachteten ihn in den Wagen. Sie hatten das Feuer erstaunlich schnell unter Kontrolle gehabt. Wie gross der Schaden war, wusste keiner, aber Samantha hatte Wortfetzen eines Feuerwehrmannes aufgeschnappt, der Brand habe sich auf den Labortrakt beschränkt.

Ein drahtig gebauter Mann kam auf Samantha zu. Zielgerichtet.

«Frau Kälin?»

«Ja?»

Samantha brauchte einige Sekunden, bis ihr bewusst war, woher sie den Mann kannte. Er hatte sie zum Brand von Franz' Haus befragt.

Sie ergriff die ausgestreckte Hand und überlegte, wie der Mann geheissen hatte.

«Aaron Müller», sagte er. «Sie haben den Brand entdeckt, ist das richtig?»

«Ja.»

«Kommen Sie. Hier ist ein zu grosser Tumult.»

Schweigend gingen sie durch die Menschenmenge an das andere Ende des Parkplatzes. Im Schatten eines Gebäudes blieben sie stehen.

«Ist Ihnen etwas aufgefallen, als Sie ins Büro kamen?»

«Der Brandgeruch, den ich zunächst nicht einordnen konnte, als ich das Gebäude betrat.» Samantha berichtete, wie sie nach der Ursache des Geruchs gesucht hatte.

«Das heisst, heute waren Sie die Erste? Ist das immer so?»

«In der Regel kommt Franz Ammann früher.»

«Warum heute nicht?»

«Er hat gestern gesagt, er werde später kommen.»

«Den Grund dazu hat er nicht genannt?»

«Nein. Ich habe nicht nachgefragt.» Samantha hatte angenommen, es ginge um die Beerdigung von Annemarie Ryser. Zwar war sie noch nicht von der Rechtsmedizin freigegeben worden, aber Franz hatte begonnen, sich um die Bestattung zu kümmern.

«Zurück zum Brand. Gibt es im Labor keinen Feuermelder?»

Verdutzt schaute Samantha ihn an. «Natürlich gibt es da wie in den übrigen Räumen einen. Die Rauchmelder sind direkt mit der Feuerwehr verbunden.» Zweimal war der Rauchmelder losgegangen, als ein Versuch schiefgegangen war, was zu einer stärkeren Rauchentwicklung geführt hatte. «Der Alarm heulte nicht, als ich kam. Alles war ruhig.»

Aaron Müller nahm sein Handy hervor und tippte zu Samanthas Irritation darauf herum. Nach einigen Sekunden begriff sie, dass er sich Notizen machte. Sie reckte den Hals. «Überprüfen, warum der Feueralarm nicht ausgelöst wurde», las sie.

«Ist es Brandstiftung?», fragte sie.

«Dazu kann ich zum jetzigen Zeitpunkt keine Angaben machen.»

***

Auf Franz' Anordnung waren alle nach Hause gegangen und sollten im Homeoffice arbeiten, solange die Büroräume abgesperrt waren.

Soweit Samantha wusste, beschränkte sich der Brand auf den Laborbereich, die polizeilichen Untersuchungen schlossen aber die gesamten Räumlichkeiten ein.

Für den frühen Nachmittag hatte Franz um eine kurze Teams-Sitzung gebeten. Soweit Samantha erkennen konnte, befanden sich alle in ihren Arbeitszimmern.

«Das wäre es fürs Erste», beendete Franz die Sitzung. «Hat jemand von euch noch etwas, das wir besprechen müssen?»

Samantha sah synchrones Kopfschütteln auf dem Bildschirm.

«Halt, eine Frage», rief Christian. Sein Gesicht konnte Samantha nur verschwommen erkennen, und das Bild fror in regelmässigen Abständen ein. «Bleiben wir morgen im Homeoffice?»

«Das hängt davon ab, wie weit die Polizei mit den Untersuchungen ist. Sobald ich mehr weiss, melde ich es euch. Noch etwas?»

Schweigen.

«Falls wir morgen nicht ins Büro können, machen wir am Vormittag eine Online-Sitzung.»

Sie verabschiedeten sich, und Samantha loggte sich aus Teams aus.

Sie öffnete den neuen Flyer, bei dem Bruno gebeten hatte, ob sie ihn gegenlesen könnte. Nachdem sie mehrmals einen Satz gelesen hatte, ohne zu wissen, was darinstand, gab sie auf.

Sie ging im Arbeitszimmer auf und ab. Ich muss hier raus,

dachte sie. Ein Spaziergang würde hoffentlich helfen, ruhiger zu werden.

Samantha zog die Tür hinter sich zu, und es war, als würde sie eine Sauna betreten. Der frühe Nachmittag war nicht der ideale Zeitpunkt für einen Spaziergang. Das Thermometer neben der Haustür zeigte dreiunddreissig Grad im Schatten. Samantha erwog kurz, ins Haus zurückzukehren.

Nein. Sie brauchte eine Ablenkung. Samantha lief die Strasse bergauf, überquerte die Seltisbergerstrasse und lief geradeaus weiter, ohne auf die Umgebung zu achten. Sie bog ab und blieb abrupt stehen, als sie die teilweise russgeschwärzte Fassade eines Hauses bemerkte. Der Brand von neulich. Zögernd näherte sie sich. Das Fenster neben der Haustür war zerborsten. Der Rest des Hauses schien verschont geblieben zu sein.

Sie machte auf dem Absatz kehrt und lief zurück zur Seltisbergerstrasse. Nach Hause? Der Anblick des Hauses hatte nicht geholfen, ruhiger zu werden. Samantha bog zum Wald ab. Sie folgte dem kleinen Weg und atmete auf, als sie in den Schatten der Bäume kam. Hier war es gleich um einige Grad kühler. Sie folgte dem Waldweg und liess ihren Gedanken freien Lauf.

Sie war sich sicher, der Brand im Labor war nicht auf einen Kurzschluss oder einen Defekt eines Gerätes zurückzuführen. Nicht nach all dem, was in den vergangenen Tagen passiert war. Warum war der Brandmelder nicht ausgelöst worden beziehungsweise eine automatische Meldung an die Notrufzentrale gegangen? Trotz der Hitze fror Samantha auf einmal. Der Brandstifter musste ihn zerstört haben, bevor er das Feuer legte. Anders war es nicht zu erklären.

Der Brandstifter musste kurz vor Samantha da gewesen sein. Samantha blieb stehen. Wäre sie früher gekommen, wäre sie ihm womöglich begegnet. Erneut forschte sie in ihrem Gedächtnis, ob ihr keine Person aufgefallen war, die sich verdächtig verhalten hatte, und kam zu dem gleichen Ergebnis, das sie Aaron Müller mitgeteilt hatte.

Jemand hatte es auf Amry Cosmetics abgesehen. Nur wer?

Die Konkurrenz, wie Christian eben im Teams-Meeting behauptet hatte? So gross war das Kosmetikunternehmen nicht. Wer würde die Eigentümerin umbringen und danach mehrmals Feuer legen?

Samantha dachte an das Haus, das in ihrer Nähe gebrannt hatte. Ob es sich hierbei um Brandstiftung handelte, war bisher nicht offiziell bekannt. Gab es einen Zusammenhang mit Amry Cosmetics? Wo sollte der sein, fragte sie sich.

Sie lehnte sich gegen den Stamm eines Baumes und schaute nach oben. Blauer Himmel war zwischen den Blättern auszumachen. Ein leichter Wind strich über ihre Haut, was sie als angenehm empfand. Die Beruhigung, die sie sich vom Spaziergang erhofft hatte, blieb hingegen aus.

Ein Knacken liess sie herumfahren. Einige Meter von sich entfernt, erkannte sie einen Schemen, der im Unterholz hinter einem Baum verschwand. Samantha starrte auf die Stelle. Nichts war mehr zu sehen. Sollte sie nachschauen? Angst machte sich breit, und ihr wurde bewusst, allein im Wald zu sein. Bisher war ihr niemand begegnet.

Hör auf damit. Es ist nur ein Reh. Nein, dachte sie. Ein Reh wäre weitergerannt.

Samantha stiess sich vom Baum ab und eilte den Weg zurück. Als sie die Seltisbergerstrasse erreichte, blieb sie erschrocken stehen. Ein heller SUV bog aus der Strasse, in der sie wohnte. Die Reifen quietschten, und der Auspuff dröhnte, als er beschleunigte und Richtung Seltisberg fuhr. Samantha rannte zur Strasse. Aargauer Kennzeichen. Bevor sie die Zahlen erkennen konnte, war der Wagen verschwunden.

***

«Sammy?»

«Ich bin auf der Terrasse», rief Samantha und klappte den Laptop zu.

Joel trat heraus und begrüsste sie mit einem Kuss. «Alles in Ordnung bei dir?»

«Ja, soweit es nach dem turbulenten Tag möglich ist.»

Nach dem Mittagessen hatten sie kurz miteinander telefoniert, wie sie es jedes Mal taten. Joel war entsetzt gewesen. «Mir kommt es vor, als lege es jemand darauf an, dass du immer in der Nähe bist, wenn etwas passiert», hatte er gesagt und Samantha einen grossen Schrecken eingejagt.

«Als der Brand bei Annemarie ausgebrochen ist, war ich nicht in der Nähe», hatte sie dagegengehalten.

«Kennt man schon die Brandursache?», fragte Joel.

«Ich glaube nicht. Zumindest hat Franz sich bisher nicht dazu geäussert.» Er wollte sie informieren, wenn es Neues gab.

Joel setzte sich neben Samantha und streckte die Beine aus.

«Bei euch geht es Schlag auf Schlag. Ich frage mich ...» Er hielt inne. «Es hat geklingelt.»

Samantha schaute ihm nach, als er durch das Wohnzimmer zur Haustür ging und aus ihrem Blickfeld verschwand. Sie spitzte die Ohren und hörte einzelne Wortfetzen.

«... ist da», sagte Joel.

«... sprechen ...»

«Ungern.»

Joel kam mit einem Mann im Schlepptau durch das Wohnzimmer und betrat die Terrasse. Samantha stand auf, als sie Nussbaum erkannte.

«Darf ich kurz mit Ihnen sprechen?», fragte Nussbaum anstelle einer Begrüssung.

Das flaue Gefühl, das sie den ganzen Tag nicht losgelassen hatte, verstärkte sich. Es konnte nichts Gutes bedeuten, wenn er am Abend hier auftauchte und die Fragen nicht bis morgen Zeit hatten.

«Natürlich», sagte Samantha betont locker.

«Vorher würden wir uns gerne mit Ihnen etwas anschauen.» Seine Stimme war eine Nuance tiefer geworden und hatte einen grollenden Unterton angenommen.

Joel schien ähnlich ratlos zu sein wie sie. Sie folgten Nussbaum zur Garage, hinter der Bühler auftauchte.

«Was haben Sie hinter meiner Garage zu suchen?», rief Joel.

Das würde Samantha auch gerne wissen. Durfte er einfach das Gebüsch auf ihrem Grundstück untersuchen?

«Können Sie uns erklären, was das ist?», erwiderte Bühler, ohne auf Joels Frage einzugehen. Er trat zur Seite und zeigte hinter die Garage.

Samantha spähte an Joel vorbei und fand nichts, was das offensichtliche Missfallen der Beamten erregt hatte.

«Wo?», fragte Samantha.

«Was?», kam es gleichzeitig von Joel.

«Das unter der Plastikplane.» Bühler ging an ihnen vorbei und zeigte auf eine Stelle neben dem aufgeschichteten Holz.

Da weder Samantha noch Joel reagierten, hob er mit der behandschuhten Hand die Plane an.

«Ein Kanister?», sagte Joel. «Wo kommt der her?»

«Das möchten wir von Ihnen wissen.» Bühler musterte abwechselnd Samantha und Joel.

«Hast du den dahingestellt?», wandte Joel sich an Samantha.

«Ich? Warum sollte ich?» Samantha bückte sich und streckte die Hand aus.

«Nicht anfassen.» Bühler stiess ihren Arm zur Seite.

«So einen Kanister hat mein Vater», sagte Joel. «Damit holt er Benzin für seinen Rasenmäher. Aber der ist nicht weiss wie dieser hier, sondern schwarz.»

«Rasenmäher?», sagte Bühler. «Interessant.»

«Was soll das?», rief Joel. «Mal abgesehen davon, dass mir dieser Kanister nicht gehört und ich nicht weiss, wer ihn dort deponiert hat –»

«Vielleicht Ihr Vater für den Rasenmäher?», unterbrach Bühler ihn. Sarkasmus pur.

«Ich habe einen Elektrorasenmäher», gab Joel im gleichen Tonfall zurück.

«Was ist da überhaupt drin?», fragte Samantha. «Ich meine, woran erkennt man, ob es sich bei der Flüssigkeit um Benzin handelt?»

«Am besten besprechen wir das drinnen», sagte Bühler.

Als Samantha sich umdrehte, bemerkte sie, wie Nussbaum sie beobachtete.

Nussbaum hielt das Handy ans Ohr und ging auf dem Rasen auf und ab. Zu gerne hätte Samantha erfahren, mit wem er telefonierte.

Anstatt die beiden Beamten ins Haus zu bitten, hatte Joel sie auf die Terrasse geführt. Leider hatten beide etwas zu trinken abgelehnt und damit Samanthas Hoffnung zunichtegemacht, sich einen kurzen Moment aus dem Gespräch ausklinken zu können, damit sie ihre Gedanken sammeln und sortieren konnte.

Erste Fragen sickerten aus dem Gedankenchaos in den Vordergrund. Was war so schlimm daran, wenn hinter ihrer Garage ein Kanister stand? Und wo kam dieser her?

Nussbaum kehrte zu ihnen auf die Terrasse zurück und setzte sich neben Bühler. «Die Kollegen kommen gleich.»

Kanister.

Benzin.

Spurensicherung.

Auf einmal begriff Samantha. Der Brand im Labor. Es musste sich wie bei Annemaries und bei Franz' Haus um Brandstiftung handeln.

«Darf ich fragen, was Sie veranlasst hat, unangemeldet bei uns aufzutauchen und auf unserem Grundstück herumzuschnüffeln?», fragte Joel, bevor Samantha etwas sagen konnte.

«Wir bekamen einen Hinweis.»

«Von wem?»

«Das darf ich Ihnen nicht sagen.»

«Und worauf?»

«Sie bleiben dabei, dass dieser Kanister nicht Ihnen gehört und Sie nicht wissen, wie er zu Ihnen auf das Grundstück kam und was darin enthalten ist?»

«Nein. Du, Sammy?», antwortete Joel.

«Nein, aber ich ahne, worum es geht.»

«Ja?» Nussbaum beugte sich vor.

«Sie gehen davon aus, dass in dem Kanister Benzin drin ist. Die Reste, die übrig geblieben sind, um die Häuser von Franz Ammann und Annemarie Ryser anzuzünden.»

«Nicht schlecht, Frau Kälin.»

«Und von dem Brand heute im Labor.»

Anstatt zu antworten, neigte Nussbaum den Kopf auf die Seite. Das war für Samantha Antwort genug.

«Da dieser Kanister bei uns hinter der Garage versteckt ist –»

«Himmel», unterbrach Joel Samantha. «Hatten wir das nicht schon einmal?»

«Was?», fragte Bühler.

«Das war im Frühling – es ist also drei Monate her, dass Sie Samantha bereits verdächtigt haben.»

«Sie müssen einräumen, wie seltsam es anmutet, diesen Kanister bei Ihnen auf dem Grundstück zu finden, für den Sie offenbar keine Erklärung beziehungsweise Verwendung haben.»

«Das heisst nicht automatisch, es handelt sich um das Brennmaterial des Brandstifters.»

«Genauso seltsam erscheint es, dass keiner von Ihnen von der Existenz des Kanisters gewusst haben will.»

Joel richtete sich auf.

«Stopp», sagte Nussbaum und hob die Hand. «Fangen wir von vorne an. Wir bekommen einen anonymen Anruf, auf Ihrem Grundstück befände sich Beweismaterial zum Brand von Herrn Ammanns Haus. Tatsächlich finden wir einen Kanister mit Benzin.»

Anonymer Anruf? Vorhin hatte er erklärt, er dürfe nicht sagen, wer die Aussage gemacht hatte. Nussbaum schien nicht zu merken, was ihm herausgerutscht war. «Woher wissen Sie, dass es sich um Benzin handelt?», fragte sie.

«Meine Nase täuscht mich nicht.»

«Ist Ihnen in der letzten Zeit etwas seltsam erschienen?», übernahm Bühler.

Das klang freundlicher, aber Samantha blieb auf der Hut. Es konnte sich jederzeit wieder ändern.

«Nein», sagte Joel.

«Keine speziellen Anrufe?»

«Werbeanrufe, aber ich gehe davon aus, Sie meinen nicht diese.»

Kurz überlegte Samantha, ob sie das Auto erwähnen sollte, das vor dem leer stehenden Haus gegenüber gehalten hatte. Den hellen SUV, den sie heute Mittag aus ihrer Strasse kommen sah. Das Gefühl auf ihrem Spaziergang im Wald, verfolgt zu werden. Sie liess es bleiben, da sie inzwischen davon ausging, es waren Interessenten am Haus gegenüber, und beim anderen Wagen handle es sich um Besucher. Das Gleiche galt für das Gefühl im Wald – sie hatte es sich bestimmt nur eingebildet.

«Haben Sie –» Die Melodie von «Money, Money, Money» unterbrach Nussbaum.

«Dein Neffe spielt offenbar immer noch mit deinem Handy. Immerhin zeigt er allmählich Geschmack», sagte Bühler.

«Sehr witzig», knurrte Nussbaum. Er stand auf und ging über die Rasenfläche zum anderen Ende des Grundstückes. Nach kurzer Zeit kehrte er zurück. «Die Jungs von der Spurensicherung sind da.»

Erleichterung wollte sich nicht einstellen, als die beiden Beamten sich verabschiedet hatten. Gegen Ende des Gesprächs waren Bühler und Nussbaum freundlicher geworden. Dennoch war ihr Verdacht nicht ganz verschwunden gewesen und war wie eine durchsichtige Wolke um sie geschwebt.

«Kannst du mir erklären, wie sie auf diese absurde Annahme kommen?», fragte Joel und deckte den Tisch.

Sie hatten beschlossen, drinnen zu essen, weil es im Haus kühler war.

Samantha schüttelte den Griesskopf aus der Gugelhupfform, den sie am Morgen nach dem Rezept ihrer Adoptivmutter vorbereitet hatte, bevor sie zur Arbeit gefahren war. Sie stellte ihn auf den Tisch und setzte sich.

«Das ist genau das Richtige bei der Hitze», sagte Joel.

«Ich finde es beunruhigend, dass dieser Kanister dort war», sagte Samantha. «Vor allem gut versteckt.»

«Ich komme mir wie ein Verbrecher vor, weil sie meine Fingerabdrücke wollen.» Joel setzte sich.

«Meine haben sie zum Glück schon.»

«Immerhin haben sie angedeutet, die Nachbarn zu befragen, ob sie jemanden gesehen haben, der sich heute in unserem Quartier herumtrieb oder unser Grundstück betreten hat.»

«Sie werden keinen Erfolg haben», erwiderte Samantha. «Tagsüber sind alle bei der Arbeit.»

«Bis auf Rita. Aber die wird mit ihrem Sohn beschäftigt sein.»

Samantha bezweifelte, dass Rita, die schräg gegenüber wohnte, etwas gesehen hatte. Sie war vorwiegend im kühlen Haus, und die Fenster des Wohnbereiches, in dem sie sich vermutlich die meiste Zeit aufhielt, gingen auf die von Samanthas und Joels Haus abgewandte Seite. Sie war vor einem oder zwei Tagen mit ihrem Sohn heimgekommen. Soweit sie von Oliver erfahren hatte, wurden die Nächte zum Tag, und tagsüber schliefen sie meistens.

«Es ist nicht klar, wie lange der Kanister dort ist», sagte Samantha.

«Ich habe ebenfalls keine Ahnung. Dort hinten sind nur Büsche und Unkraut.» Er schöpfte eine weitere Portion vom Griesskopf auf seinen Teller, streute einige Himbeeren darüber und übergoss sie mit Himbeersirup.

«Gestern ist was passiert, das seltsam ist», sagte er.

Samantha schaute ihn verständnislos an.

«Lorena.»

«Was soll sie mit alldem zu tun haben?»

«Wieso taucht sie ausgerechnet jetzt auf und macht einen auf Versöhnung?»

«Eine Versöhnung war es nicht direkt. Ich habe es als Entschuldigung aufgefasst.»

«Sie war vor dir da und könnte den Kanister deponiert haben.»

«Du machst Witze.»

«Wann hast du das letzte Mal hinter die Garage geschaut?»
«Ich kann mich nicht erinnern.»
«Ich auch nicht.»
«Dort wachsen nur Brombeer- und Efeuranken, wie du gesagt hast. Warum sollte Lorena den Kanister dort hinstellen?»
«Um den Verdacht auf uns zu lenken.»
«Warum? Wegen der Brandanschläge? Woher soll sie davon wissen?»
«Das war leicht in den Medien zu finden. Das Gleiche gilt für Annemaries Tod.»
«Joel, deine Phantasie geht mit dir durch.»
«Lorena weiss, wo du arbeitest.»
«Sie kennt weder Franz noch Annemarie. Warum sollte sie den Tod von Menschen riskieren, um mir eins auszuwischen? Und was soll das mit Annemaries Vergiftung zu tun haben?»
«Damit vielleicht nicht. Sie hört von den Vorfällen, sieht endlich eine Chance, uns eins auszuwischen, und schiebt uns sogenanntes Beweismaterial unter.»
Joels Handy klingelte, das er auf die Anrichte gelegt hatte. «John», murmelte er. «Es wird um unsere Geschäftsreise gehen. Das muss ich annehmen.» Er verliess die Küche.
Samantha sah ihm nach. Lorena. Konnte Joel recht haben? Das ergab alles keinen Sinn.
Samanthas Handy klingelte. Sie erkannte Franz' Namen auf dem Display.
«Wir dürfen zurück in die Büroräume», sagte Franz.
«Geht das? Ich meine, haben sie keinen Schaden genommen?»
«Gottlob ist nur das Labor betroffen, wie heute Vormittag vermutet wurde. Der Brand muss kurz vor deinem Eintreffen ausgebrochen sein. Zum Glück handelt es sich bei der Tür zum Labortrakt um eine Brandschutztür, und du hast schnell reagiert.»
Na ja, dachte Samantha. Es war besser, wenn Franz nicht wusste, dass sie eine Zeit lang gebraucht hatte zu realisieren, was los war.

«Da der Bereich separat ist, ist es kein Problem», fuhr Franz fort. «Die Spurensicherung in unseren Büros sei abgeschlossen, haben sie mich wissen lassen.»

Das war erstaunlich schnell, fand Samantha. Sie war davon ausgegangen, für mehrere Tage im Homeoffice arbeiten zu müssen.

«Der Brandgeruch hält sich ebenfalls in Grenzen, hat man mir erklärt», fuhr Franz fort. «Im Büro zu arbeiten ist daher kein Problem. Einzige Einschränkung: Der Zugang zum Labortrakt ist untersagt. Ich hoffe, die Versicherung wird den Schaden übernehmen.»

«Ist alles hin?», fragte Samantha.

«Ich war nicht drin – durfte das ja nicht, aber ich gehe von Totalschaden aus.»

ZEHN

«Ich melde mich, wenn ich angekommen bin», sagte Joel.

«Ich drücke die Daumen.» Samantha gab Joel einen Kuss und schaute ihm nach, wie er, den Rollkoffer hinter sich herziehend, von der Einfahrt in die Strasse einbog und aus ihrem Blickfeld verschwand. Bevor er zum Flughafen fuhr, musste er einen Abstecher zum Polizeiposten Gutsmatte machen, um seine Fingerabdrücke abzugeben. Immerhin schien Nussbaum Joel nicht als Tatverdächtigen im Fall der Brandstiftungen ins Auge zu fassen und hatte nichts gegen seine geschäftliche Abwesenheit.

Bevor Samantha die Haustür schloss, bemerkte sie den weissen SUV, der gegenüber ihrer Einfahrt auf der Strasse stand. Es gibt eine normale Erklärung dafür, sagte sie sich. Am Fenster erkannte sie zwei Personen, die kurz herausschauten und danach weitergingen. Offenbar gab es tatsächlich neue Nachbarn.

Samantha räumte die Küche auf und sah auf die Uhr. Langsam sollte sie sich beeilen.

Sie verliess das Haus. Velo oder Auto? Sei nicht so bequem, dachte sie und holte das Velo aus der Garage.

Sie bog in die Seltisbergerstrasse ein und genoss den Fahrtwind, der ihr ins Gesicht wehte, als sie bergab rollte. So machte es Spass, mit dem Velo zur Arbeit zu fahren. Hinter sich hörte sie ein Motorengeräusch, das sich aber nicht näherte. Samantha schaute nach hinten.

Ein Töff folgte ihr über die Brücke, die über die Bahnlinie führte und weiter die Burgstrasse hinab. Samantha fuhr geradeaus und durch das Törli in die Rathausstrasse. Es waren nur vereinzelt Passanten unterwegs. Eine Velofahrerin kam ihr entgegen.

Samantha erreichte die Rheinstrasse und musste einem Töff ausweichen, der am Strassenrand stand. Der Motor des Töffs heulte auf, als Samantha an ihm vorbeigefahren war. Er blieb hinter ihr.

Warum überholt er nicht, dachte sie und schaute nach hinten. War das der gleiche wie vorhin? Normalerweise würde Samantha sich nichts dabei denken, wenn eine andere Person zufälligerweise den gleichen Weg wie sie hatte. Die Anwesenheit des Töffs machte sie aber zunehmend nervös.

Samantha verlangsamte das Tempo. Autos überholten sie, aber der Töff blieb im gleichen Abstand hinter ihr.

Erneut schaute sie nach hinten. Der Fahrer trug eine schwarze Töffbekleidung und einen Helm mit heruntergeklapptem Visier. Unmöglich zu erkennen, um wen es sich handelte.

Samantha fuhr an dem Polizeiposten Gutsmatte und am Spital vorbei. Sie erreichte die Abzweigung zum Schildareal, bog ab und stoppte. Sie wappnete sich, ihn zur Rede zu stellen, falls er anhielt. Aber der Töff fuhr an ihr vorbei und bog Richtung Besucherparkplatz ab.

Nur ein Zufall. Samantha stellte das Velo ab und wartete. Drei Männer und zwei Frauen kamen aus der Richtung des Besucherparkplatzes. Keiner von ihnen trug Töffkleidung. Samantha stiess sich von der Wand ab und ging zum Besucherparkplatz. Von einem Töff keine Spur. Sie drehte sich einmal um sich selbst.

Nichts.

Hör auf damit. Er ist woanders hingefahren. Es gibt schliesslich genügend Parkmöglichkeiten.

Sie überquerte den Parkplatz, auf dem Amry Cosmetics Parkflächen für die Mitarbeiter reserviert hatte.

Keine Spur von einem Töff.

Samantha lief weiter durch das Areal.

Sie entdeckte keinen geparkten Töff. Es war, als habe er sich in Luft aufgelöst.

Hör auf, dich in etwas hineinzusteigern, was nicht ist. Sie kehrte zum Gebäude von Amry Cosmetics zurück.

Die Tür war wie gestern zugesperrt. Samantha zögerte. Sie wollte nicht wieder die Erste sein.

Stille empfing sie, als sie das Gebäude betrat. Rauchgeruch hing in der Luft und liess sie erstarren.

Es ist normal nach einem Brand, dass es stinkt, sagte sie sich und trat an die Tür, die zum Laborbereich führte. Samantha musterte das Polizeisiegel. Bis auf die verrussten Fussspuren auf dem hellgrauen Plattenboden im Eingangsbereich sah alles wie gewöhnlich aus. Samantha ging weiter. Irgendwas war anders als sonst. Samantha brauchte einen Moment, bis sie begriff, was. Die Tür zu Franz' Büro stand offen. Er war da. Die Erleichterung, nicht die Erste zu sein, verpuffte sogleich. Warum war die Haustür zugesperrt gewesen? Hatte er Angst, jemand würde unbemerkt ins Gebäude schlüpfen?

«Franz?»

Samantha betrat das Büro und tippte die Maus an. Der Bildschirm seines Computers blieb schwarz. Offenbar war sie doch die Erste. Wie gestern. Das Unbehagen nahm zu. Sie hatte damit gerechnet, Franz sei vor ihr da. Besonders nach dem Brand von gestern. Es passte nicht zu ihm. War wieder etwas passiert?

Samantha schaute in die übrigen Büros. Nichts verriet die gestrige Untersuchung der Räume durch die Polizei.

Sie ging durch die Büros, öffnete die Fenster und fixierte die Türen, damit sie nicht durch den Luftzug zuschlugen. Das würde hoffentlich den Brandgeruch vertreiben. In keinem der Räume traf sie auf einen Kollegen.

War tatsächlich noch keiner da? Es war immerhin halb neun.

Samantha betrat ihr Büro. Es war leer. Sie stiess gegen die Maus von Christians Computer. Der Bildschirm blieb dunkel.

Samantha fuhr ihren Computer hoch und fand eine Nachricht von Franz an alle, dass er heute nicht kommen werde.

Samantha starrte die Mail an. Es musste etwas passiert sein.

Christian hastete ins Büro. «'tschuldigung», brummte er

und liess sich auf seinen Stuhl fallen. «Ich habe verschlafen. Ich hoffe, Franz hat mich nicht gesucht. Wir haben eine Besprechung.»

«Er ist nicht da», sagte Samantha.

«Wieso?»

«Keine Ahnung. Er hat sich per E-Mail abgemeldet.»

«In dem Fall habe ich Glück gehabt.» Seine Erleichterung war deutlich. «Weisst du, warum er nicht kommt?»

«Er hat nichts geschrieben.» Samantha stand auf. «Möchtest du einen Kaffee?»

«Da sage ich nicht Nein. Wenn es geht, einen Cappuccino ohne Zucker.»

Als Samantha den Gang entlang zur Küche ging, bemerkte sie Dominik und Bruno in ihren Büros. Jasmin kam ihr mit einer Tasse Kaffee aus der Küche entgegen. Samantha war erleichtert, dass inzwischen alle eingetroffen waren. Die unheimliche Stimmung war durch die Anwesenheit der anderen wie weggeblasen.

Sie kehrte mit den beiden Cappuccino zu ihrem Büro zurück. Christian telefonierte, und Samantha stellte die Tasse neben seine Tastatur. Er hob den Zeigefinger.

«Sie ist gerade zurückgekommen.» Er reichte Samantha das Telefon und formte lautlos mit den Lippen: Polizei.

«Ja?», fragte Samantha vorsichtig.

«Nussbaum hier. Ich wollte Sie nur kurz informieren, dass weder Ihre noch die Fingerabdrücke von Herrn Gyger auf dem Kanister zu finden sind.»

Das ging schnell, dachte sie, und es gelang ihr gerade noch, die Luft nicht vor Erleichterung laut auszustossen. Hoffentlich unterstellte er ihnen nicht, diese abgewischt zu haben.

«Es war Benzin im Kanister», fuhr Nussbaum fort. «Er war randvoll damit.»

«Müsste er nicht leer sein, wenn es der Kanister des Brandstifters war?», rutschte es Samantha heraus. Sei still. Du willst dich nicht selbst in den Fokus rücken.

«Das haben wir uns ebenfalls gefragt. Mir ist nicht wohl

bei dem Ganzen. Bitte geben Sie auf sich acht und melden Sie sich, wenn Ihnen etwas verdächtig erscheint. Sie können mich jederzeit anrufen. Egal, für wie banal Sie es halten.»

Zuerst war Samantha erleichtert. Er hielt sie offenbar nicht für tatverdächtig. In der nächsten Sekunde verursachte der Satz einen Schweissausbruch, und dieser lag nicht an der Hitze.

«Sie können sich nach wie vor an keine seltsamen Vorfälle in den letzten Tagen erinnern?»

Samantha verneinte und dachte dabei an Lorenas seltsames Verhalten.

«Auch nicht, als Sie gestern nach Hause gekommen sind?»

Samantha wusste, dass Nussbaum mit der Wiederholung seiner Fragen von gestern ihrem Gedächtnis auf die Sprünge helfen wollte, aber es vermittelte das Gefühl, nicht ernst genommen zu werden.

Samantha fragte sich erneut, seit wann der Kanister dort stand. Sie wusste nicht, wann sie das letzte Mal hinter der Garage gewesen war.

«Nein», sagte sie abermals. «Vielleicht hat Lorena vorgestern was bemerkt, als sie auf mich wartete.»

«Lorena und wie weiter?»

Samantha verfluchte sich. Lorena würde es ihr übel nehmen, in diese Sache hineingezogen zu werden.

«Wer ist Lorena?», fragte Nussbaum nach, da Samantha nicht antwortete.

«Eine …» Eine Freundin ging zu weit. Das waren sie seit letztem Frühling nicht mehr. «Eine Bekannte», setzte Samantha ein zweites Mal an. «Sie war vorgestern zufällig in Liestal und ist spontan vorbeigekommen. Sie war einige Minuten vor mir da.»

«Sie wohnt nicht in Liestal?»

«Nein, in Brugg.» Stimmte das? Cédric war ausgezogen, aber er hatte unerwähnt gelassen, ob Lorena weiterhin das gemeinsame Haus hatte und ob sie dort wohnte.

«Können Sie mir bitte ihre Kontaktdaten geben?»

Das hatte Samantha befürchtet. Sie rief die Telefonnummer

auf ihrem Handy auf und diktierte sie Nussbaum. Diese würde hoffentlich noch stimmen.

«Warten Sie», sagte Nussbaum, als sie sich verabschiedeten. Stimmengemurmel drang durch das Telefon.

«Haben Sie Zeit und könnten vorbeikommen?»

«Jetzt?»

«Das wäre nicht schlecht.»

«Wieso?»

«Es sind neue Fragen aufgetaucht, die ich gerne hier mit Ihnen besprechen möchte.»

***

Nussbaum wartete im Empfangsbereich, als Samantha den Polizeiposten Gutsmatte erreichte.

«Das ging schnell», sagte er und reichte Samantha die Hand.

«Ich habe das Velo genommen», erwiderte sie.

Sie folgte Nussbaum in ein Besprechungszimmer. Auf dem Tisch lag eine Mappe. Sie setzten sich einander gegenüber.

Er schaute sie schweigend an. Dieses Schweigen war unheilschwanger. Was war passiert?

«Können Sie bitte nochmals erzählen, wie Sie gestern Morgen zur Arbeit kamen.»

«Die genaue Uhrzeit weiss ich nicht mehr …»

«Sind Sie mit dem Auto oder dem Velo gekommen?»

«Mit dem Velo.»

«Kann das jemand bezeugen?»

Samantha erschrak. Wieso brauchte er diese Bestätigung?

«Ich war die Erste und weiss nicht, ob meine Arbeitskollegen später darauf geachtet haben, als ich nach Hause fuhr. Immerhin herrschte Chaos aufgrund des Brands.»

«Hatten Sie eine Tasche dabei?»

Was sollte das?

«Meinen Rucksack, wie jedes Mal, wenn ich das Velo nehme.»

«Diesen da?» Er deutete neben Samanthas Stuhl.

«Ja.»
«Er sieht neu aus.»
Samanthas Verwirrung nahm zu. «Ich habe ihn vor einem oder zwei Monaten gekauft.»
«Wo?»
«In Liestal.» Sie nannte ein Geschäft im Stedtli.
«Darf ich ihn bitte sehen?»
Mechanisch reichte sie ihm den blauen Rucksack und sah zu, wie Nussbaum ihn untersuchte.
Nachdem er Samantha den Rucksack zurückgegeben hatte, holte er zwei Schwarz-Weiss-Bilder mit hoher Auflösung aus der Mappe und legte sie vor Samantha hin. Es mussten Aufnahmen von der Kamera sein, die den Türbereich bei Amry Cosmetic filmte. Auf einem Foto erkannte Samantha sich, wie sie die Tür aufschloss. Ihr Gesicht war deutlich im Profil zu sehen. Der Rucksack hing über der rechten Schulter. Die Vorderseite mit den Schnallen war gut zu erkennen. Das zweite Bild zeigte eine maskierte Person, die ungefähr aus dem gleichen Blickwinkel aufgenommen worden war. Das Bild war eine halbe Stunde vor Samanthas Eintreffen entstanden, wenn sie die Uhrzeit, die am rechten unteren Rand eingeblendet war, richtig deutete.
«Was fällt Ihnen auf?», fragte Nussbaum.
«Der Brandstifter war offenbar nicht so lange vor mir da.»
«Die Brandstifterin.»
«Brandstifterin?», wiederholte Samantha.
«Für uns ist es eindeutig eine Frau.»
Stimmt, dachte Samantha, als sie das Bild erneut musterte.
«Die Frau hier hat die gleiche Statur wie Sie. Und sie hat genauso einen Rucksack.» Er tippte auf das Bild. Nun bemerkte Samantha den Rucksack. Die Person trug ihn auf dem Rücken. Obwohl er nur von der Seite erkennbar war, war die Ähnlichkeit mit ihrem nicht zu übersehen.
Samantha beugte sich vor und analysierte das Bild. «Wer sagt, er habe die gleiche Farbe wie meiner? Eine dunkle Farbe auf einem Schwarz-Weiss-Foto heisst nicht automatisch blau. Zudem ist diese Person grösser und nicht von gleicher Statur,

sondern kräftiger gebaut als ich. Die Türklinke ist hier im Gegensatz zu dem Bild mit mir auf Taillenhöhe, und sie trägt ein weites Shirt.»

***

Samantha setzte sich mit einem Sandwich an einen der runden Tische auf der Firmenterrasse unter einen Sonnenschirm.

Erneut dachte sie an Nussbaums Reaktion. Er hätte ihr unterstellen können, sich verkleidet zu haben. Glücklicherweise war er nicht auf diese Idee gekommen.

Sie war froh gewesen, an diesem Tag ein enges Shirt angezogen zu haben, welches ihre schlanke Figur betonte und gleichzeitig dabei half zu beweisen, dass sie nicht die andere Person gewesen war. Trotzdem empfand sie es als Affront, dass Nussbaum erneut sie als Täterin ins Auge gefasst hatte. Was hatte sie getan, dass er so hartnäckig auf sie zurückkam? Hoffentlich war das nun geklärt.

Samantha fand die Tatsache beunruhigend, weil es sich anscheinend um eine Frau handelte. Die Person hatte einen Badge zum Gebäude gehabt. Jasmin? Sie war sportlich und grösser als die Person auf dem Foto. Giulia? Die war kleiner als Samantha und besass keinen Rucksack. Das passte nicht zu ihr. Emma? Sie war aus dem Spital entlassen worden, aber weiterhin krankgeschrieben und erholte sich zu Hause. Ausserdem passte sie ebenfalls von der Figur her nicht. Und sonst? Keiner kam in Frage. Das bedeutete, die Brandstifterin war keine Mitarbeiterin von Amry Cosmetics. Nicht nur Brandstifterin. War sie die gleiche Person, die Emma niedergeschlagen hatte?

Samantha dachte an Emmas verschwundenen Schlüsselbund mit dem Badge. Hatte der Dieb oder die Diebin gewusst, dass die Tasche in der Küche herumlag oder sie zufällig dort entdeckt? Warum hatte sie den Badge nicht am Morgen genommen? Ganz einfach: Emma hatte sie überrascht. Nächste Frage: Wieso hatten sie ihn nicht genommen, nachdem sie Emma zusammengeschlagen hatten?

Egal, von welcher Seite Samantha es betrachtete, es ging nicht auf. Schon allein in den Labortrakt zu kommen war für einen Aussenstehenden schwierig, wenn Emma nicht da war. Emma hatte nichts davon gesagt, jemanden mit ins Labor genommen zu haben.

Die Brandstifterin musste einen Komplizen bei Amry Cosmetics haben. Giulia? Der Ersatzbadge war in der Box, und sie behauptete, er sei nie fort gewesen. Allerdings könnte sie nicht bemerkt haben, dass er zwischendurch gefehlt hatte. Besonders, wenn er nur kurz weg gewesen war. Wer kam sonst in Frage? Dominik? Christian? Hör auf, deine Kollegen zu verdächtigen. Doch welche firmenfremde Person wagte es, die Büroräume zu betreten?

Samantha packte das Sandwich aus und wollte gerade abbeissen, als ihr Handy klingelte.

«Lorena», stand auf dem Display.

Samantha war versucht, den Anruf zu ignorieren, da sie nicht wusste, wie sie in Zukunft mit Lorena umgehen wollte. Lorena würde es aber von Neuem versuchen.

«Nichts hat sich geändert», rief Lorena laut, und Samantha musste das Handy ein Stück vom Ohr weghalten. «Kaum mache ich den ersten Schritt, hetzt du mir die Polizei auf den Hals.»

«Ich habe dir niemand auf den Hals gehetzt.»

«Warum ruft dieser Polizist bei mir an und fragt, was ich vorgestern bei dir zu suchen hatte?»

Samanthas Befürchtung, Lorena werde es ihr übel nehmen, wenn sie ihre Kontaktdaten an die Polizei weitergab, bestätigte sich.

«Es geht nicht in erster Linie darum, was du bei mir wolltest, sondern ob dir etwas aufgefallen ist, das dir seltsam erschien, als du auf mich gewartet hast.»

Schweigen.

«Auf das Haus meines Vorgesetzten wurde ein Brandanschlag verübt, nachdem seine Schwester einige Tage zuvor ermordet worden ist. Ihr Haus wurde ebenfalls abgefackelt, und gestern brannte unser Labor. Nun taucht ein Benzinkanister in unserem Garten auf. Gut versteckt hinter unserer Garage und unter einer Plane.»

Erneut erwiderte Lorena nichts. Samantha konnte sie atmen hören. Sie wappnete sich auf weitere Beschimpfungen.

«Von der Brandserie habe ich in der Zeitung gelesen.» Lorena klang versöhnlicher, und Samantha atmete auf. «Du ziehst so was an. Wie lange liegt der letzte Vorfall zurück? Zwei, drei Monate?»

Samantha erwiderte nichts.

«Wollte jemand deinen Chef ebenfalls umbringen und zündete deshalb das Haus an?»

«Das liegt auf der Hand.»

«Nicht unbedingt. Ich würde eine andere Methode wählen.» So wie sie das sagte, verursachte es eine Gänsehaut. «Um auf deine Frage zurückzukommen. Ich habe nichts gesehen. Es war niemand auf eurem Grundstück, als ich vorfuhr.»

«Weisst du, ob zu diesem Zeitpunkt ein Gegenstand hinter der Garage lag?» Lorena hatte das Auto am Rand der Einfahrt abgestellt und musste freien Blick auf die Stelle hinter der Garage gehabt haben.

«Das hat mich dieser Irgendwas-Baum auch gefragt. Ich habe nicht bewusst zu dieser Stelle geschaut und habe auf meinem Handy gechattet, bis du gekommen bist.»

«Wie lange warst du vor mir da?»

«Nicht mehr als fünf Minuten. Es tut mir leid, ich kann dir nicht weiterhelfen. Wie wird es mit Amry Cosmetics weitergehen? Erbt die Tochter, da die Übertragung der Aktien nicht stattgefunden hat?»

«Das weiss keiner genau. Die Testamentseröffnung war, glaube ich, noch nicht.» Moment. Woher wusste Lorena das?

«Mir tut Cornelia leid», sagte Lorena, bevor Samantha nachfragen konnte. «Als ob der Tod ihrer Mutter nicht schlimm genug wäre, gibt es nun Theater mit dem Erbe.»

«Kennst du sie?», fragte Samantha erstaunt.

«Kennen ist übertrieben. Ich bin ihr ein- oder zweimal begegnet. Meine Eltern kennen die Eltern von ihrem Freund von früher. Sie haben einmal eine organisierte Reise nach Spanien mitgemacht, wenn ich mich richtig erinnere. Danach sind sie in einem lockeren Kontakt geblieben.»

Stimmt, Lorena hatte es erwähnt, als Samantha bei Amry Cosmetics anfing, aber es war nie mehr ein Thema gewesen.

Etwas klapperte, was sich anhörte, als würde Lorena eine Tasse auf eine Untertasse stellen. «Als ich gestern mit meiner Mutter darüber gesprochen habe, meinte sie, es sei nicht verwunderlich, dass es so weit gekommen ist.»

«Wieso?»

«Cornelia und ihr Onkel hatten das Heu nicht auf der gleichen Bühne. Das ist der O-Ton meiner Mutter.»

Das hatte Samantha gespürt, als Cornelia Caruso abgeholt hatte. «Warum?», fragte sie.

«Das Thema hatten sie einmal gestreift, aber so eng sind meine Eltern mit den Eltern von Cornelias Freund nicht. Es muss einige unschöne Vorfälle gegeben haben. Sogar Anwälte waren im Spiel.»

«Wenn das so ist, finde ich es verwunderlich, dass Annemarie und Franz so gut miteinander ausgekommen sind.»

«Nenn es eine gute Fassade. Cornelia hat mir erzählt, dass es mehr als einmal Unstimmigkeiten gab. Besonders kürzlich. Aber lassen wir das.»

Kürzlich – Unstimmigkeiten? Ging es um die Pharmazulassung und die Übernahme der Aktien? Cornelia erbte. Sie würde etwas dagegen gehabt haben, dass ihre Mutter die Aktien ihrem Bruder übertrug. Das war ein eindeutiges Motiv. Würde sie so weit gehen und ihre Mutter umbringen?

«Wie war das Verhältnis von Cornelia zu ihrer Mutter?»

«Gut, soweit ich weiss.»

Sie plauderten eine Weile weiter. Das lockere Gespräch war fast wie früher und wirkte auf Samantha surreal. Nachdem sie sich verabschiedet hatten, blieb Samantha sitzen und liess es nachklingen. Etwas störte sie an dem Ganzen. Es dauerte eine Weile, bis sie begriff, was: «Cornelia hat mir erzählt …» Das klang vertraut und nicht nur nach ein- oder zweimal getroffen.

Joel hatte sich darüber gewundert, dass Lorena ausgerechnet zu diesem Zeitpunkt aufgetaucht war. War es kein Zufall, und seine Bedenken Lorena gegenüber waren berechtigt? Hatte Cornelia Lorena vorgeschoben, um die weitere Entwicklung in den Ermittlungen herauszufinden? Das ergab keinen Sinn. Cornelia würde als Angehörige von der Polizei informiert werden, sobald es Neues gab.

Auf einmal wurde es Samantha heiss. Lorena war schlank und etwas grösser als Samantha. In ihrer Freizeit trug sie gerne weite T-Shirts.

***

«Es sieht so aus, als hättet ihr in der Schweiz das gleiche Wetter wie wir in Indien», sagte Ranjana.

«Es scheint so.» Samantha drehte das Display des Handys so, dass sich das Licht nicht darin spiegelte und sie ihre indische Schwester besser sehen konnte. Regelmässig skypten sie, seit Samantha ihre indische Familie in Agra ausfindig gemacht hatte. Besonders zu Ranjana hatte sich eine tiefe Beziehung entwickelt.

«Wie geht es dir?», fragte Ranjana.

«Es geht so. Wie immer, wenn Joel unterwegs ist.» Samantha berichtete von Joels Geschäftsreise in die USA.

«Und ausser Joels Abwesenheit?»

«Nichts Besonderes.»

Ranjanas Kopf näherte sich dem Display, und Samantha konnte in den dunklen Augen erkennen, dass ihre Schwester ihr nicht glaubte.

«Anshana, was ist los?» Obwohl Ranjana wusste, dass Samantha den Namen benutzte, den ihre Adoptiveltern ihr gegeben hatten, nannte sie Samantha bei ihrem indischen Namen.

«Ich habe die Wohnung in Lenzburg abgegeben und wohne nun offiziell im Baselbiet», sagte Samantha und versuchte sich locker zu geben.

«Gab es Probleme bei der Abgabe?»

«Nein. Bis auf –» Sie brach ab.

«Ja?»

«Es hat nichts mit der Wohnungsabgabe zu tun.»

«Sondern?»

Samantha gab sich geschlagen und berichtete von der Begegnung mit Lorena, wie Lorena sie in Liestal aufgesucht hatte, von Annemaries Tod, den Brandstiftungen und von dem Fund des Kanisters.

«Da steckt diese falsche Schlange dahinter», rief Ranjana. «Das ist eindeutig.»

«Das glaube ich nicht.»

«Sie war vor dir da und hätte den Kanister leicht hinter der Garage verstecken können.»

«Welchen Grund sollte sie haben?»

«Rache. So, wie Joel gesagt hat. Sie gibt dir die Schuld am Scheitern der Beziehung zu Cédric. Zuerst schleimt sie sich ein. Sobald du ihr glaubst, schlägt sie zu.»

«Da gäbe es andere Möglichkeiten, als Benzinkanister hinter meiner Garage zu deponieren.»

«Sie hat von dem Brandanschlag auf deinen Vorgesetzten in den Medien gelesen. Und sie kennt die Tochter.»

«Und weshalb sollte sie all das gemacht haben? Oder will sie damit von Cornelia ablenken – aber warum sollte Cornelia ihre Mutter töten? Das passt nicht.»

«Sie ist sauer auf sie.»

«Sie müsste in erster Linie sauer auf Franz sein, weil er die Firma übernehmen wollte.»

«Wenn die beiden Termine bei einem Notar hatten, waren sie sich einig, dass Franz die Firma ganz übernehmen sollte. Das heisst, Cornelia hatte genauso einen Grund, sauer auf ihre Mutter zu sein. Es sei denn, Franz hat gelogen, als er dir davon erzählte.»

Ranjana zog die gleichen Schlüsse wie sie selbst, was Samantha erschreckend fand. Nach wie vor wollte Samantha dies nicht glauben, da sie nur die Sicht von Franz kannte. Annemarie hatte sich an dem Tag, als Franz verunfallte, mit ihm verabredet. Aber sie hatte nichts über den Grund gesagt. Samantha war wegen des Erzählten davon ausgegangen, es sei ein gemeinsames Meeting mit dem Notar.

«Vielleicht hat Annemarie es sich anders überlegt», fuhr Ranjana fort.

«Und Franz tötet sie deshalb? Das würde ihm nichts bringen, da Cornelia erbt.»

«Sicher?», fragte Ranjana.

«Ich habe keine Ahnung vom Erbrecht, aber ich denke, das ist der normale Weg, dass Cornelia als Tochter vor Franz erbt. Annemarie kann Cornelia allerdings mit einem Pflichtteil abgefertigt haben, und der Rest geht an Franz.»

«In dem Fall hätte er die Mehrheit und könnte sie bei Entscheidungen überstimmen. Cornelia hätte eher ein Motiv, ihre Mutter zu töten, damit es nicht so weit kommt.»

«Das ergibt Sinn», musste Samantha einräumen. «Cornelia muss ausserdem Franz loswerden und zündet das Haus an, wobei das ihr nichts bringen würde, wenn er stirbt. Die Firma ginge im Falle seines Todes an seine Frau und die Kinder.»

«So weit denkt sie nicht. Ausserdem geht sie nicht geschickt vor. Ich hätte an ihrer Stelle damit gewartet, bis es Nacht ist und sicher alle zu Hause sind und schlafen und den Brand nicht sofort bemerken. Wieso zusätzlich der Brandanschlag auf Annemaries Haus und das Labor?»

Und auf das Haus in der Nähe, ergänzte Samantha im Stillen. Nach wie vor war nichts in den Medien darüber zu finden, ob dieser Brand mit den anderen zusammenhing oder ob es ein unglücklicher Zufall war.

«Um Spuren loszuwerden», beantwortete Ranjana ihre Frage selbst. «Annemarie wurde vergiftet. Cornelia hat nicht berücksichtigt, ein natürlicher Tod werde in Frage gestellt und die Polizei nähme Ermittlungen auf.»

«Die Spurensicherung hatte genügend Zeit, das vergiftete Lebensmittel in Annemaries Haus sicherzustellen.» Egal, welchen Erklärungsansatz sie versuchten, es passte alles nicht zusammen.

«Zurück zu der rothaarigen Hexe», sagte Ranjana, bevor Samantha einen neuen Einwand erheben konnte. «Eine bessere Gelegenheit gibt es für sie nicht, sich an dir zu rächen. Sie wird sofort zugestimmt haben, falls Cornelia sie um Hilfe gebeten hat.»

Hatte Ranjana recht? Der Lorena von früher traute Samantha eine solche Aktion nicht zu. Aber Lorena hatte sich verändert.

Zuerst tat sie so, als suche sie einen neuen Kontakt zu Samantha. Einschleimen hatte Ranjana gesagt.

Auf dem Kanister gab es keine Fingerabdrücke oder andere Spuren, die Rückschlüsse auf die Person zuliessen, die ihn hinter der Garage deponiert hatte. Auch hatte Ranjana damit recht, dass Lorena Zeit gehabt hätte.

Ergab es Sinn, wenn Cornelia Lorena darum bat? Wie konnte sie sicher sein, Lorena werde dichthalten?

«Für den Brand im Labor kann es eine weitere Erklärung geben», holte Ranjana Samantha aus den Gedanken. «Franz will die Pharmazulassung und stösst auf Gegenwind.»

«Was soll das mit dem Brand zu tun haben?»

«Das Labor ist zerstört und muss wiederaufgebaut werden. Damit kann er gleich die entsprechenden Neuerungen veranlassen.» Das hatte bereits Joel angedeutet, nachdem Franz' Haus gebrannt hatte. War Franz einen Schritt weitergegangen und hatte nach dem Brand in seinem Haus nun Feuer im Labor gelegt?

«Das würde nicht funktionieren», sagte Samantha. «Die Versicherung würde misstrauisch werden.»

«Er muss es geschickt anstellen und braucht eine plausible Erklärung», erwiderte Ranjana. «Das Labor muss so oder so wiederaufgebaut werden. Wieso nicht gleich Neuerungen integrieren?»

Nachdem sie das Gespräch beendet hatten, blieb Samantha mit dem Handy auf dem Liegestuhl sitzen. Inzwischen war es dunkel geworden. Eine Mücke summte um Samanthas Kopf, und sie verspürte einen Stich auf dem Arm. Samantha schlug auf die Stelle und verfehlte die Mücke. Sie stand auf und ging ins Haus.

Ihr Handy meldete den Eingang einer WhatsApp-Nachricht.

Ich bin gut angekommen, schrieb Joel. *Wir sind abgeholt worden, und nun geht es ins Hotel.*

Samantha antwortete, sie würde zu Bett gehen, und wünschte Erfolg.

Sie duschte lauwarm, um Abkühlung zu finden, und legte sich ins Bett. Der Vorteil von Joels Abwesenheit war, Arme und Beine von sich strecken zu können. Trotz der Dusche schwitzte sie wieder. Meteo hatte eine weitere Tropennacht angekündigt, in der die Temperatur nicht unter einundzwanzig Grad fallen würde. Als Samantha sich hingelegt hatte, waren es noch achtundzwanzig Grad im Schlafzimmer gewesen. Sie hatte die Fenster geöffnet, in der Hoffnung, es gäbe Durchzug. Aber kein einziger Luftzug regte sich.

Samantha drehte sich auf den Bauch und streckte abermals Beine und Arme von sich, was nicht half. Die Luft war stickig und wie zum Schneiden. Auf ihrer Haut hatte sich ein feuchtklebriger Film gebildet. Das Schlafzimmer unter dem Dach war heute definitiv nicht von Vorteil. Sollte sie ins Wohnzimmer auf das Sofa umziehen? Das Sofa war nicht der bequemste Ort zum Schlafen, aber es war dort kühler.

Sie stand auf, nahm Decke und Kissen und machte sich auf den Weg nach unten.

Nachdem Samantha die Decke über das Sofa ausgebreitet hatte, ging sie in die Küche. Sie füllte Wasser in ein Glas und hielt inne, als sie aus den Augenwinkeln eine Bewegung vor dem Fenster wahrnahm.

Sie trat ans Fenster. Nichts war zu sehen. Die Büsche in der Einfahrt des Nachbarn bewegten sich. Offenbar war Wind aufgekommen. Samantha kippte das Fenster. Ein lauer Luftzug, der die gleiche Temperatur wie die Luft im Inneren des Hauses hatte, streifte ihr Gesicht.

Samantha hielt wieder inne. Seltsamer Geruch, dachte sie.

Unangenehm. Es stank draussen. Irritiert schloss sie das Fenster.

Sie ging ins Wohnzimmer, setzte sich auf das Sofa und stellte das Glas auf das Salontischchen. Draussen polterte es. Samantha sprang auf und lief zur Terrassentür. Die beiden Liegestühle, die zusammengeklappt an der Wand gelehnt hatten, lagen auf dem Boden. Reichte der Wind, um sie umkippen zu lassen? Die Schemen der Bäume schwankten hin und her. Der Wind musste weiter aufgefrischt haben. Samantha wollte sich abwenden, als eine Bewegung im Garten ihre Aufmerksamkeit auf sich zog. Ein unangenehmes Kribbeln im Nacken setzte ein. Samantha trat dichter an die Terrassentür. Nichts war zu sehen. Nur die Büsche im Wind, sagte sie sich. Zwischen den sich hin und her bewegenden Ästen der Büsche am Rand des Grundstücks konnte sie die Lichter der Stadt und die dunkle Silhouette des Höhenzugs auf der gegenüberliegenden Seite des Tals erkennen, die sich gegen den Nachthimmel abhob.

Alles machte einen friedlichen Eindruck. Woher kam das Unbehagen? Ihre innere Anspannung nahm mit jeder Sekunde zu. Hör auf damit. Da ist nichts. Sie kehrte zum Sofa zurück. Kaum hatte sie sich hingelegt, setzte sie sich von Neuem auf und starrte zum Fenster. Eine Bewegung am Rand der Terrasse. Das war kein Busch im Wind. Der Schatten bewegte sich langsam fort.

Es war eindeutig ein Mensch. Die Person bewegte sich in gebückter Haltung vorwärts. Sie hielt etwas in der Hand.

Samantha konnte sich nicht rühren und starrte auf die sich nähernde Gestalt. Ein eckiger Gegenstand. Ein Kanister, schoss es Samantha durch den Kopf.

Der Gestank vor dem Küchenfenster. Das hatte wie beim Tanken gerochen …

Der Schatten einer weiteren Person huschte vorbei. Sie war zierlich und aufgrund der Silhouette eindeutig eine Frau.

Das Klirren eines Fensters.

Das war im Gästezimmer gewesen.

Geklapper.

Geplätscher.
Jemand goss eine Flüssigkeit aus.
«Wo ist das Feuerzeug?», hörte sie eine Männerstimme.
«Weiss nicht. Im Auto.»
Ein unterdrückter Fluch.
Die legten Feuer!

Sirenen.
Ein Gepolter auf der Terrasse.
Fluchen.
Das Sirenengeheul kam näher.
Ein Motor heulte auf.
Reifenquietschen.
Es klingelte.
Samantha war unfähig, sich zu rühren.
Jemand pochte gegen die Haustür, und in Samantha kam Bewegung.
Sie rannte zur Tür und riss sie auf.
«Frau Kälin.» Die Erleichterung in Nussbaums Stimme war deutlich. «Ist alles in Ordnung mit Ihnen?»
Zu mehr als zu einem Nicken war Samantha nicht imstande.
Ihre Hand umklammerte den Telefonhörer. Sie konnte sich erinnern, wie sie den Notruf gewählt hatte. Danach war sie in Schockstarre gefallen, und alles lag im Dunkeln.
«Jan, wir schauen uns zuerst draussen um», sagte ein Mann, der auf sie zukam.
«Okay, danke.» Nussbaum schloss die Tür und schaltete das Licht ein.
«Sie sind aschfahl», sagte er. «Ist mit Ihnen wirklich alles in Ordnung?»
Erneut konnte Samantha nur mechanisch nicken.
Er schnupperte und verschwand im Gästezimmer. «Offenbar sind wir rechtzeitig gekommen.»
Nussbaum führte Samantha in die Küche und stellte ein Glas Wasser vor sie auf den Tisch. «Zum Glück war gerade eine Streife in der Nähe.»

Eine Streife in der Nähe? Wie schaffte es Nussbaum, gleichzeitig hier anzukommen? Er wohnte mindestens zehn Minuten entfernt und musste erst aus dem Bett geholt werden.

«Gott sei Dank haben Sie geistesgegenwärtig reagiert», fuhr er fort.

Hatte sie das? Eigentlich hätte sie sofort den Notruf wählen müssen, sobald sie die beiden draussen bemerkt hatte, und diese nicht nur anstarren sollen. Kostbare Sekunden hätte sie beinahe vertan.

«Können Sie bitte sagen, was vorgefallen ist?»

Samantha brauchte einen Moment, bis sie die Gedanken gesammelt hatte und berichten konnte. Nussbaum beugte sich vor, und ihr wurde bewusst, leise zu sprechen und kaum verständlich zu sein.

«Zwei Personen, sagen Sie?», hakte Nussbaum nach.

«Ich habe zwei gesehen. Ob weitere da waren, weiss ich nicht.»

«Können Sie die beiden beschreiben?»

«Es war dunkel, und ich war geschockt.»

Nussbaum sagte nichts und schwieg.

«Der eine mit dem Kanister ging gebückt.»

«Der eine? Also ein Mann?»

«Eher.»

Es klingelte, und Nussbaum stand auf. Stimmengemurmel. Er kehrte mit einem Beamten zurück.

«In der Einfahrt stinkt es. Es muss Benzin verschüttet worden sein. Ich vermute ein Versehen, da es nur einzelne kleine Lachen sind. Der leere Kanister lag hinter der Garage. Ein Fenster ist eingeschlagen. Es sieht aus, als wollten sie dort einsteigen, um den Brennstoff im Haus zu verteilen.»

Samantha musterte den Beamten.

Gross, schlank. Dunkle Polizeiuniform.

«Von der Statur sah einer wie Sie aus», sagte sie.

«Was? Wie ich? Wer?» Gleich darauf begriff er, und die Verärgerung in seinem Gesicht war deutlich. «Was soll das heissen?»

«Nichts», kam Nussbaum Samantha zuvor. «Ich habe Frau Kälin gefragt, ob sie die Personen beschreiben kann.»

«Und sie behauptet, ich … ich, wir sind aufgrund des Notrufs zu Hilfe geeilt. Beschuldigungen muss ich mir nicht gefallen lassen. Besonders nicht, wenn wir sie vor Schlimmerem bewahrt haben.»

«Sie beschuldigt dich nicht.» Nussbaum machte eine Handbewegung zur Tür. «Ich komme gleich raus.»

Der Beamte brummte etwas, das wie «die Undankbarkeit in Person» klang, und verliess die Küche.

«Sie waren vermummt», sagte Samantha. «Der andere war mittelgross, und es könnte eine Frau gewesen sein.»

«Haben Sie was bemerkt, bevor Sie die beiden in Ihrem Garten gesehen haben?», fragte Nussbaum nach einer kurzen Pause weiter.

«Nein.» Samantha wiederholte, wie sie ihr Schlafquartier in das kühlere Wohnzimmer verlegt und sich zu trinken in der Küche geholt hatte.

«Kein Auto vor dem Haus?»

«In der Einfahrt stand nichts. Das hätte ich sehen müssen, als ich aus dem Küchenfenster geschaut habe.»

***

Samantha schielte an Simona vorbei zur Uhr vom Ofen. Es war halb eins. Simona unterdrückte ein Gähnen.

«Entschuldige, dass ich euch aus dem Bett geholt habe.»

«Das ist kein Problem», erwiderte Maik, der einen Krug aus dem Kühlschrank nahm. Er stellte ihn auf die Anrichte und lehnte sich dagegen. Mit seinem grossen, kräftig gebauten Körper sah er wie ein Schwingerkönig aus, obwohl er diesen Sport nie ausgeübt hatte. «Dazu ist Familie da.»

Sie zählten Samantha zu ihrer Familie? Ein warmes Glücksgefühl durchströmte sie, das sogleich wieder der Kälte wich, die sich seit dem versuchten Brandanschlag breitgemacht hatte. Nussbaum hatte darauf bestanden, dass Samantha an einem anderen Ort Unterschlupf suchte. Spontan war ihr Simona eingefallen. Nussbaum war damit einverstanden gewesen und hatte sie persönlich nach Mumpf gefahren. Er kannte Simona von früher, als sie noch bei der Polizei gearbeitet hatte.

«Ich bin auch gerade erst heimgekommen», sagte Maik.

«Er hatte einen Flug von Südamerika.» Simonas Mann arbeitete als Pilot und war regelmässig auf Langstreckenflügen unterwegs.

Simona rutschte auf dem Stuhl hin und her, streckte den Rücken durch und legte die Hände auf den Bauch.

«Ausserdem ist Schlafen bei der Hitze ein Ding der Unmöglichkeit», sagte Simona und nahm die Tasse mit dem selbst gemachten Eistee entgegen, die Maik ihr reichte.

«Erzähl, was ist genau passiert?», fragte Maik und setzte sich zu ihnen.

Zum zweiten Mal in dieser Nacht berichtete Samantha, wie sie wegen der Hitze nicht schlafen konnte und ins Wohnzimmer gegangen war, weil es dort kühler war. Maik und Simona hörten ihr zu, ohne sie zu unterbrechen.

«Zum Glück bist du runtergegangen», sagte Simona, nachdem sie geendet hatte. «Nicht auszudenken, was passiert wäre, wenn du tief und fest geschlafen hättest.»

«Genau das haben die Täter gehofft», sagte Maik.

«Hast du eine Idee, wer hinter dem Anschlag stecken könnte?», fragte Simona.

«Nein.»

«Für mich ist es klar», sagte Maik. «Das müssen die gleichen sein, die bei Franz Ammann, seiner Schwester und in der Firma Feuer gelegt haben.»

«Das wäre denkbar», erwiderte Simona, bevor Samantha antworten konnte. «Muss aber nicht. Samantha hat nichts mit der Familie Ammann zu tun.»

«Sie arbeitet in der Firma», entgegnete Maik.

«Das tun andere auch. Warum erwischt es nicht deren Haus?»

«Das kommt vielleicht noch.»

Samantha schaute von einem zum anderen und kam sich

dabei vor, als schwebe sie über den beiden und betrachte die Diskussion von aussen.

«Ich glaube, Sammy hat etwas getan, das die Täter aufgeschreckt hat und das sie als Bedrohung empfinden.»

«Du stimmst mir nun doch zu, der Anschlag heute Nacht hat mit den Vorkommnissen bei Amry Cosmetics zu tun?», fragte Maik.

«Nach wie vor ist beides möglich, aber du hast recht. Es liegt nahe, da alles kurz hintereinander passiert ist. Ich finde es gut, dass Jan dich aus dem Schussfeld gebracht hat.»

Samantha wurde eine Spur kälter, und ein Zittern ging durch ihren Körper.

«Trink einen Schluck.» Maik schob ihr die Tasse hin.

«Ich hätte nicht zu euch kommen und euch in Gefahr bringen dürfen.»

«Woher sollen die wissen, wo du bist?»

«Sie könnten mir gefolgt sein.»

«Das glaube ich nicht. Das Polizeiaufgebot hat sie vertrieben.» Simona gähnte abermals.

«Wir sollten uns hinlegen, auch wenn wir nicht schlafen können», sagte Maik.

Samantha spürte ein schlechtes Gewissen. Simona sollte sich nicht wegen ihr die Nacht um die Ohren schlagen und sich lieber schonen. Morgen beziehungsweise heute würde Nico sie fordern.

«Ich denke, du tauchst erst einmal ab und meldest dich morgen krank», sagte Simona zu Samantha und stand auf.

«Das kann ich nicht. Ich schwänze nicht.»

«Das ist eine Ausnahmesituation. Erfinde etwas. Eine Sommergrippe oder eine Magenverstimmung.»

«Das wird mir keiner glauben, sobald sie Nachrichten gehört oder die Zeitung gelesen haben.» Samantha folgte ihr die Treppe nach oben. Sie betrat hinter Simona das Arbeitszimmer, in dem ein ausziehbares Sofa an der Wand stand.

«Lass mich das machen», sagte Maik und machte sich am Sofa zu schaffen.

«Nicht unbedingt», sagte Simona zu Samantha. «Wie ich Jan kenne, wird es einfach eine Meldung zu einem Polizeiaufgebot geben.» Sie reichte Samantha einen Trainingsanzug. «Detailliertere Angaben wird er nicht machen. Versuch dich zu entspannen. Ich weiss, es ist schwer. Fühl dich wie zu Hause und nimm dir das, was du brauchst.»

Simona und Maik verliessen das Zimmer. Unschlüssig blieb Samantha in der Mitte stehen. Ihr Blick wanderte vom Schlafsofa zum Schreibtisch, auf den Maik eine Wasserflasche gestellt hatte. Sie löschte das Licht und trat ans Fenster, das auf den Garten hinausging. Die Wolken hatten sich verzogen, und der halbvolle Mond tauchte alles in sein milchiges Licht. Samantha öffnete das Fenster, und ein leichter Luftzug strömte ins Innere.

«Die Fäden laufen bei Ihnen zusammen», hatte Nussbaum Samantha zum Abschied gesagt, als er vor Simonas Haus angehalten hatte. «Sie müssen ein Verbindungsglied von Amry Cosmetics zum Täter sein. Wie das genau zusammenhängt, weiss ich nicht. Bitte passen Sie auf sich auf.»

Hing es nur mit ihr zusammen, oder schwebten ihre Kollegen auch in Gefahr, wie Maik angedeutet hatte?

ELF

Kindergeschrei weckte Samantha. Sie setzte sich auf und schaute sich verwundert um. Nach einigen Sekunden wurde ihr klar, wo sie war. Sie liess sich zurück auf das Kissen sinken. Wie zu erwarten war sie erst gegen Morgen in einen unruhigen Schlaf gefallen. Nicht direkt Schlaf. Es war ein Zustand zwischen Wachsein und Schlaf gewesen, mit dem Ergebnis, sich gerädert zu fühlen.

Samantha schaute auf die Uhr. Kurz vor acht. Erschrocken setzte sie sich erneut auf. Sie sollte zur Arbeit. Die Frage war: Wie sollte sie ohne Auto von Mumpf nach Liestal kommen? Samantha holte ihr Handy hervor, um die Zugverbindungen nachzuschauen, hielt aber gleich darauf inne. Wie sollte sie den Tag überstehen? Hinter ihrer Stirn begann es kräftig zu pochen. Simonas Lösung, sich krankzumelden, war keine schlechte Idee. Obwohl Samantha ein schlechtes Gewissen hatte, nahm sie ihr Handy.

«Amry Cosmetics, Hofer», meldete sich Jasmin nach dem dritten Klingelzeichen.

«Ich bin es, Samantha. Ich fürchte, ich kann heute nicht kommen.» Samantha erfand eine Migräne mit Erbrechen, was bei dem Brummschädel nicht allzu weit hergeholt war.

«Es ist besser, wenn du dich auskurierst. Gute Besserung und hoffentlich bis Montag.»

Gekreische erklang vor der Tür, gefolgt von einem wütenden «Nico!».

Im nächsten Moment wurde die Tür aufgestossen, und Nico rannte ins Zimmer.

«Raus da», rief Simona.

«Sammy!» Nico sprang zu Samantha auf das Bett und schlang seine Arme um ihren Hals. Simona erschien einige Sekunden später. «Entschuldige bitte.»

«Macht nichts. Ich war wach.»

«Manchmal ist er die grösste Katastrophe auf zwei Beinen, die man sich vorstellen kann. Ich weiss nicht, wie ich das managen soll, wenn Nummer zwei da ist.»

«Nico hat recht, ich sollte langsam aufstehen.»

«Wie geht es dir?», fragte Simona.

«Als ob ich mindestens zehnmal überfahren worden wäre.»

«So siehst du auch aus. Ich mache dir einen starken Kaffee.»

Fünf Minuten später sass Samantha in der Küche. Sie nahm ein Gipfeli und bestrich es mit Honig. Simona stellte einen Cappuccino, einen Kräutertee und eine warme Milch auf den Tisch. Sie hob Nico in den Kinderstuhl und reichte ihm ein Gipfeli. Er brach ein Stück ab und stopfte es sich in den Mund.

«Ich habe über vergangene Nacht nachgedacht. Jemand geht davon aus, dass du zu viel weisst.»

«Was soll ich wissen?»

«Du weisst über die Übertragung der Firmenanteile Bescheid.»

«Das weiss keiner.»

«Offenbar doch.» Simona hob die Hand, als Samantha einen Einwand erheben wollte. «Ob sie stattgefunden hätte, sei dahingestellt. Du warst in Annemaries Haus. Nicht nur kurz, sondern länger und mehrmals, als du diesen Kater einfangen musstest. Das kann für einen Aussenstehenden anders herüberkommen.»

«Wie denn?»

«Entweder weisst du was, das du nicht wissen solltest, oder du könntest etwas gefunden haben, das nicht gefunden werden sollte.»

«Was soll das sein?»

«Vielleicht denkt er, du bist auf das Gift gestossen, mit dem Annemarie getötet wurde.»

«Wenn jemand das Gift gefunden hat, dann die Polizei.»

«Da es keine entsprechende Meldung dazu gab –»

«Was nichts heissen muss», unterbrach Samantha Simona.

«Das weiss der Täter nicht. Er ging davon aus, es wurde nichts gefunden, und die Beweise seien weiterhin im Haus.

Da du da drin warst, bestand die Gefahr, du könntest es entdecken.»

Samantha liess es sich durch den Kopf gehen. Sie wusste nicht, ob diese Annahme schlüssig war.

«Inzwischen ist bekannt, womit sie vergiftet wurde», sagte Samantha.

«Weiss die Öffentlichkeit dies auch?»

Das war ein guter Punkt. Soviel Samantha wusste, war in den Medien nichts über Annemaries Todesart berichtet worden. Es war nur durchgeklungen, sie sei gewaltsam getötet worden. Mit dem Ergebnis, dass eine Spekulation die nächste jagte. Genauso übertrumpften sich die Medien mit der Suche nach Antworten, ob ihr Tod im Zusammenhang mit den Bränden stand.

«Nico, nein!», rief Simona.

Nico rupfte kleine Stücke vom Gipfeli und liess sie auf den Boden fallen. «Nico essen», protestierte er, als Simona es ihm wegnahm.

«Nur, wenn du keinen Blödsinn machst.»

Unter Simonas aufmerksamem Blick schob er sich ein Stück in den Mund.

«Für mich ist es eindeutig, es soll vertuscht werden», knüpfte sie an ihr Gespräch an. «Daher der Brand in dem Labor.»

«Du meinst, das Gift stand dort?» Es erschreckte sie, da Simona ähnliche Überlegungen anstellte, wie Samantha es bereits getan hatte. Falls das Gift im Labor gewesen war, wäre Emma die grössere Gefahr. Sie ist niedergeschlagen worden, dachte Samantha. Schwebte Emma in Gefahr? War es bei ihr ein Mordversuch und nicht nur eine Reaktion aufgrund der Überraschung, dass Emma ins Labor gekommen war? Würde der Täter so dreist sein, über die Grenze zu fahren, um sie zu Hause zu beseitigen?

«Zudem kann der Täter befürchten, einen Hinweis, der mit ihm in Zusammenhang steht, zurückgelassen zu haben», fuhr Simona fort.

«In Annemaries Haus?»

«Zum Beispiel. Denk nach. Was erscheint dir im Nachhinein seltsam oder fehl am Platz?»

In Gedanken ging Samantha durch das Haus. Zuerst in die Küche, danach ins Gäste-WC und Wohnzimmer. Sie versuchte einen Vergleich zu ziehen, was beim zweiten Besuch anders als bei ihrem ersten war. Vergeblich. Samantha nahm sich den oberen Stock vor. «Ich habe den Typen im Badezimmer überrascht, als ich dachte, das sei der Kater.»

«Und?»

«Wie, und?»

«Was war seltsam?»

«Nichts. Es war ein normales Badezimmer mit den Toilettenartikeln einer Frau.»

Simona sagte nichts. Die Aufforderung war auch ohne Worte deutlich genug.

«Nachdem ich den Einbrecher überrascht hatte, war es chaotischer.»

«Was meinst du damit?»

«Einzelne Toilettenartikel lagen auf dem Boden.»

Simona machte eine Geste mit der Hand, was wohl «Und weiter» heissen sollte.

«Als ich das erste Mal dort war, stand auf dem Tablar eine Flasche mit Bodylotion. Der Deckel lag neben der Flasche», kam es Samantha in den Sinn. «Ich habe mich gewundert, weshalb Annemarie die Flasche offen herumstehen liess, und habe sie zugeschraubt.»

«War diese Flasche beim zweiten Mal noch da?»

«Das weiss ich nicht. Wie gesagt, es waren Toilettensachen auf dem Boden verteilt.»

«Bitte frage Jan, ob etwas fehlt.»

«Ausgerechnet ich? Er wird nicht ausgerechnet mir mehr dazu sagen.»

«In dem Fall übernehme ich das», sagte Simona. «Wenn diese Bodylotion fehlt, muss sie der Schlüssel zu dem Ganzen sein.»

Samantha konnte es nicht verhindern zu lächeln.

«Was ist?»

«Du vermisst deinen Job als Polizistin, nicht wahr?»

«Na ja. Ein wenig. Aber das hat damit nichts zu tun. Ich mache mir Sorgen um dich.»

Da war Simona nicht allein, wenn Samantha an Nussbaums Äusserung dachte.

Simona beugte sich zu Samantha und legte ihre Hand auf Samanthas Unterarm. «Wir sollten das Thema wechseln», sagte sie. «Du hast keinen Bissen gegessen.»

Obwohl Samantha nach diesen Spekulationen keinen Hunger verspürte, biss sie vom Honiggipfeli ab und trank einen Schluck Cappuccino.

«Maik und ich sind auf der Suche nach einer Gotte für unser Baby und möchten dich fragen, ob du diese Aufgabe gerne übernehmen möchtest.»

Samantha stellte die Tasse zurück auf den Tisch. «Ich?»

«Wie gesagt, nur wenn du möchtest. Immerhin ist Joel der Götti von Nico.»

Ursprünglich war das Joels Bruder Mario gewesen. Nach seinem gewaltsamen Tod vor zwei Jahren hatte Nico keinen Götti gehabt. An letzter Auffahrt hatte Simona Joel gefragt, der diese Aufgabe gerne übernommen hatte.

«Mir ist bewusst, es ist nicht der ideale Zeitpunkt für diese Frage … Du kannst gerne in Ruhe darüber nachdenken und –»

Die Klingel der Haustür unterbrach Simona.

Samantha schaute ihr nach. Gotte. Nie hätte sie gedacht, jemand werde sie das jemals fragen. Familie. Zugehörigkeit. Wie letzte Nacht durchströmte sie ein warmes Gefühl. Genauso schnell wie in der Nacht verpuffte es wieder, als sie Nussbaum erkannte, der hinter Simona in die Küche kam.

Er setzte sich an den Tisch und lehnte ab, als Simona ihm zu trinken anbot. Samantha realisierte, dass er die gleichen Kleider wie in der Nacht trug. Bartstoppeln waren auf seinem Kinn erkennbar, und er hatte Schatten unter den Augen, die durch die Blässe in seinem Gesicht verstärkt wurden. Offenbar hatte er in der Nacht nicht geschlafen.

«Sie können ins Haus zurück», sagte er.

So schnell, dachte Samantha erstaunt.

«Wäre es nicht besser, wenn Samantha hierbleibt?», fragte Simona. «Sie allein in dem Haus zu wissen finde ich nicht beruhigend.»

«Gemäss den Kollegen von der Spurensicherung waren die Eindringlinge nicht im Haus», fuhr Nussbaum fort, ohne auf Simonas Einwand einzugehen und bevor Samantha sich dazu äussern konnte. «Das Fenster ist verbarrikadiert. Es kann keiner mehr rein.»

Das war kein Hinderungsgrund, dachte Samantha. Wenn einer ins Haus wollte, würde es keine Schwierigkeit darstellen.

«Habt ihr draussen Hinweise auf die Täterschaft gefunden?», fragte Simona.

«Es gibt keine neuen Erkenntnisse. Vor dem Küchenfenster haben sie Benzin verschüttet, was nach wie vor wie ein Versehen aussieht. Wir vermuten, dass sie zuerst um das Haus geschlichen sind und geschaut haben, ob ein Fenster offen ist. Als das nicht der Fall war, wollten sie durch das Gästeschlafzimmer ins Haus eindringen. Sie sollten endlich stabilere Fenster einbauen lassen, Frau Kälin. – Zum Glück haben Sie die Brandstifter bemerkt und konnten uns verständigen. Ich bin froh, dass die beiden – wir gehen von zwei Personen und keiner dritten aus …» Nussbaum zeigte auf Samanthas Tasse. «Kann ich doch bitte einen Espresso haben?» Er unterdrückte ein Gähnen.

«Natürlich.» Simona stand auf.

Er wandte sich an Samantha. «Wir vermuten, der Kanister hinter der Garage diente dazu, Ihnen die Brandanschläge in die Schuhe zu schieben, Frau Kälin. Da dieser Plan nicht funktionierte, unternahmen sie einen anderen Versuch, Sie auszuschalten.»

«Plan B ist deiner Meinung nach, das Haus abzufackeln und zu hoffen, Sammy kommt in den Flammen um», sinnierte Simona weiter.

«Genau. Das alles zusammen bedeutet für mich, Sie müssen die Täter näher kennen, Frau Kälin.»

Zu mehr, als ihn anzustarren, war Samantha nicht fähig.

Näher kennen. Jemand aus ihrem Bekanntenkreis. Einer der Kollegen von Amry Cosmetics? Woher sollten die wissen, wie es hinter Samanthas Garage aussah und dass sie dort so gut wie nie nachschauten? Allerdings hatten sie Kenntnis, wann Samantha nicht zu Hause war. Während der Mittagspause konnte derjenige schnell zu ihr gefahren sein.

«Das würde ich nicht sagen», mischte sich Simona in das Gespräch ein. «Es hat hinter der Garage dieses Gestrüpp. Das reicht jedem als Anzeichen, dass dort kaum jemand hingeht.»

Nussbaum trank einen grossen Schluck vom Espresso und sah aus, als liesse er sich die Option durch den Kopf gehen. «Das hat was», sagte er nach einigen Sekunden. «Trotzdem möchte ich die Möglichkeit von jemandem aus Ihrem Bekanntenkreis als Täter nicht ausschliessen. Ist Ihnen zusätzlich etwas eingefallen?», wandte er sich erneut an Samantha. Sie wechselte mit Simona einen Blick. Die Aufforderung lag auf der Hand, aber Samantha schüttelte den Kopf.

«Die Bodylotion», sagte Simona.

«Welche Bodylotion?»

«Fehlt gegenüber der Liste von der ersten Untersuchung in Frau Rysers Haus eine Bodylotion auf der zweiten Liste, nachdem Samantha den Eindringling im Bad überrascht hat?»

«Wo soll die gewesen sein?»

«Bei Frau Ryser im Bad», wiederholte Simona.

«Was soll es mit dieser Lotion auf sich haben?» Die Aufforderung war deutlich, als er Samantha anschaute.

Samantha unterdrückte ein Seufzen und erzählte von der Bodylotion, in der Annahme, Nussbaum würde sie als verrückt einstufen.

«Ich muss bei den Kollegen der Spurensicherung nachfragen.»

«Wahrscheinlich ist es nichts», sagte Samantha. «Annemarie ging es nicht gut, und da war das Zuschrauben des Deckels nicht gerade das, was sie als wichtig erachtete.»

Nussbaum sah aus, als stimme er dem zu. «Ist Ihnen sonst noch etwas eingefallen? Zu letzter Nacht?»

«Die eine Person war schlank und kleiner. Es könnte eine Frau gewesen sein», wiederholte sie das von letzter Nacht.

«Warum? Es gibt Männer, die klein und schlank sind.»

«Vom Profil her.»

«Wollen Sie damit andeuten, es könnte die Person sein, die die Kamera bei Ihrem Kosmetikunternehmen aufgezeichnet hat?»

«Das kann ich nicht sagen.»

Nussbaum holte sein Handy heraus und tippte darauf herum. Samantha und Simona schauten einander verwirrt an.

«Ich habe in der Nacht mein Notizbuch zu Hause liegen gelassen und hatte keine Gelegenheit, es zu holen.»

Nachdem Nussbaum einen weiteren Espresso getrunken hatte, stand er auf. «Soll ich Sie mitnehmen?», fragte er Samantha.

«Das wäre nett.»

Nussbaum hielt neben Samanthas Smart an. «Ich weiss, ich wiederhole mich, aber bitte melden Sie sich sofort, wenn Ihnen etwas verdächtig erscheint.»

Samantha nickte und stieg aus. Feuchtschwüle Luft schlug ihr entgegen, und es war, als pralle sie gegen eine Wand. Am liebsten wäre sie in das klimatisierte Innere von Nussbaums Wagen zurückgekehrt.

«Wie lange ist Herr Gyger in den USA?», fragte er, bevor Samantha die Tür zuschlug.

«Bis mindestens Mitte nächster Woche. Wie lange genau, hängt davon ab, ob der Mutterkonzern zufrieden ist.»

«Okay.» Das klang allerdings so, als fände Nussbaum es nicht okay. Er reichte ihr den Hausschlüssel. «Vielen Dank.»

Samantha schaute Nussbaum nach, wie er rückwärts aus der Einfahrt fuhr und anschliessend aus ihrem Blickfeld verschwand.

Es war still. Unnatürlich still für diese Uhrzeit. Sogar die Vögel waren verstummt.

Samantha näherte sich dem Haus. Ein schwacher Benzingeruch hing in der Luft. Bevor Samantha das Haus betrat, umrundete sie es. Im Garten sah alles normal aus. Bis auf die heruntergelassene Store vor dem Fenster des Gästezimmers. War das Nussbaums Definition von «verbarrikadiert»? Samantha verspürte Enttäuschung. So wie Nussbaum geklungen hatte, hatte sie damit gerechnet, das Fenster sei mit Brettern zugenagelt. Die Store würde definitiv kein Hindernis darstellen, um ins Haus zu gelangen. Sie ging zur Terrasse.

Auch hier entdeckte sie keine Anzeichen der nächtlichen Besucher. Die beiden Liegestühle lagen wie in der Nacht auf dem Boden. Samantha stellte sie an die Wand. Sie ging über den Rasen, der dringend gemäht werden sollte, und lief zur Garage. Die Pflanzen dahinter waren flach getrampelt. Vermutlich von den Beamten der Spurensicherung. Samantha kehrte zur Wiese zurück und überquerte sie. Am anderen Ende angekommen, schaute sie zum Haus. Kein Hinweis auf das, was in der vergangenen Nacht los gewesen war.

Sie schob die Äste der Büsche zur Seite und schaute über das Tal zum gegenüberliegenden Hügel. Alles sah so aus wie normalerweise, was sie eigentlich beruhigen sollte. Aber es funktionierte nicht.

«Samantha?»

Sie fuhr herum. Am Gartenzaun stand Daniel Braun von nebenan.

«Oh, Dani.»

«Entschuldige, ich wollte dich nicht erschrecken.»

«Bei mir liegen die Nerven blank.» Samantha trat an den Gartenzaun.

«Kein Wunder nach der letzten Nacht. Stimmt es, dass jemand bei euch einbrechen wollte?»

«Nicht nur das. Er wollte das Haus anzünden.»

«Du lieber Himmel. Schon wieder. Es muss ein Feuerteufel in Liestal unterwegs sein.»

«Ein Feuerteufel?»

«Wenn ich das richtig verfolgt habe, gab es vier Brandanschläge. Einer war sogar in der Nähe.»

«Da steckt ebenfalls Brandstiftung dahinter?», fragte Samantha entsetzt. War das inzwischen bestätigt?

«Ist das nicht offensichtlich? Aber das könnte eine Verwechslung gewesen sein.»

«Was meinst du damit?»

«Du arbeitest in dieser Kosmetikfirma, und der Brandstifter hat seine Hausaufgaben ungenügend gemacht und an der falschen Adresse mit dem Feuer gespielt.»

Tolle Formulierung, dachte Samantha.

«Was sagt die Polizei dazu?» Unverhohlene Neugier brandete gegen Samantha.

«Nicht viel», wich sie aus.

«Leider konnte ich den Beamten nicht weiterhelfen. Wir haben tief und fest geschlafen und sind erst von dem Sirenengeheul wach geworden.»

Samantha erwiderte nichts.

«Es muss einen Zusammenhang geben.»

Samantha schwieg weiterhin.

«Pass auf dich auf. Mit solchen Typen ist nicht zu spassen. Falls meine Frau und ich etwas für dich tun können, sage es bitte.»

Erleichtert, da dieses Gespräch beendet war, ging Samantha zum Haus. Obwohl es kühler als draussen war, war es heiss und stickig. Und es roch unangenehm nach Benzin. Samantha liess die Haustür ins Schloss fallen. Stille. Als warte das Haus darauf, dass etwas passierte.

Samantha streifte die Schuhe ab und lief durch die Räume. Ausser im Gästezimmer war nichts anders. Der Benzingeruch, der ihr entgegenschlug, als sie die Tür öffnete, war hier um einiges intensiver als im übrigen Haus. Rasch verliess sie den Raum, schlug die Tür zu und schloss sie von aussen ab. Die Anspannung blieb.

Das Klingeln ihres Handys schnitt wie ein Messer durch die Stille. Joel.

Samantha schaute auf die Uhr. In Amerika war es mitten in der Nacht oder inzwischen früher Morgen. Er wusste von allem nichts. Sie wollte ihn nicht per WhatsApp informieren. Das erzählte man lieber direkt.

«Jetlag.» Joel lachte am anderen Ende. «Bevor ich mich hin und her wälze, telefoniere ich lieber mit dir. Wie geht es?»

«Nicht besonders gut.» Samantha berichtete von dem Anschlag.

«Himmel!», stiess er hervor. «Jedes Mal wenn ich unterwegs bin, passiert was. Soll ich heimkommen?»

«Nein, es ist alles gut.»

«Nach ‹alles gut› klingt das für mich nicht.»

«Es ist nichts passiert. Das Haus steht noch. Lass uns über etwas anderes sprechen.»

Sie plauderten eine Weile. Nachdem sie das Gespräch beendet hatte, empfand Samantha die Stille im Haus intensiver als vorher. Sie beschloss aufzuräumen und brachte das Bettzeug, das auf dem Sofa lag, ins Schlafzimmer. Anschliessend begab sie sich zum Gästezimmer. Wenn sie den Benzingeruch loswerden wollte, musste sie putzen. Samantha verharrte einige Sekunden, bevor sie es mit angehaltener Luft betrat. Sie kurbelte die Store hoch. Nachdem sie eine halbe Stunde gelüftet hatte, machte sie sich daran, Ordnung zu schaffen und den Boden aufzuwischen. Der Geruch des Putzmittels überdeckte nicht vollständig den Benzingestank. Es würde eine Weile dauern, bis sie den los war, musste sie einräumen. Samantha kurbelte die Store herunter und schloss die Tür ab.

Ihr Magen knurrte, und sie realisierte, dass es halb drei am Nachmittag war.

Sie inspizierte den Kühlschrank. Nicht gerade üppig, dachte sie. Sie würde wohl oder übel einkaufen müssen.

Samantha bereitete sich aus grünem Salat, Cherrytomaten und Mozzarella ein verspätetes Mittagessen zu und ging mit dem Teller auf die Terrasse. Kaum hatte sie sich gesetzt, klingelte das Telefon.

«Nussbaum hier. Ich wollte nachfragen, ob bei Ihnen alles in Ordnung ist.»

«Alles ist bestens.»

«Sie melden sich bitte sofort, wenn sich das ändert.»

Seine Besorgnis rührte Samantha.

Als sie das Mobilteil auf die Festnetzstation stellte, klingelte es erneut. Die Telefonnummer kannte Samantha nicht, und sie zögerte.

Hör auf, hinter allem eine potenzielle Bedrohung zu sehen. Sie nahm das Gespräch entgegen.

«Wer ist dran?», fragte eine Männerstimme.

«Samantha Kälin.»

«Bitte entschuldigen Sie. Da muss ich mich verwählt haben.»

«Kein Problem.»

Samantha kehrte zur Terrasse zurück.

Als sie das Geschirr in die Küche trug und sich einen Cappuccino zubereitete, klingelte das Telefon zum dritten Mal.

«Bin ich nicht bei Schmidt?», fragte eine Frau, als Samantha das Telefon erneut abgenommen hatte.

«Nein.»

«Bitte entschuldigen Sie.»

Samantha starrte das Mobilteil an. War es normal, dass sich gleich zwei Personen so kurz hintereinander verwählten?

Hör auf damit. Mit dem Cappuccino betrat sie wieder die Terrasse.

ZWÖLF

Samantha schloss die Tür des WCs und lief zum Büro. Heute kam sie mit ihrer Arbeit gut voran. Um neun Uhr hatte sie alle E-Mails abgearbeitet und den Bericht zu dem Online-Meeting mit dem potenziellen indischen Lieferanten für Guar Gum fertiggestellt und Franz geschickt. Diese Produktivität musste daran liegen, weil über das Wochenende nichts mehr passiert war und sie sich entspannen und erholen konnte.

«Samantha», hörte sie hinter sich Franz rufen. «Schön, du bist zurück.» Er kam auf sie zu. «Schlimm, das, was Donnerstagnacht passiert ist. Zum Glück hatten die Brandstifter keinen Erfolg.»

Samantha zuckte zurück. Woher wusste er das? Samantha hatte sich nur krankgemeldet und vermieden, den wahren Grund zu nennen. Stand Neues in den Medien? Am Wochenende hatte sie wiederholt Radio gehört und die Online-Medien durchforstet. Soweit sie wusste, war nur der Brand mit einer vagen Ortsangabe gemeldet worden.

«Also stimmt meine Annahme», sagte Franz, und Samantha begriff, dass es ein Schuss ins Blaue gewesen war. Sie verfluchte sich, nicht besser reagiert zu haben.

«Das alles nur wegen mir.»

«Du kannst nichts dafür», sagte sie.

Franz machte eine Geste in ihr Büro und schloss die Tür hinter Samantha.

Leider war Christian nicht da. Er war zu Bruno gegangen, um neue Verkaufsstrategien zu besprechen. So würde sie um das Gespräch mit Franz nicht herumkommen.

«Je länger ich darüber nachdenke, desto mehr glaube ich, es muss mit der Sache von Meran im Frühling zu tun haben», sagte Franz.

Samantha verstand nicht, worauf er hinauswollte. Wie sie wusste, hatte Franz mit seiner Familie über Auffahrt ein verlängertes Wochenende in Meran verbracht. Erzählt vom Kurzurlaub hatte er nichts, was für Samantha nicht ungewöhnlich gewesen war. Privates wurde in der Regel nur kurz angeschnitten.

Franz setzte sich auf Christians Stuhl.

«Es ist eine lange Geschichte», sagte er.

Die ich nicht hören will. Samantha setzte dennoch ein Lächeln auf. Unhöflich wollte sie nicht sein.

«Ich weiss nicht mehr, wie es zustande kam. Ich erfuhr, dass ein guter Freund ebenfalls in Meran war. Wir hatten uns … vor einigen Jahren aus den Augen verloren. Warum, weiss ich nicht mehr.» Seine Augen huschten zur Seite. «Wir nutzten die Gelegenheit für ein Treffen.»

Das klang nicht nach nur «aus den Augen verloren», dachte Samantha. Warum erzählte Franz ihr das? Es ging sie nichts an.

«Wir verabredeten uns zum Nachtessen. Sebastian kam allerdings nicht.» Franz legte seine Hände auf Christians Pult und betrachtete sie ausgiebig. «Stattdessen erhielt ich eine SMS-Nachricht, ihm sei etwas dazwischengekommen. Ich war sauer. Immerhin hätte er früher absagen und dieses mit einem Anruf tun können. Ich rief ihn an, aber er nahm das Gespräch nicht entgegen, und ich hinterliess auf seiner Combox eine nicht gerade freundliche Nachricht. Das hätte ich nicht getan, wenn ich gewusst hätte, was geschehen war.» Er stand auf und trat ans Fenster. «Später hörte ich in den Nachrichten im Fernsehen, eine Person sei tot aufgefunden worden. Er habe keine Papiere bei sich gehabt, und die Bevölkerung wurde aufgerufen, sich zu melden, falls sie den Mann kannte.»

Geräuschvoll stiess Samantha die Luft aus.

«Er wurde im Gebüsch in der Nähe des Kräutergartens beim Pulverturm gefunden.» Er schaute Samantha an, als erwartete er von ihr zu wissen, wo das war. Sie war nie in Meran gewesen und fühlte sich genötigt, die Schultern zu zucken.

«Egal», sagte er. «Ich habe mich gemeldet. Weiterhelfen konnte ich leider nicht. Ich konnte nur sagen, dass er zu unserer Verabredung nicht erschienen war.» Franz ging im Raum auf und ab. «Die Polizei vermutete einen Raubüberfall. Sowohl Portemonnaie als auch das Handy waren weg. Was er dort zu suchen hatte – immerhin waren wir in einem anderen Teil der Stadt verabredet gewesen –, weiss keiner. Wenn ich länger darüber nachdenke, könnte das, was in diesen Tagen passiert ist, mit der Sache im Mai zu tun haben.»

«Warum?»

«Nachdem ich versetzt worden war, habe ich beschlossen, einen ausgedehnten Spaziergang durch die Stadt zu unternehmen. Es war ein wunderschöner Frühlingstag gewesen. Ich bin dort vorbeigekommen, wo er gefunden wurde. Das muss gewesen sein, kurz bevor der Mord geschehen ist.»

«Wurdest du nicht verdächtigt?»

«Nein.» Wieder wich er ihrem Blick aus. «Das Restaurant, in dem wir verabredet waren, hat meine Reservation bestätigt und wie ich dort gewartet habe.»

Samantha stutzte. Bemerkte er den Widerspruch nicht? Eine solche Aussage reichte in Samanthas Augen nicht als Alibi. Der Mord war später am Abend passiert, wenn sie das richtig verstanden hatte, und Franz hatte zu dem Zeitpunkt das Restaurant bereits verlassen. Stopp, was dachte sie da? Trotzdem war die Geschichte, die er ihr erzählte, seltsam – von Anfang an. Warum hatte sie das Gefühl, er liess gewisse Dinge aus?

«Der Mörder muss mich gesehen haben und denkt, ich würde ihn wiedererkennen.»

«In dem Fall hätte er früher zugeschlagen», sagte Samantha.

«Das versuche ich mir auch einzureden.»

«Hast du mit Herrn Nussbaum darüber gesprochen?»

Wieder huschten seine Augen zur Seite. «Ja.»

Hast du nicht, dachte Samantha. Wieso nicht?

Die Tür wurde aufgerissen, und Christian eilte in das Büro. «Huch. Störe ich euch bei einer Besprechung?»

«Nein, wir sind fertig.» Franz stand auf.

Samantha schaute ihm hinterher. Warum erzählte er ihr das? Und stimmte es, dass der Mord an seinem ehemaligen

Kollegen mit all den Anschlägen zu tun hatte? War das nicht zu weit hergeholt?

***

«Ich brauche ein Geschenk für meinen Vater, der übernächste Woche siebzig wird», sagte Jasmin, als sie neben Samantha und Christian die Rheinstrasse Richtung Stedtli ging. «Ich habe leider überhaupt keine Idee.»

«Willkommen im Club», erwiderte Christian. «Ich brauche eine Kleinigkeit für einen guten Kollegen, der fünfzig wird.»

«Mich müsst ihr nicht fragen», sagte Samantha.

«Dominik meint, wir sollen in ‹Susan's Wundergugge› unser Glück versuchen», sagte Christian.

«Nie gehört», brummte Jasmin.

«Das soll in der Nähe vom Törli sein.»

«Versuchen wir es dort», sagte Jasmin. Sie blieb stehen und ging in die Hocke. Als sie ihren Schuhbändel neu band, schaute Samantha in die Richtung, aus der sie gekommen waren. Ein Töff hielt am Strassenrand. Der Fahrer schaute in ihre Richtung. Samantha war sich unsicher, ob es der Töff von neulich war, der ihr die Rheinstrasse zum Schildareal gefolgt war. Farblich passte er, aber sie hatte das Gefühl, es handle sich um ein anderes Modell. Zudem war die Töffbekleidung nicht wie beim letzten schwarz, sondern dunkelblau.

«Lass uns weitergehen», sagte Jasmin. «Samantha? Was ist?»

«Nichts.» Sie warf dem Fahrer einen letzten Blick zu und folgte Christian und Jasmin. Nach einigen Metern schaute sie sich um. Der Töff stand an der gleichen Stelle. Sie entspannte sich.

«Was ist mit Franz los?», fragte Christian. «Er ist so seltsam.»

«Wundert es dich?», fragte Jasmin. «Mich überrascht es nicht, wenn er in der momentanen Situation völlig durcheinander ist.»

«Heute finde ich es schlimmer als letzte Woche.»

«Soweit ich weiss, war am Freitag die Beerdigung von Annemarie.»

«Sie ist Freitag beerdigt worden?» Christian blieb stehen.

Samantha nutzte die Gelegenheit und schaute sich um. Der Töff fuhr an und näherte sich ihnen langsam. Dabei schien der Fahrer Samantha unverwandt anzuschauen.

Der Töff fuhr an ihnen vorbei. Der Fahrer drehte seinen Kopf zu ihr. Das getönte Visier war heruntergeklappt, und Samantha konnte nicht sehen, ob es ein Mann oder eine Frau war. Obwohl sie die Augen nicht erkennen konnte, war es, als träfen sich ihre Blicke.

Eine Berührung am Arm, und Samantha zuckte zusammen. «Samantha? Was ist mit dir?»

«Nichts.» Sie schaute dem Töff nach, der sich langsam entfernte und rechts abbog.

«Hast du ein Gespenst gesehen?», fragte Jasmin.

«Es ist nichts.» Samantha setzte ein Lächeln auf.

«Ich wusste nichts von der Beerdigung. Du?» Christian schaute Samantha an, und Samantha brauchte einige Sekunden, bis sie den Anschluss an das Gespräch gefunden hatte.

«Nein.»

«Es wäre anständig gewesen, wenn von der Firma ein oder zwei hingegangen wären», fuhr Christian fort. «Eine unterschriebene Kondolenzkarte finde ich zu wenig.»

«Giulia hat gesagt, die Beerdigung habe nur im Familienkreis stattgefunden», erwiderte Jasmin.

Sie erreichten die Rathausstrasse und schlenderten an der Stadtkirche vorbei.

«Kommst du mit, Geschenke aussuchen?», fragte Christian Samantha.

«Ich fürchte, ich bin in solchen Dingen keine grosse Hilfe», wiederholte sie. «Ich organisiere mir was Essbares.» Sie deutete auf den Coop.

«Bis später.»

Samantha schaute Christian und Jasmin einige Sekunden nach, bevor sie den Coop betrat. Unschlüssig, was sie nehmen sollte, lief sie durch die Regalreihen. Sie entschied sich für einen Salat mit Räucherlachsstreifen.

Sie spazierte die Rathausstrasse entlang.

Eine Berührung am Arm liess sie innehalten. Sie musste lachen, als sie Bruno erkannte, neben dem ein Mann und eine Frau standen. «Offenbar haben heute alle die gleiche Idee und gehen ins Stedtli.»

«Das sieht so aus. Im Gegensatz zu uns weisst du, was du essen willst.» Er deutete auf den Salat in Samanthas Hand. «Das sind Emanuel und Patrizia.» Er wies auf den Mann und die Frau. «Und das ist Samantha, meine Arbeitskollegin.»

Sie reichten einander die Hand.

«Bist du wie Bruno im Verkauf tätig?», fragte Patrizia.

«Nein. Ich bin für die Qualitätssicherung zuständig», antwortete Samantha.

Als sie die fragenden Mienen der beiden sah, erklärte Samantha kurz ihren Aufgabenbereich. «Arbeitet ihr auch in der Kosmetikbranche?», fragte sie, nachdem sie geendet hatte.

«Um Himmels willen, nein.» Patrizia lachte. «Das wäre nichts für mich. Wir haben einen Bauernhof.»

«Möchtest du dich uns anschliessen?», fragte Bruno. «Wir sind nur noch nicht sicher, was wir essen wollen.»

«Ich habe schon etwas», erinnerte Samantha ihn und hob den Salat an. «Ich gehe zu Amry zurück und mache es mir auf der Firmenterrasse gemütlich.»

Sie verabschiedete sich.

Zehn Minuten später schlenderte sie am Liestaler Spital Richtung Schildareal die Strasse entlang.

Ihre Gedanken kehrten zu Franz zurück. Christian hatte recht. Sein Verhalten war seltsamer als letzte Woche. Der Grund dafür war ihr klar. Samantha dachte an das, was Franz ihr erzählt hatte. Im Nachhinein mutete diese Geschichte wirr an. Sie war überzeugt, es entsprach nicht alles den Tatsachen, was er erzählt hatte, und er verschwieg einiges. Woher wusste er von dem Brandanschlag auf ihr Haus? Samantha war sich nach dem Gespräch unsicher gewesen, ob es tatsächlich nur ein

Schuss ins Blaue war oder ob er nicht doch Informationen aus den Medien hatte. Sie hatte die Online-Medien durchforstet, aber nichts gefunden, was Franz' Rückschlüsse erklärte.

Was wollte er damit bezwecken? Sie einschüchtern. Wieso? Weil er seine Schwester auf dem Gewissen hatte und die Häuser angezündet hatte? Als sie bei Franz gewesen war, war er nicht die ganze Zeit bei ihr im Wohnzimmer geblieben. Was hatte er während dieser Zeit gemacht? Der Brand war erst ausgebrochen, als sie mit dem Essen angefangen hatten. Franz konnte unmöglich das Feuer gelegt haben, da sie davon ausging, ein solcher Brand breite sich innerhalb von Minuten aus. Hinzu kam Nussbaums Besuch. Franz hatte ihn zur Tür gebracht, während Samantha und Martina im Wohnzimmer geblieben waren. Hatte er in dieser kurzen Zeit das Feuer gelegt? Das brauchte eine grosse Portion Kaltblütigkeit. Die brauchte es sowieso, wenn die Nachbarn auf der Terrasse waren, obwohl sie von dort keinen Blick zur Strasse hatten.

Samantha dachte an die beiden Personen auf ihrer Terrasse von Donnerstagnacht. Er hat eine Komplizin, schoss es ihr durch den Kopf. Cornelia? Das ergab keinen Sinn. Oder war ihre Feindseligkeit Tarnung, damit niemand auf die Idee kam, sie machten gemeinsame Sache? Hatte er sie gebeten, das Feuer zu legen, während er zu Nacht ass?

Geknatter liess Samantha aufschrecken. Ein Töff fuhr dicht am Trottoir vorbei und blieb wenige Meter vor Samantha am Strassenrand stehen.

Das war der gleiche wie der, als sie mit Christian und Jasmin in die Stadt gegangen war. Und es musste der gleiche von neulich sein – jetzt sah die Bekleidung schwarz aus. Ärger verdrängte den Schrecken. Mit weit ausgreifenden Schritten ging Samantha auf den Fahrer zu, der abgestiegen war. Nachdem sie die Hälfte der Strecke zurückgelegt hatte, sprang er auf und raste davon.

Das Kennzeichen, dachte Samantha und kniff die Augen zusammen. Bevor sie die Ziffern gelesen hatte, war er zu weit weg.

«Verdammt!»

«Hören Sie mal», rief eine ältere Frau.

«Entschuldigen Sie. Ich habe nicht Sie gemeint.»

«Das will ich hoffen.» Sie wandte sich ab und bog in die Zufahrt zum Spital ein.

Langsam sollte sie zur Arbeit zurückkehren, aber Samantha verspürte keinen Drang, das Gebäude zu betreten. Am liebsten hätte sie ihren Laptop geholt und auf der Terrasse weitergearbeitet. Sie wollte allerdings nicht ausprobieren, was Franz davon halten würde.

Fünf Minuten, dachte sie und verschränkte die Hände im Nacken. Sie streckte sich und schloss die Augen.

«Samantha Kälin?»

Erschrocken fuhr Samantha hoch. Vor ihr stand Cornelia.

«Ich wollte Sie nicht erschrecken und bei der Mittagspause stören.» Cornelia zog sich einen Stuhl heran. Die Blässe ihres Gesichts wurde durch das schwarze Kleid betont. «Schönes Wetter.»

Ein richtig klischeehafter Einstieg in Small Talk. Samantha überlegte, wie sie sich am besten davor drücken konnte. Floskeln auszutauschen vermied sie, wo es nur ging.

«Ist mein Onkel da?», fragte Cornelia, bevor Samantha bestätigen konnte, dass heute endlich angenehme Temperaturen herrschten.

«Am Vormittag war er da. Ob er noch im Mittag ist, weiss ich nicht.»

«Wir sind verabredet.»

Offenbar gelang es Samantha nicht, ihr Erstaunen zu verbergen.

«Wir haben eine Sitzung, um zu besprechen, wie es mit der Firma weitergeht.»

«Das heisst, Sie sind meine neue Mitchefin», rutschte es Samantha heraus.

«Da ich nun öfter hier sein werde: Ich bin Cornelia.» Sie reichte Samantha die Hand.

Das war nicht die Antwort auf ihre Frage, aber Samantha konnte sie zwischen den Zeilen heraushören. Sie ergriff Cornelias Hand. «Samantha, freut mich.»

Cornelia stand auf und wies mit dem Daumen auf das Gebäude. «Ich schaue, ob er da ist. Mein Onkel hasst Unpünktlichkeit, wie du sicher weisst.»

In dem Fall war es offiziell, und Franz' Befürchtungen bestätigten sich. Oder ging Cornelia davon aus, es sei testamentarisch so festgehalten?

Samantha schaute auf ihre Armbanduhr. Es war definitiv Zeit, ihre Arbeit aufzunehmen. Samantha räumte auf und machte sich auf den Weg zu ihrem Arbeitsplatz.

Die Tür zu Franz' Büro war geschlossen. Stimmengemurmel drang heraus. Samantha konnte es sich nicht verkneifen, durch die Glastür ins Innere des Raumes zu schauen. Cornelia und Franz sassen einander gegenüber. Ihre Gesichter waren nur im Profil erkennbar. Die Rücken beider waren durchgestreckt. Nach einem entspannten Gespräch sah das nicht aus.

Christian sass an seinem Pult, als Samantha das Büro betrat.

«Habt ihr Geschenke gefunden?», fragte Samantha.

«Jasmin ja, ich nicht. Ich werde wohl oder übel meine grauen Zellen einschalten müssen.» Er beugte sich zum Bildschirm vor. «Wow!»

«Was ist?»

«Mitarbeiterinformation.» Christian tippte mit dem Zeigefinger auf den Bildschirm.

Samantha stellte sich neben ihn. Schweigend lasen sie Franz' Nachricht.

«Annemaries Tochter übernimmt den gesamten Anteil ihrer Mutter an der Firma», sagte Christian. «Das war zu erwarten. Und es soll alles wie bisher weitergehen. Das will ich hoffen.» Er tippte abermals mit dem Finger gegen den Bildschirm. «Weitere Informationen gibt es um halb vier im Sitzungszimmer.»

Das Telefon auf Samanthas Tisch klingelte, und Samantha

erkannte Franz' Namen auf dem Display. Das war offenbar ein kurzes Gespräch mit Cornelia gewesen.

«Komm bitte kurz zu mir», sagte er ohne Einleitung.

«Okay.»

«Was hast du angestellt?», fragte Christian.

«Ich bin mir keiner Schuld bewusst.» Samantha nahm Block und Stift. Hoffentlich wollte Franz nicht an das Gespräch vom Vormittag anknüpfen, dachte sie. In die Angelegenheit des Mordes an seinem Bekannten in Meran wollte sie nicht mit hineingezogen werden.

Zu Samanthas Erstaunen fand sie Cornelia im Zimmer vor.

«Mach bitte die Tür zu», sagte Franz und wies auf einen dritten Stuhl vor dem viereckigen Besprechungstisch.

«Cornelia ist seit heute Teilhaberin von Amry Cosmetics», begann Franz. «Ich nehme an, du hast meine Informations-Mail gesehen.»

«Gerade eben.»

«Cornelia muss gleich gehen. Allgemein wird sie unregelmässig im Büro sein, da sie zuerst ihre Doktorarbeit beenden möchte.»

Eine Pause entstand, in der Samantha sich zu einer Reaktion gezwungen sah. Sie nickte.

«Es wird keine Entlassungen geben, und der Firmenalltag wird so weitergehen wie bisher. Bis auf eine Ausnahme. Diese Massnahmen müssen sofort getroffen werden und betreffen deine Arbeit.»

Samanthas Hals wurde eng. Diese Einleitung hatte sie wörtlich schon früher einmal gehört. Während ihres Studiums hatte sie an einem Forschungsprojekt an der Uni mitgearbeitet. Nachdem das Projekt erst ein halbes Jahr lief, waren unvorhergesehen weniger Gelder gesprochen worden, und die Mitarbeiter mussten reduziert werden. Als Erstes traf es die Studenten, die involviert waren. Für Samantha hatte das bedeutet, einen neuen Nebenjob zu suchen.

Der Professor hatte sie damals zu sich gebeten und den gleichen Einstieg gewählt wie Franz jetzt. Hiess das, sie war entlassen? Dabei hatte Franz eben Gegenteiliges gesagt. Franz schien auf eine Reaktion von ihr zu warten, und sie nickte erneut.

«Die Pharmazulassung wird auf Eis gelegt.»

Warum erstaunte das Samantha nicht? War das gleichbedeutend mit einer Kündigung? Sie hatte genügend anderes zu tun.

«Es ist zu früh dafür», mischte Cornelia sich ins Gespräch ein. «Wir würden uns unnötig verzetteln, wenn wir an zu vielen Enden Neuerungen vornehmen wollen. Eine Pharmazulassung ist mit grossem Aufwand verbunden. Damit meine ich nicht nur den finanziellen Aspekt.»

Das hatte Samantha ausreichend zu spüren bekommen.

«Ich weiss, es ist frustrierend, wenn deine Arbeit umsonst war», fuhr Cornelia fort. «Wenn wir die Zulassung auf Eis legen, heisst es nicht, dass wir diesen Schritt nicht zu einem späteren Zeitpunkt machen werden.» Das würde nicht geschehen, war Samantha sich sicher. «Hinzu kommt der Brand im Labor. Zwar übernimmt die Versicherung den Schaden, aber wir sollten erst funktionstüchtig werden, bevor wir neue Bereiche ins Auge fassen.»

«Obwohl es im Labor Sinn ergeben würde, beim Aufbau, entsprechende Neuerungen vorzunehmen», sagte Franz.

Das Zucken in Cornelias Gesicht und das kurze feindselige Glitzern in den Augen hätte Samantha beinahe übersehen.

«Diese Kosten sind nicht gedeckt und würden von der Versicherung nicht übernommen werden», sagte Cornelia. Ihre Stimme klang ruhig, aber es war Samantha, als habe sich die Luft im Raum elektrisch aufgeladen.

Franz hob die Hand. «Das haben wir eben diskutiert und müssen es nicht vor Samantha wiederholen», sagte er.

«Bitte leite sofort die entsprechenden Schritte ein, das Projekt für die Pharmazulassung zu stoppen», wandte Cornelia sich an Samantha.

«Mache ich», erwiderte sie.

«Das ist für den Moment alles.» Franz stand auf und öffnete die Tür. Keine Kündigung. Samantha war erleichtert.

Sie folgte Cornelia aus dem Raum. Schweigend gingen sie nebeneinander ein Stück den Korridor entlang, bis Cornelia vor der Küche stehen blieb und ihr lächelnd die Hand reichte. Das Lächeln einer Siegerin, dachte Samantha, als sie ihr nachblickte.

Sie beschloss, sich etwas zu trinken zu holen. Als sie abbog, bemerkte sie Franz, der Cornelia und sie beobachtet haben musste. Er drehte sich um und schloss die Tür zu seinem Büro.

Samantha warf einen Blick zu ihm hinein, als sie mit einer Flasche Wasser an ihren Arbeitsplatz zurückkehrte. Er trat an sein Pult und schlug mit der flachen Hand auf den Tisch. Als Samantha seinen Gesichtsausdruck sah, wandte sie sich lieber rasch ab.

Samantha verliess mit Dominik das Gebäude, und sie gingen zum Parkplatz. Als sie um die Hausecke bogen, blieb Samantha abrupt stehen.

«Das darf nicht wahr sein!»

«Was ist los?», fragte Dominik.

«Mein Velo ist weg.» Samantha zeigte auf den Veloständer. Vier Velos standen dort. Von ihrem keine Spur.

«Bist du sicher, es hier abgestellt zu haben?»

«Wo sollte ich es sonst hinstellen? Hier parke ich immer.»

«Das ist seltsam. Bisher habe ich nicht gehört, etwas wäre gestohlen worden.»

Das musste nichts heissen. Sie enthielt sich aber eines Kommentars.

«Ich nehme an, du hast es abgeschlossen.»

«Natürlich! Okay, es ist ein Zahlenschloss. Falls jemand versucht, den Code zu knacken, braucht er eine gewisse Zeit.» Es sei denn, er hatte einen Zufallstreffer und sofort Ranjanas Geburtstag eingestellt. «Die Gefahr, dass hier jemand vorbeikommt, ist gegeben. Es ist daher nicht der geeignete Platz, um ein Velo stehlen zu wollen.»

«Suchen Sie was?», fragte ein hagerer Mann, den Samantha

früher zwei- oder dreimal auf dem Areal gesehen hatte. Bei welcher Firma er arbeitete, wusste sie nicht.

«Mein Velo ist weg.»

«Mir ist auch einmal eins abhandengekommen», sagte der Mann.

So viel zum Thema, hier wurde nichts geklaut, dachte Samantha.

«Zwei Tage später war es wieder da.»

«Offenbar hat es sich jemand ausgeliehen», sagte Dominik.

«Das sieht so aus. Ich drücke Ihnen die Daumen, dass es bei Ihrem ebenfalls so ist.» Der Mann öffnete das Schloss des Rennvelos und hob die Hand zum Gruss, als er abfuhr.

«Ausgeliehen», knurrte Samantha. «So ein Blödsinn. Warum hat der Dieb nicht seins genommen. Das ist wertvoller und besser in Schuss als meins.»

«Mach eine Anzeige», sagte Dominik.

«Was bringt das? Ich lande in einer Statistik, und das Velo bleibt verschwunden.»

Dominik brummte etwas, das wie «Du musst es wissen» klang. «Wie kommst du nach Hause?», fragte er.

«Mit dem Bus, oder ich laufe.»

«Ich bringe dich.»

«Das brauchst du nicht.»

«Es ist kein Problem. Komm.»

Samantha folgte ihm zu seinem Land Rover. Geländewagen, schoss es Samantha durch den Kopf. SUV … Wo war der Unterschied?

«SUVs haben zwar ebenfalls eine höhere Bodenfreiheit und einige auch Vierradantrieb, sind aber nur bedingt geländetauglich», kam Samantha in den Sinn, was ihr Adoptivvater einmal gesagt hatte, als sie überlegt hatten, einen neuen Wagen zu kaufen und ihre Adoptivmutter erklärt hatte, sie wolle keinen Geländewagen.

Viele SUVs sahen für Samantha wie kleine Geländewagen aus, andere dagegen nicht. Konnte es sich bei dem Wagen, der Franz abgedrängt hatte, anstatt um einen SUV um einen kleinen Geländewagen gehandelt haben? Sie musterte Dominiks Fahrzeug. Es war schwarz.

«Das war heute ein ziemlicher Paukenschlag», sagte Dominik und fuhr zum Ausgang des Schildareals. Er bog links ab.

Samantha benötigte einen Moment, bis sie begriff, dass er auf Cornelia anspielte. Am Nachmittag hatte Franz alle ins Sitzungszimmer gebeten und betont, es werde keine Änderungen bis auf den Stopp des Projektes der Pharmazulassung geben. Die Erleichterung war allen anzusehen gewesen.

«Ich bin gespannt, wie das mit den beiden wird», fuhr Dominik fort.

«Wieso?»

«So wie Franz von Cornelia gesprochen hat, klang es nicht nach einheitlicher Meinung. Ich finde es bezeichnend, dass sie nicht da war und dieses Projekt von heute auf morgen gestoppt ist. Annemarie war dafür.»

Wenn du wüsstest, dachte Samantha.

«Zudem ist sie jung und nicht mit ihrer Ausbildung fertig.»

«Sie hat ein abgeschlossenes Chemiestudium und schreibt an der Doktorarbeit.»

«Für mich sah es so aus, als seien Franz und Annemarie nicht bei allem einer Meinung gewesen, aber so wie er unausgesprochen zwischen den Zeilen klingt, scheint es mit Cornelia erheblichere Differenzen zu geben. Ich hoffe, sie werden sich auf eine Linie einigen.»

«Es wird Zeit brauchen, bis sie sich zusammengerauft haben», sagte Samantha. «Ich denke, anfangs wird es daher Unruhe geben, die später verschwindet.»

«Ich hoffe, du behältst recht.» Dominik bog ab und folgte dem Verlauf der Burgstrasse. «Wenigstens einen Vorteil hat das Ganze. Diese Pharmazulassungsgeschichte ist vom Tisch, und wir bleiben bei den Kosmetika. Ich nehme an, du bist nicht böse darum.»

«Ehrlich gesagt überhaupt nicht. Ich fand das Ganze eine ziemliche Feuerwehrübung.»

«Ich kenne keinen Mitarbeiter, der dir nicht zustimmen

würde. Wir hätten uns gnadenlos verzettelt und nichts auf die Reihe gebracht. Die Ausdehnung auf die D-A-CH-Region ist ein grosser Schritt, der nicht abgeschlossen ist.»

Im Frühling hatte Franz beschlossen, international tätig zu werden und zuerst Amrys Kosmetikprodukte im ganzen deutschsprachigen Raum anzubieten. Obwohl sie mit gewissen Startschwierigkeiten zu kämpfen hatten, war es nicht schlecht angelaufen. Trotzdem waren sie nicht etabliert. Die Konkurrenz war riesig.

«Hier musst du links», sagte Samantha. «Und hier ist es.»

«Du bekommst neue Nachbarn», sagte Dominik und hielt in der Einfahrt.

Gegenüber ihrem Haus stand ein kleiner Lieferwagen.

«Offensichtlich. Danke fürs Bringen», sagte Samantha.

«Bis morgen.»

Samantha schlug die Tür von Dominiks Wagen zu. Sie holte die Post aus dem Briefkasten, nachdem er abgefahren war, und wollte sich zum Haus wenden, als sie einen weissen SUV in der Einfahrt vor dem Lieferwagen entdeckte.

Eine dunkelhaarige Frau mit kurzen Haaren lief die Treppe hinunter. Auf halbem Weg zum Lieferwagen bemerkte sie Samantha und kam auf sie zu.

«Ich glaube, wir werden Nachbarn», sagte sie. «Ich bin Annina Nidegger.»

«Samantha Kälin.»

«Da kommt mein Mann», sagte Annina. Ein blonder Mann, dessen Haare an den Schläfen zurückwichen, gesellte sich zu ihnen.

«Florin.» Er reichte Samantha die Hand.

Sie stellte sich abermals vor.

«Wir haben in Bern gewohnt, aber ich habe einen neuen Job in Liestal angenommen», sagte er. «Meine Frau arbeitet seit einem Jahr in Basel und freut sich, einen kürzeren Arbeitsweg zu haben.»

«Willkommen in unserem Quartier.» Samantha schaffte es zu lächeln.

Sie wechselten einige belanglose Worte, bevor Samantha zum Haus ging. Sie legte die Briefe auf den Wohnzimmertisch. Ob die neuen Bewohner von Josefinas Haus von dem brutalen Mord wussten? Bisher wollte aufgrund des Mordes keiner in das Haus. Ein weiterer Grund war bestimmt der unsympathische Vermieter. Samantha erinnerte sich an die Begegnung mit ihm, als sei es gestern gewesen. Sie wunderte sich, dass er nun neue Mieter gefunden hatte.

Samantha öffnete den Kühlschrank und musterte den Inhalt. Ein leichtes Nachtessen war heute Abend eine gute Wahl. Honigmelone mit Rohschinken klang ideal. Als sie die Melone schnitt, nahm sie draussen eine Bewegung wahr. In der Einfahrt gegenüber standen Florin und Annina. Beide schauten in ihre Richtung, und es kam Samantha vor, als würden sie über sie sprechen. Florin deutete einige Male in ihre Richtung, und Samantha trat ein Stück vom Küchenfenster zurück.

Das Festnetztelefon klingelte, und Samantha eilte ins Wohnzimmer. Auf dem Display erkannte sie eine ihr unbekannte Handynummer.

Die ersten Worte der Anruferin verstand sie nicht. «… Umfrage … Trinken … Weiss- oder Rotwein, bitte ja?», sagte die Frau in gebrochenem Deutsch.

Ärgerlich unterbrach Samantha das Gespräch. Eine neue Variante der Belästigungsanrufe. Sie hatten einen Stern neben ihrem Eintrag im Telefonbuch, doch darum scherten sich weder die Callcenter noch die Markt- und Meinungsforschungsinstitute.

Mit dem Mobilteil kehrte Samantha in die Küche zurück.

Florin und Annina standen weiterhin in ihrer Einfahrt. Der Lieferwagen fuhr an. Florin hob grüssend die Hand und holte sein Handy hervor. Er tippte darauf herum und hielt es sich ans Ohr.

Abermals klingelte das Telefon. Dieses Mal war eine andere Handynummer auf dem Display. Samantha wollte das Gespräch nicht entgegennehmen, überlegte es sich aber anders. Dem Anrufer würde sie die Meinung sagen.

Es meldete sich keiner. Nur ein leichtes Rauschen drang durch den Hörer. Samantha legte das Telefon auf die Küchenanrichte.

Das war kein Anruf eines Callcenters gewesen. Sie schaute nach draussen. Florin steckte das Handy in die Gesässtasche seiner Jeans. Er schaute in Samanthas Richtung und stieg mit Annina in den Wagen. Der weisse SUV …

Samantha starrte auf die Stelle, an der der Wagen verschwunden war. Hatte Florin angerufen? Warum sollte er das tun, und warum hatte er sich nicht gemeldet? Woher sollte er ausserdem ihre Telefonnummer haben? Aus dem Telefonbuch, beantwortete sie sich die Frage selbst.

Ein silbriger Hyundai bog in ihre Einfahrt, und Samantha zuckte zusammen. Der Wagen hielt vor ihrer Garage. Nussbaum stieg aus.

Was will der hier? Samantha wich vom Fenster zurück.

Auf neue Befragungen hatte sie keine Lust. Sie überlegte, ob sie so tun sollte, als wäre sie nicht da. Das hätte keinen Zweck. Das Gespräch wäre nur aufgeschoben.

Bringen wir es hinter uns, dachte Samantha, nachdem es an der Tür geklingelt hatte.

«Ich war gerade in der Nähe», sagte Nussbaum, als sie zur Terrasse gingen. «Wir haben Zeugen gefunden, die einen Mann und eine Frau an dem Morgen gesehen haben, als es im Labor brannte, die sich auffallend verhalten haben. Wir haben Phantombilder erstellt, und ich möchte Sie bitten, sich diese anzuschauen.» Er stellte die Tasche auf einen Stuhl und holte eine Mappe heraus. Er legte zwei Blätter vor Samantha auf den Tisch.

Obwohl Nussbaum erkannt hätte, wenn Samantha auf dem Bild abgebildet gewesen wäre, und sie nicht extra fragen würde, rechnete sie fest damit, sich und Franz auf den Bildern zu entdecken. Samantha senkte den Kopf.

«Kennen Sie die beiden?»

Samantha brauchte einige Sekunden, bis sie ein «Nein»

ausstiess. Hoffentlich war ihr die Erleichterung nicht anzumerken. Die Frau ähnelte ihr nicht.

«Sind Sie sicher?»

«Es tut mir leid, ich kenne sie nicht.» Sie betrachtete die dunkelhaarige Frau und den Mann mit den kurzen Haarstoppeln. Für sie hätten sie jeder sein können.

«Herr Gyger ist noch in den USA, nehme ich an.»

«Ja. Warum?» Gleich darauf begriff Samantha. «Er wird Ihnen hiermit», sie tippte auf die Blätter, «nicht helfen können.»

«Einen Versuch wäre es wert. Wann kommt er zurück?»

«Am Wochenende.» Hoffentlich. Das war gemäss Joels Information am frühen Nachmittag der neuste Stand.

«Er soll sich bitte bei uns melden.»

«Ich richte es ihm aus.»

«Bitte überlegen Sie nochmals. Keiner von denen hier ist Ihnen begegnet, als Sie zum Gebäude von Amry Cosmetics gingen?», hakte Nussbaum nach. Sein Frust war deutlich.

«Bewusst kann ich mich nicht an sie erinnern. Inwiefern sollen sie sich verdächtig verhalten haben? Das Schildareal ist öffentlich zugänglich. Dort hat es einige Firmen. Die beiden könnten dort arbeiten.»

«Das ist mir bewusst. Aufgrund der Zeugenaussagen, auf die ich nicht näher eingehen möchte, scheint das nicht so zu sein. Etwas anderes. Gibt es bei Ihnen neue seltsame Vorkommnisse?»

Kurz überlegte Samantha, den Anruf zu erwähnen, liess es aber. Sie ging inzwischen davon aus, dass es ein zweites Callcenter gewesen war. Immerhin verfügten diese Einrichtungen über eine grosse Anzahl Telefonnummern.

«Mein Velo wurde heute gestohlen», sagte sie. «Ich denke, das hat aber nichts mit alldem zu tun.»

«Wo ist das passiert?»

«Auf dem Parkplatz im Schildareal. Es ist nicht das einzige, das abhandengekommen ist.»

«Sie können Anzeige erstatten.»

«Ich überlege es mir», erwiderte Samantha.

Nussbaum stand auf, und Samantha begleitete ihn zur Tür. Sie wechselten einige Worte miteinander, bevor er zu seinem Wagen ging. Samantha war erleichtert, weil es nur ein kurzer Besuch gewesen war. Sein Handy klingelte, und «Money, Money, Money» schallte zu ihr herüber. Samantha musste grinsen. Offenbar hatte er die Melodie noch nicht geändert.

DREIZEHN

Samantha fuhr schwungvoll in ihre Einfahrt und konnte gerade noch anhalten. Vor der Garage stand ein silbriger Wagen. Sie hielt daneben an.

Als sie ausstieg, öffnete sich die Fahrertür.

«Grüezi, Frau Kälin», sagte Bühler und kam auf sie zu. Was wollte er um kurz nach siebzehn Uhr von ihr? Hatte er keinen Feierabend?

Wenn er um diese Zeit unangemeldet hier auftauchte, konnte das nichts Gutes bedeuten. Zumal er auf sie gewartet hatte.

«Darf ich kurz mit Ihnen sprechen?», fragte er.

Samantha machte eine vage Handbewegung zum Haus. Ihr Unbehagen steigerte sich, als sie Bühler ins Haus bat. Sie verkniff sich die Frage, ob er etwas zu trinken wünschte, da sie ihn so schnell wie möglich wieder loshaben wollte. Gleichzeitig fragte sie sich, warum er ohne Nussbaum auftauchte. Nussbaum hatte sie hin und wieder allein aufgesucht. So wie vorgestern, als er sie wegen der Phantombilder befragt hatte. Bühler dagegen nicht. In der Regel waren die beiden als Duo unterwegs.

«Wann kommt Herr Gyger nach Hause?», fragte Bühler.

Was wollten sie so hartnäckig von Joel? Und wieso wusste Bühler nichts von Joels geschäftlicher Abwesenheit?

«Heute gar nicht. Er ist geschäftlich in den USA.»

«War er das bereits, als Sie vorgestern Montagabend mit Herrn Nussbaum gesprochen haben?»

«Ja», erwiderte Samantha. Sie versuchte zu verbergen, wie genervt sie war, und fragte sich, worauf Bühler hinauswollte.

Bühler setzte sich auf einen der Esszimmerstühle und machte mit der Hand eine Geste zu einem anderen Stuhl.

Samanthas Hals wurde trocken, und sie wünschte sich, doch etwas zu trinken geholt zu haben.

Bühler musterte sie und machte dabei den Eindruck, als suche er nach einem Einstieg.

«Hat Herr Nussbaum Ihnen gesagt, was er vorhatte, als er Sie vorgestern verliess?»

Samanthas Verwirrung nahm zu.

«Oder anders gefragt, worüber hat er mit Ihnen gesprochen?»

Samanthas Verwunderung nahm weiter zu. Hatte Nussbaum das nicht mit Bühler diskutiert?

«Er hat mir Phantombilder gezeigt und mich gefragt, ob ich die Personen kenne.»

«Und?»

Was, und? Diese Fragen muteten seltsam an.

«Meinen Sie, ob ich eine der Personen gekannt habe?»

Bühler schwieg.

«Ich kannte keinen.» Was sollte das? Sie wiederholten häufig die Fragen, in der Hoffnung, es würden neue Erinnerungen zutage gefördert werden. Aber so? Suchte er nach einem Widerspruch? Das Ganze wirkte auf Samantha zunehmend unprofessionell.

«Worüber haben Sie ausserdem gesprochen?»

«Hat er Ihnen das nicht erzählt?», platzte Samantha heraus.

«Wir hatten keine Gelegenheit, miteinander zu sprechen.»

Wie bitte? Funktionierte die Kommunikation zwischen ihnen nicht? Das passte nicht, so wie Samantha Nussbaum und Bühler bisher gemeinsam erlebt hatte. Ein neuer Gedanke blitzte wie aus dem Nichts auf.

«Ist etwas mit Herrn Nussbaum?», fragte Samantha.

«Wie kommen Sie darauf?»

«Sie erwecken nicht den Eindruck eines funktionierenden Teams, in dem der eine über die Unternehmungen des anderen informiert ist.» Am liebsten hätte Samantha sich auf die Zunge gebissen. Die harsche Zurechtweisung, mit der sie gerechnet hatte, blieb zu ihrem Erstaunen aus.

Bühler hob stattdessen seine Hände. «Okay, ich gebe zu, meine Fragen müssen eigenartig erscheinen. Ich habe das

Ganze ungeschickt angefangen. Es ist aber wichtig, mir die Fragen detailliert zu beantworten.»

Obwohl sie nicht wusste, was das sollte, kam Samantha der Bitte nach und berichtete noch mal, worüber sie mit Nussbaum gesprochen hatte. Dabei hoffte sie, alles so wiederzugeben, wie sie es gesagt hatte, und nichts auszulassen.

Nachdem sie geendet hatte, schwieg Bühler. Samantha schwitzte. Daran war nicht das tüppige Wetter schuld, sondern die Art, wie Bühler sie musterte.

«Hat er im Anschluss gesagt, wo er hinwollte?»

Das hatte er bereits gefragt.

«Es ist wichtig», drängte er. «Bitte denken Sie nach.»

«Er ist schnell gegangen, da weitere Befragungen anstünden. Keine Ahnung, wo er hinwollte. Soweit ich ihn verstanden habe, war die nächste Befragung nicht in Liestal selbst.»

Bühler lehnte sich nach hinten und sah an Samantha vorbei in den Garten. «Das passt und passt dann wieder nicht.»

«Wie bitte?»

«War er später nochmals hier?»

«Warum? Dazu gab es keine Veranlassung.»

«Er hat eine WhatsApp-Nachricht geschrieben, zu Ihnen zu fahren, bevor er die Zeugen befragen wollte, die die Beschreibung zu den Phantombildern geliefert haben.»

Samanthas Verwirrung nahm zu.

«Ich versuche herauszufinden, ob er tatsächlich hier war.»

«Herr Nussbaum war nur einmal hier. Falls er zu einem späteren Zeitpunkt nochmals vorbeigekommen ist, hat er mich nicht angetroffen, und gestern hat er mich ebenfalls nicht kontaktiert.»

«Waren Sie vorgestern Abend weg?»

«Ich bin spazieren gegangen.»

«Was keiner bezeugen kann, nehme ich an.» Da war sie wieder. Die Schärfe in seiner Stimme.

Bevor Samantha zu einer entrüsteten Erwiderung ansetzen konnte, machte es in ihrem Kopf klick. Nein, dachte sie. Das gab es nur in Büchern.

Bühler schwieg.

Oder doch? «Herr Nussbaum ist verschwunden», sagte sie langsam.

Statt einer Antwort schnellte Bühlers linke Augenbraue nach oben.

«Nun denken Sie, ich habe damit zu tun», rief Samantha. Lass dich nicht provozieren. «Fragen Sie lieber diese Zeugen. Immerhin sind das diejenigen, die Herrn Nussbaum zuletzt gesehen haben.»

«Beide gaben an, Herr Nussbaum habe sie angerufen, es werde später. Er ist aber nicht zu ihnen gegangen.» Bühler beugte sich vor und schaute Samantha unverwandt an.

«Sagen Sie, warum glauben Sie denen und mir nicht?»

«Sein Wagen wurde an der Seltisbergerstrasse bei der Ortsausfahrt gefunden.» Bühler deutete in die entsprechende Richtung. «Also ganz in Ihrer Nähe.»

«Meinst du nicht, dass du überempfindlich reagierst?», fragte Joel am Telefon.

Samantha setzte sich auf den Terrassenstuhl und legte die Beine auf den anderen. Nachdem sie gegen achtzehn Uhr ein frühes Nachtessen zu sich genommen hatte, hatte Joel angerufen. «Du hast Herrn Bühler nicht gesehen …»

«Wenn ich dich richtig verstanden habe, hat die Polizei Nussbaums Auto in der Nähe unseres Hauses gefunden. Mehr nicht. Es gibt keine Zeugen, die dich in der Nähe des Wagens gesehen haben.»

«Warum fragte er, wo ich wann gewesen bin und wer das bestätigen kann?»

«Das sind Routinefragen.»

Hatte Joel recht, und sie steigerte sich in etwas hinein? Sie sah Bühler vor sich, wie er sich vorgebeugt und jede ihrer Reaktionen beobachtet hatte. Hörte die Schärfe in seiner Stimme. War es real, oder war sie aufgrund der Situation zu dünnhäutig?

«Warum fragt er bei diesen Zeugen nicht genauer nach? Die können nämlich viel erzählen.»

«Du weisst nicht, ob er das getan hat und was ihre Antworten waren», erwiderte Joel. «Sammy, versuch dir nicht darüber den Kopf zu zerbrechen. Das ist nicht deine Aufgabe.»

Von einem anderen Standpunkt betrachtet würde sie Joel recht geben. Aber es betraf sie direkt. Samantha liess das Gespräch mit Bühler abermals Revue passieren.

Du hast nichts gemacht, dachte sie. Er hat keine Beweise, dass du damit zu tun hättest. Wirklich nicht? Die Tatsache, dass Herr Nussbaum wie vom Erdboden verschwunden schien, jagte ihr Angst ein. Erneut ging sie in Gedanken das Gespräch durch, das sie mit ihm geführt hatte. Hatte sie ihm etwas gesagt, das sein Verschwinden zur Folge hatte? Das ist albern. Die Gedankenmaschinerie rotierte weiter. Nussbaum war bei ihr gewesen. Er war nicht länger als zehn Minuten geblieben. Er musste im Zuge seiner Ermittlungen auf etwas gestossen sein, das den Täter veranlasst hatte, ihn aus dem Weg zu räumen.

Aus dem Weg zu räumen … Lebte Nussbaum noch?

Und hatte der Verantwortliche für sein Verschwinden die übrigen Zeugen, Samantha eingeschlossen, im Blick?

Der Täter musste Nussbaum vorgestern zu ihr gefolgt sein. Sein Besuch bei Samantha musste ihn in Alarmbereitschaft versetzt haben, sodass er Grund zu sofortigem Handeln sah. Warum?

Samantha überlegte, ob ihr etwas aufgefallen war, als Nussbaum gegangen war. Sie hatte niemanden gesehen. Allerdings hatte sie nicht darauf geachtet und war auf Nussbaum fixiert gewesen.

Wieso stand sein Wagen an der Seltisbergerstrasse? Was hatte ihn veranlasst, dort anzuhalten?

«Sammy?»

Samantha schreckte hoch.

«Bist du noch dran?»

«Ja. Entschuldige.»

«Hör auf, dich verrückt zu machen.»

«Mich beunruhigt das Ganze.»

«Das verstehe ich.»

«Nicht nur, dass Herr Bühler mir aufs Zahnfleisch gefühlt hat. Sondern auch Herrn Nussbaums Verschwinden.»

«Da stimme ich dir zu. Nochmals, halt dich bitte da raus. Es ist nicht deine Aufgabe, dies zu klären.»

Sie wechselten das Thema und plauderten über Joels Geschäftsreise.

«Wir kommen nicht vom Fleck», beklagte er sich. «Wenn das so weitergeht, bin ich am Wochenende nicht zu Hause. Jede Zahl wird von den Amerikanern hinterfragt. Ich muss Schluss machen. Gleich geht es mit der Sitzung weiter. Ich fürchte, sie wird länger dauern, und ich denke, du wirst längst schlafen, bevor wir für heute fertig werden.»

Samantha blieb mit dem Handy in der Hand sitzen, nachdem sie sich verabschiedet hatten, und starrte in den Garten. Die Luftfeuchtigkeit hatte zugenommen, und im Verlauf des Abends und in der Nacht waren weitere, teilweise heftige Gewitter vorausgesagt worden. Die Schwüle machte träge, und Samantha hatte zu nichts Lust. Dafür liefen ihre Gedanken auf Hochtouren und kehrten zu dem verschwundenen Herrn Nussbaum zurück.

Sie sah Bühlers ärgerliches Gesicht vor sich, als sie ihm sagte, er solle nicht sie, sondern die Zeugen genau unter die Lupe nehmen, da sie diejenigen waren, die Nussbaum zuletzt gesehen oder zumindest gesprochen hatten.

«Sie müssen mir nicht meinen Job erklären», war Bühler aufgebraust und zu seinem Wagen gegangen.

Samantha fand sein Verhalten mehr als seltsam. Warum schloss er diese Leute kategorisch aus?

Konzentriere dich, dachte sie und liess das Gespräch, das sie mit Nussbaum geführt hatte, Revue passieren. Er hatte angedeutet, weitere Zeugen befragen zu wollen und auf dem Weg dorthin bei Samantha einen Zwischenstopp eingelegt zu haben. Die Adresse der beiden hatte er Samantha nicht gesagt, was logisch war. Er hatte ihr nicht einmal anvertrauen wollen, was die beiden genau ausgesagt hatten. Das war ebenfalls logisch. Ermittlungsdetails gingen sie nichts an.

Er hatte sich verabschiedet, war zu seinem Wagen gegangen und davongefahren.

Stopp, dachte Samantha. Ganz so war es nicht. Er war nicht gleich eingestiegen, sondern hatte einen Anruf erhalten. Daran hatte sie nicht mehr gedacht, als Bühler gefragt hatte, ob sie wisse, was er vorhatte.

Nussbaums ungläubiger Ausruf hallte in ihren Ohren nach: «Zum Kantonsmittelpunkt?»

Mehr hatte Samantha vom Gespräch nicht mitbekommen. Er war eingestiegen und abgefahren.

Kantonsmittelpunkt. Welcher? Der vom Kanton Baselland? Das wäre naheliegend.

War Nussbaum zuerst dorthin gefahren, bevor er die Zeugen aufsuchte?

Seiner Reaktion nach zu urteilen, war er wie elektrisiert gewesen.

Samantha war hin- und hergerissen, ob sie Bühler über dieses Detail informieren sollte. Bestimmt würde Nussbaum ihn in Kenntnis gesetzt haben.

Samantha stand auf und ging auf der Terrasse auf und ab. Nach der vierten Runde bog sie ins Haus ab und holte sich ein Schokoladencornet. Sie kehrte zur Terrasse zurück. Das Schlecken der Glacé reichte nicht, sie abzulenken.

Bühler würde am Kantonsmittelpunkt gewesen sein und nach Hinweisen gesucht haben. Auf der anderen Seite hätte er Samantha dann nicht gefragt, ob sie wusste, wo Nussbaum hinwollte. Kannte er nur den «alten» Plan? Wenn es wichtig war, hätte Nussbaum ihn informiert. Wirklich?

Wieso stand aber sein Wagen bei ihr in der Nähe, wenn er dorthin aufgebrochen war? Kantonsmittelpunkt Baselland … Wo war der überhaupt?

Samantha ging wieder ins Haus und lief die Treppe hoch zum Arbeitszimmer. Nachdem sie sich eingeloggt hatte, rief sie Google auf und fluchte, als sie einen der Links anklickte. «Wir brauchen Ihre Zustimmung …»

Cookies hier, Pop-ups dort. Konnte man nicht mehr einfach

surfen, ohne irgendwelchen Cookies oder Datenschutzbestimmungen zustimmen zu müssen. Es war gut, wenn man dafür sensibilisiert wurde, aber konnten die Webseiten nicht einfach auf das Datensammeln verzichten? Inzwischen empfand sie es als richtige Schikane, besonders wenn man nur mal eben etwas nachschauen wollte. Samantha klickte auf Cookie-Einstellungen und lehnte, obwohl es vermutlich nichts brachte, danach alle bis auf die technisch notwendigen ab, bei denen es nicht möglich war.

Die Seite gab nichts her. Sie klickte auf einen anderen Link auf der Auflistung und landete auf der Webseite der Gemeinde Lupsingen.

«Seit das Laufental zum Baselbiet gehört, befindet sich die geografische Mitte des Kantons Baselland in Lupsingen», las sie. Genauer gesagt war sie einige hundert Meter nordöstlich vom Dorf auf einer Waldlichtung.

Während Samantha das Foto von der rot überdachten Tafel betrachtete, fragte sie sich, was Nussbaum ausgerechnet dort zu suchen gehabt hatte. Wenn sie es auf dem Foto richtig sah, befand sich diese Tafel auf einer Wiese. Im Hintergrund hatte es ein Wäldchen. Im linken Bildausschnitt erkannte Samantha eine Strasse. Häuser waren nicht zu sehen. Der Standort musste ab vom Schuss sein.

Na ja. Einige hundert Meter nordöstlich waren nicht fernab der Zivilisation.

Sogar auf Google Maps war der Punkt eingetragen. Samanthas Eindruck bestätigte sich: Er lag auf einer Wiese mit Wald darum. Hatte der Fall nichts damit zu tun? Welchen Grund sollte Nussbaum sonst haben, diesen Ort aufzusuchen?

Samantha starrte den Bildschirm an, als ob er ihr eine Antwort liefern würde. Nichts geschah. Ausser dass ihre Unruhe grösser wurde.

«Sie haben Ihr Ziel erreicht», verkündete die Männerstimme des Navis.

So schnell, dachte Samantha und hielt auf der Fläche, die

mit Rasengittersteinen belegt war. Die Fahrt hatte nur zehn Minuten gedauert.

Sie hatte hin und her überlegt, ob sie Bühler informieren sollte. Schliesslich hatte sie zum Telefon gegriffen. Seine Reaktion fiel so aus, wie sie es erwartet hatte.

«Frau Kälin», hatte er geknurrt. «Wir haben keine Zeit für solche Kindereien. Wenn Sie brauchbare Hinweise anstelle von Vermutungen liefern können, die nicht einer Schnitzeljagd gleichkommen, können Sie sich gerne melden. Ansonsten halten Sie sich bitte heraus und unternehmen keine Aktionen, die mehr Probleme verursachen als lösen, wie das in der Vergangenheit zur Genüge geschehen ist. Ich möchte mich nicht gezwungen sehen, entsprechende Massnahmen zu ergreifen.»

Feuchtheisse Luft empfing Samantha, als sie ausstieg. Der Dunst am Himmel war dichter geworden, und die Sonne war nur als heller Schemen zu erkennen. Samantha ging zur asphaltierten Fläche vor dem Haus. «Schützenhaus», las sie auf einer Holztafel, die an der braunen Fassade der Hütte angebracht war. Sie musterte den roten Fensterladen, der geschlossen war, und die gelb, blau und rot gestrichene Tür. Sie betrachtete das Bushaltestellenschild, auf dem «72 Seltisberg, Liestal» stand. Offenbar war sie richtig. Auf der mit Stromdraht eingezäunten Weidefläche neben der Hütte grasten Schafe.

Wenn sie Google Maps richtig im Kopf hatte, musste sie hangabwärts Richtung Lupsingen laufen und den nächsten Feldweg nehmen.

Gar nicht so schwer, dachte Samantha, als sie kurz darauf rechts abbog. Es herrschte Stille, die hin und wieder von einem vorbeifahrenden Auto durchbrochen wurde. Kein Vogel war zu hören, und kein Luftzug regte sich. Es war, als hielte die Natur den Atem an.

Nach wenigen Metern war Samantha nass geschwitzt. Sie zupfte am T-Shirt, das auf ihrer Haut klebte.

Sie erreichte eine Kreuzung. Das musste die Stelle sein, an der sie abermals abbiegen musste, da der Weg geradeaus in einer Linkskurve vom bewaldeten Gebiet wegführte.

Samantha kam an Weiden vorbei, die nur mit einem Stromdraht umzäunt waren. Die Kühe glotzten sie an, als sie vorbeiging. Hinter der Weide erkannte Samantha einen Imkerwagen aus dunkelbraunem Holz. Von der Tafel keine Spur. Samantha überlegte, ob sie umkehren sollte.

Sie würde bis zum Wald gehen, beschloss sie und erreichte bald darauf die Tafel, die sie im Internet gesehen hatte. «Mittelpunkt Kanton Basel-Landschaft», stand in grossen Buchstaben darauf. Die Farbe des Textes darunter war ausgebleicht. Auf der Wiese hinter der Tafel erkannte Samantha einen Metallpflock mit einem metallenen Markierungskreuz. Ihr Blick wanderte weiter zur Strasse unten am Hang, auf der ein dunkles Auto vorbeifuhr.

Nichts deutete darauf hin, dass vor Kurzem jemand vorbeigekommen war. War Nussbaum tatsächlich vorgestern hergefahren? Samantha wusste nicht, welchen Verlauf das Gespräch genommen hatte. Sie hatte keine Chance festzustellen, ob Nussbaum hier gewesen war und ob er diesen Ort wieder verlassen hatte.

Eine einzelne kräftige Windbö wirbelte einige Blätter über den Feldweg und liess Samantha zusammenzucken. Eine der Kühe muhte. Danach war es wieder ruhig, und kein Luftzug war mehr zu spüren.

Das brachte nichts, und es war besser, nach Hause zu fahren.

Sie ging einige Meter und drehte sich um. Warum hatte sie auf einmal das Gefühl, etwas übersehen zu haben? Sie liess den Blick über die Umgebung schweifen, und ihre Augen blieben an dem linken Pfosten, an dem die Tafel befestigt war, hängen. War das ein gelber Notizzettel im Gras? Samantha kehrte zu der Tafel zurück und bückte sich. Ein Post-it. Er hatte sich im hohen Gras verfangen. Das war Nussbaums Schrift, wenn sie sich nicht täuschte.

Zwei Adressen standen darauf.

Eine Frau Zimmermann und ein Herr Eichenberger. Handelte es sich bei diesen Leuten um die Zeugen mit dem Phantombild?

Samantha entsperrte ihr Handy und gab die erste Adresse ein. Frau Zimmermann wohnte auf der anderen Seite von Liestal im Nordosten der Stadt. Die Anschrift von Herrn Eichenberger war nicht mehr als zehn Minuten Autofahrt von hier weg. Samantha zoomte die rote Markierung heran, die sich ausserhalb von Arboldswil befand. Es musste sich um einen Bauernhof handeln. Obwohl keine Strassenansicht einstellbar war, konnte Samantha sich ein Bild von der Umgebung machen. Wälder und Felder, durch die schmale Strassen führten. Ähnlich wie hier.

Samantha beschloss, zuerst einen Abstecher zu dem Bauernhof zu machen, bevor sie nach Liestal zurückfuhr.

Samantha fand eine kleine Parkbucht in der Nähe der Abzweigung, die zum Hof führte. Anstatt auszusteigen, blieb sie sitzen und schaute über die hügelige Landschaft mit Feldern, Wiesen und Wald. Verflixte Spontanität. Was sollte sie Eichenberger sagen, wenn sie unangemeldet kam? Nicht auszudenken, wie Bühler reagieren würde, wenn er erfuhr, dass sie Polizistin spielte.

Wie sollte sie hier einen Hinweis finden, was geschehen war, nachdem Nussbaum den Hof verlassen hatte? Halt, dachte sie. Er war nicht dort gewesen. Das war die Aussage von Eichenberger, sofern es sich bei ihm um einen der Zeugen handelte.

Es gab eine Alternative, wurde sie sich bewusst. Eichenberger war nicht da gewesen, und Nussbaum war unverrichteter Dinge wieder weggefahren.

Sie betrachtete den Mergelweg, der leicht bergauf zum Hof führte, und sah vor ihrem inneren Auge, wie Nussbaum ihn entlangfuhr und danach abbog. Doch da stellte sich die Frage, welche Richtung er genommen hatte.

Eine neue Variante tat sich auf. Nachdem Nussbaum von Samantha weggefahren war, wollte er zuerst zu Frau Zimmermann. Samantha holte den Post-it hervor und gab nochmals die Adresse in die Google-Suchmaske ein. Sie betrachtete die rote Markierung auf der Karte. Wenn sie es sich überlegte, wäre sie an Nussbaums Stelle zuerst zu Eichenberger gefahren. Vor allem, wenn er wie sie beim Kantonsmittelpunkt gewesen wäre, ergab es keinen Sinn, einmal auf dem Hinweg und später auf dem Rückweg Liestal zu durchqueren, um danach zu Eichenberger zu fahren.

Samantha lehnte den Kopf gegen die Nackenstütze. Ihre Mutmassungen brachten nichts. Die Unruhe nahm weiter zu. Hatten Eichenberger oder Zimmermann Samantha belastet? Womit? Samantha war sich weiterhin keiner Schuld bewusst. Die Frau auf dem Phantombild hatte keine Ähnlichkeit mit ihr.

Sie trommelte mit den Fingern auf das Steuerrad. Es gab nur eine Möglichkeit, dies herauszufinden. Sie musste mit ihm reden. Wie würde er reagieren, wenn Samantha vor der Tür stand? Würde er Bühler informieren?

Sie durfte weder als Polizistin noch als Privatperson auftreten. Eine Journalistin – das wäre eine naheliegende Alternative. War es realistisch, wenn eine Journalistin abends um acht unterwegs war, um Leute zu interviewen? Zudem war sie nicht sicher, ob er mit der Presse sprach, aber Samantha hatte keine andere Idee. Sie öffnete das Handschuhfach und fand eine Sonnenbrille und eine Schirmmütze darin. Konnte sie damit ihr Aussehen genügend verändern?

Sie setzte die Schirmmütze auf und stopfte ihre Haare darunter. Kein einfaches Unterfangen bei ihrem dichten Haar. Sie schaute in den Rückspiegel. Die Kappe sass erhöht auf ihrem Kopf. Sie rückte sie weiter nach vorne, bis sie ihre Augen verdeckte, und setzte die Sonnenbrille auf.

Samantha war nicht zufrieden mit dem Ergebnis und beugte sich nach hinten. Im Kofferraum lag ein T-Shirt mit dem Schriftzug «New York» von Joel, welches er bei der Gartenarbeit trug. Warum es im Kofferraum des Smarts lag, wusste sie nicht, aber es kam wie gerufen, auch wenn es ihr zu gross sein würde. Samantha streifte es über, durchwühlte ihre Handtasche und förderte ihr Notizbuch und einen roten Lippenstift zutage. Sie war erstaunt, diesen Fehlkauf nicht fortgeschmissen zu haben, sondern ihn mit sich herumzutragen. Sie legte den Lippenstift auf und musterte die grellroten Lippen.

Sie steckte einen Kaugummi in den Mund und betrachtete sich, während sie übertrieben darauf herumkaute.

Würde sie als freischaffende Journalistin durchgehen? Samantha wischte ihre Bedenken beiseite und stieg aus. Den Wagen liess sie besser hier, damit Eichenberger keine Beschreibung vom Auto liefern konnte, falls er sauer reagieren würde und Bühler verständigen wollte. Entschlossen marschierte sie den Weg zu dem Hof entlang und erreichte nach wenigen Minuten das Haus.

Sie klingelte und wartete. Es war nicht einfach, lässig gegen die Wand zu lehnen und dabei schmatzend den Kaugummi zu bearbeiten.

Fieberhaft überlegte sie, wie sie ihn am besten davon überzeugen konnte, mit ihr zu reden. Wie würde eine Journalistin vorgehen? Sie selbst wäre nicht begeistert, wenn die Presse vor der Tür stände. Sie hätte sich einen Plan zurechtlegen sollen.

Die Sekunden zogen sich in die Länge.

Die Möglichkeit, es könnte keiner da sein, hatte sie nicht in Erwägung gezogen. Vermutlich war es besser so.

Wie kam sie nun an die Information heran? Samantha schaute sich um. Neben dem Haus war ein Gemüse- und Kräutergarten angelegt. Auf dem Stewi flatterten T-Shirts im Wind. Auf der anderen Seite des Hofes war ein alter, baufälliger Schuppen. Zum Gebäude führte vom Hof eine betonierte schmale Strasse. Von ihrem Standpunkt aus erkannte Samantha ein zweiflügeliges Tor und auf der dem Bauernhaus zugewandten Seite eine kleine Tür. Neben dem Schuppen stand ein offenes Gebäude, das nach einem Kuhstall aussah, der in einem ähnlichen Zustand wie der Schuppen war. Der Bauernhof schien nicht mehr in Betrieb zu sein.

Neben dem Haus war ein Schopf, der augenscheinlich als Garage diente. Das Tor stand halb offen. Samantha bemühte sich, lässig darauf zuzuschlendern. Erneut schaute sie sich um, als sie den Schopf erreichte. Niemand war zu sehen.

Der Wind hatte weiter aufgefrischt und schob dunkle Wolken über den Himmel. Donnergrollen war zu hören. Das in diesem Sommer beinahe alltägliche Unwetter war im Anmarsch.

Sie sollte die Aktion lieber abbrechen und nach Hause fahren. Samantha spähte in den Schopf.

Kein Auto stand darin. An der Rückwand waren Pneus gestapelt. Daneben waren sechs leere Harassen übereinandergestellt. Bretter und Geräte für Gartenarbeit lehnten an der Wand. Neben dem Tor standen zwei Kehrichtsäcke.

Du solltest endlich verschwinden. Sie wollte sich nicht ausmalen, was geschehen würde, wenn Eichenberger sie beim Schnüffeln entdeckte.

Samantha wollte sich abwenden, hielt aber mitten in der Bewegung inne. Fassungslos starrte sie den linken Kehrichtsack an. Das konnte nicht sein. Sie beugte sich über den Sack und zupfte an dem Ärmel, der heraushing. War das Nussbaums Jacke? Sie zog die Jacke hervor und hielt sie mit ausgestreckten Armen vor sich. So eine leichte Sommerjacke hatte Nussbaum getragen, als er vorgestern bei ihr vorbeigekommen war. Aber er war nicht der Einzige, der ein solches Kleidungsstück besass. Joel hatte eine ähnliche.

«Sie ist bequem und praktisch», hatte er ihr erklärt.

Hundegebell schreckte Samantha auf. Das kam aus dem Haus. Samantha erkannte ein Gesicht am Fenster. War die ganze Zeit jemand im Haus gewesen? Warum hatte Eichenberger nicht geöffnet?

Sie stand wie auf dem Präsentierteller. Der Gesichtsausdruck war sogar aus der Entfernung deutlich zu erkennen. Ärger war vorprogrammiert. Samantha liess die Jacke fallen und rannte los. Das Gesicht im Fenster verschwand. Das Gebell wurde lauter. Samantha bog in den Mergelweg zur Strasse ein.

Bevor sie um die Kurve bog, strauchelte sie. Sie fing sich, aber ihr linker Fuss knickte um. Der Schmerz schoss direkt bis in ihr Hirn. Sie strauchelte abermals und taumelte gegen einen Baum. Samanthas Arme schlossen sich um den Stamm. Vorsichtig belastete sie den Fuss. Ein neuer Schmerz schoss von ihrem Knöchel bis in den Kopf. So würde sie nicht weit kommen.

Rufe.

Gebell. Tief. Grollend.

«Hol den Hund!»

Diese geschriene Aufforderung jagte Samanthas Puls weiter in die Höhe. Nie würde sie es bis zum Auto schaffen. Schutz gab es keinen. Der Baum war ihre einzige Chance. Als Kind war sie regelmässig auf Bäumen anzutreffen gewesen, egal, wie hoch sie waren.

Samantha griff nach dem Ast, der sich auf Brusthöhe befand, und zog sich hoch. Sie versuchte, sich mit dem linken Fuss am Stamm abzustützen. Ein neuer Schmerz raubte ihr fast den Atem. Beeil dich.

Die Alternative war, von dem Hund gestellt zu werden. Würde er sie anfallen? Samantha biss auf die Unterlippe und schmeckte Blut. Sie stemmte sich mit den Armen hoch und keuchte auf, als sie die Hand nach dem nächsten Ast ausstreckte. Weiter. Woher sie die Kraft für einen weiteren Klimmzug nahm, wusste sie nicht. Zwischen dem Laub erkannte sie zwei Personen und einen Hund, die vom Hof in den Weg einbogen. Der Hund – ein grosses braunes Ungetüm – beschleunigte und raste auf den Baum zu.

Samantha verfiel in eine Schockstarre. Sie war nicht weit genug nach oben geklettert, damit die Laubkrone ihr Sichtschutz bot. Sie presste sich gegen den Stamm. Der Wind frischte weiter auf und teilte die Äste. Hoffentlich blickten die beiden nicht nach oben. Allerdings musste sie sich keine Illusionen machen. Entweder hatten sie gesehen, wie Samantha den Baum hochgeklettert war, oder der Hund würde sie entdecken. Es war nur eine Frage von Sekunden, bis er bellend am Baumstamm hochsprang.

Er erreichte den Baum. Samantha hielt den Atem an und starrte in eine andere Richtung. Das Bellen entfernte sich. Er war tatsächlich vorbeigerannt. Die beiden folgten ihm.

Ungläubig schaute Samantha ihnen nach. Zwei Männer oder

ein Mann und eine grosse, kräftig gebaute Frau? Genau konnte Samantha es von ihrem Standort nicht erkennen.

An der Strasse angekommen, hielt der Hund sich rechts, und die beiden rannten hinterher.

Samantha liess den Blick in der entgegengesetzten Richtung die Strasse entlangwandern. Zwischen den Bäumen konnte sie den Umriss ihres Wagens durchschimmern sehen.

Wenn die beiden zurückkehrten und in die andere Richtung liefen, mussten sie den Wagen finden. Würden sie diesen mit der Person in Verbindung bringen, die über ihren Hof geschlichen war und die Kehrichtsäcke inspiziert hatte?

Was geschah als Nächstes, wenn sie Samantha nicht fanden? Würden sie die Polizei rufen? Die würde sie bestimmt finden, sollte sie keine Gelegenheit haben, sich vorher zu entfernen.

Würden sie Samantha erkennen, wenn sie von der Polizei ein Bild vorgelegt bekamen – trotz der Schirmmütze, unter die sie ihre langen Haare gestopft hatte.

Neues Donnergrollen war zu hören. Das Unwetter kam näher. Der Wind entwickelte sich zu einem Sturm, und Samantha konnte die dunkelgrauen Wolken erkennen, die in rasantem Tempo in ihre Richtung zogen.

Bei einem Gewitter war es nicht ratsam, entweder unter oder auf einem einzeln stehenden Baum zu sein. Samantha wägte ab. Würde es ihr gelingen, zum Auto zu humpeln, bevor der Hund und seine Besitzer zurückkehrten? Die ungefähr fünfzig Meter lange Zufahrt zum Gehöft war freiliegend, und man würde sie sofort sehen. Erste Blitze zuckten über den Himmel.

Bevor Samantha eine Entscheidung gefällt hatte, wurde sie ihr durch das Auftauchen der beiden abgenommen. Sie hatten den Hund an die Leine genommen und blieben vor der Abzweigung stehen. Offenbar war eine Diskussion im Gange, was sie als Nächstes tun sollten, wenn Samantha das Gestikulieren mit den Händen richtig deutete.

Erste schwere Regentropfen fielen. Blitze, denen einige Sekunden später Donnergrollen folgte.

Die beiden bogen in die Zufahrt ab und zogen den Hund

hinter sich her. Erneut hielt Samantha den Atem an, als sie den Baum erreichten. Keiner schaute nach oben.

«So ein Mist», sagte der eine und blieb stehen.

«Sollen wir die Polizei verständigen?» Die Stimme war tief, aber eindeutig die einer Frau.

«Der ist über alle Berge, und wie ratsam es ist, die Polizei zu rufen, weiss ich nicht.»

Sie setzten sich in Bewegung.

Der Hund hob den Kopf, schnupperte und drehte sich zum Baum um. Er zerrte an der Leine und knurrte.

Bitte nicht.

Der Mann zog ihn weiter.

Der Hund bellte und zerrte stärker an der Leine.

«Aus. Da ist nichts.» Er machte eine Geste, die die gesamte Wiese mit den einzelnen Bäumen einschloss. «Komm endlich, du unnützes Vieh.»

«Sie kann nichts dafür.»

«Sie hätte ihn nicht entkommen lassen sollen. Und nun macht sie Theater.»

Die Frau schaute zum Baum. Jetzt ist alles aus, dachte Samantha und wappnete sich auf das, was unweigerlich folgen würde. Sekunden verstrichen. Die Frau wandte sich ab und eilte dem Mann hinterher. Was sie erwiderte, konnte Samantha nicht verstehen, da sie ausser Hörweite waren.

Samantha versuchte zu begreifen, dass sie nicht entdeckt worden war. Langsam nahm ihr Kopf die Arbeit wieder auf, und es dauerte einige Sekunden, bis sie die Signale ihres Unterbewusstseins begriff. Diesem blonden Mann war sie schon einmal begegnet. Bei der dunkelhaarigen Frau konnte sie es nicht sagen, da sie ihr Gesicht nicht richtig erkannt hatte. Samantha versuchte sich zu erinnern, wo sie den Mann gesehen hatte. Sosehr sie sich bemühte, es kam ihr nicht in den Sinn.

Auf dem Hof blieben der Mann und die Frau stehen. Die Diskussion schien heftiger zu werden. Die Frau nahm dem Mann den Hund ab und marschierte zum Haus. Er ging weiter zum Schuppen, in dem er verschwand.

Regen setzte ein, und innert kürzester Zeit war Samantha durchnässt. Trotzdem traute sie sich nicht vom Baum hinunter. Zu Recht, wie sie realisierte: Der Mann trat nach wenigen Minuten aus dem Schuppen und schloss die Tür. Er zog sich einen Hocker heran, setzte sich unter das Vordach und zündete eine Zigarette an. Beobachtete er die Zufahrt und wartete darauf, dass sie sich zeigte?

Wohl oder übel würde sie weiterhin auf dem Baum ausharren müssen.

Der Donner wurde leiser, und es zuckten nur noch vereinzelte Blitze. Der Regen hatte aufgehört. Samantha wischte eine nasse Haarsträhne aus ihrem Gesicht. Sie fror, obwohl es nicht kalt war. Meteo hatte am Vormittag erklärt, in der Nacht würden die Temperaturen nicht unter zwanzig Grad fallen, und es werde eine weitere Tropennacht geben. Das half Samantha nichts in ihrem durchnässten Zustand.

Normalerweise liebte sie diese spezielle Stimmung nach einem Gewitter. Die Stille, die sich einstellte und nur von dem Geräusch der von den Bäumen herunterfallenden Tropfen durchbrochen wurde. Die Luft war klar und wie frisch gewaschen. Nach und nach kamen Vögel hervor, und vereinzeltes Gezwitscher setzte ein. Zwei Türkentauben flogen gurrend auf den Baum zu und setzten sich auf einen Ast über Samantha.

Lücken bildeten sich in der Wolkendecke und liessen einzelne letzte Strahlen der fast vollständig untergegangenen Sonne durch. Inzwischen musste es zwischen Viertel nach neun und halb zehn sein. Eine Armlänge von Samantha entfernt baumelten Kirschen, und sie verspürte zu ihrer eigenen Überraschung Hunger. Sie wagte es jedoch nicht, diese zu pflücken, da sie fürchtete, die Bewegung würde auffallen.

Der Mann hatte zu Samanthas Leidwesen seinen Beobachtungsposten nicht aufgegeben. Wäre sie nicht in dieser misslichen Lage, würde sie seine Ausdauer bewundern. Was erhoffte er sich?

Die Zeit verstrich, und die Frau gesellte sich mit Bierflaschen zu dem Mann. Sie stiessen an, und Gelächter schallte zu Samantha. Offenbar war ihre Meinungsverschiedenheit beendet.

Langsam dunkelte es ein. Die Wolken hatten sich vollständig verzogen, und das milchige Licht des Vollmondes erhellte die Landschaft.

Inzwischen lag der Bereich unter dem Vordach des Schuppens im Dunkeln, und sie konnte den Mann und die Frau nicht sehen. Nur das regelmässige Aufglimmen von zwei Zigarettenspitzen verriet, dass dort jemand sass.

Ein dunkler Umriss löste sich aus dem Schatten unter dem Vordach, und Samantha erkannte, wie jemand zum Haus lief. Nur noch ein glühendes Zigarettenende, das sich in regelmässigen Abständen hob und senkte.

Erneut musste Samantha sie für ihre Ausdauer bewundern, die Zufahrt zum Hof zu beobachten. An ihrer Stelle wäre Samantha davon ausgegangen, dass die Person längst weg war. Oder wussten sie, dass Samantha auf dem Baum sass? Die Hitze des Schrecks löste für einen kurzen Moment die Kälte ab, die sich in ihrem Körper ausgebreitet hatte. Wollten sie sie in Sicherheit wiegen und spielten mit ihr und warteten, damit sie sich hervorwagte? Zu welchem Zweck?

Wozu der Aufwand? Wenn die beiden sie stellen wollten, konnten sie es einfacher haben und sie direkt unter Androhung von verschiedenen Massnahmen, die Samantha sich im Einzelnen nicht vorstellen wollte, dazu bewegen, vom Baum herunterzuklettern.

Es wurde zunehmend unbequem. Samantha verlagerte vorsichtig das Gewicht auf dem Ast, auf dem sie sass. Sie verfluchte sich, ihr Handy im Auto gelassen zu haben. Wen wollte sie anrufen? Joel war in den USA. Simona hatte genug mit ihrer Schwangerschaft und Nico zu tun. Freunde oder die Kollegen von Amry? Diese wollte Samantha lieber nicht in die Sache mit hineinziehen. Bühler? Er hatte ihr klar verständlich gemacht, was er von ihren Ideen hielt. Die Aktion, selbst Nachforschungen anzustellen, würde seine Meinung von ihr nicht verbessern. Die Androhung, was sie erwartete, falls sie sich einmischte, hallte in ihrem Kopf nach.

Inzwischen fühlte sich Samanthas Körper steif an. Die Kälte war zurück, und sie zitterte. Früher oder später musste sie vom Baum hinunter. Vorzugsweise in der Nacht, wenn sie weniger sichtbar war.

Eine Bewegung auf dem Hof zog ihre Aufmerksamkeit erneut auf sich. Hatte sie es richtig gesehen und die zweite Person war der ersten zum Haus gefolgt?

Das war die Chance. Samantha wollte gerade den Abstieg in Angriff nehmen, als sie unter dem Schopf einen orangefarbenen Punkt aufleuchten sah. Er war noch dort.

Wolken verdeckten wieder den Mond, und neues Donnergrollen war zu hören, das mit jedem Mal lauter wurde. Ein weiteres Gewitter wollte sie definitiv nicht auf dem Baum erleben. Erste starke Böen liessen das Laub rascheln.

Ast für Ast kletterte sie nach unten. Kein einfaches Unterfangen mit den steifen Gliedern und dem verletzten Fuss. Obwohl der Schmerz im Verlauf des Abends weniger geworden war, konnte sie den Fuss nach wie vor nicht richtig belasten.

Als Samantha den letzten Ast erreicht hatte und innehalten wollte, um den richtigen Zeitpunkt zum Absprung abzupassen, wenn der Mann hoffentlich nicht in ihre Richtung schaute, brach er ab, und sie fiel nach unten. Dumpf schlug sie auf dem Boden auf. Der linke Fuss quittierte die unsanfte Landung mit einem neuen stechenden Schmerz, und Samantha sackte auf den Boden.

Wie ein fauler Apfel, dachte sie und hielt die Luft an. Das Geräusch des abbrechenden Astes hatte wie ein Schuss durch die Nacht gehallt und musste auf dem Hof zu hören gewesen sein. Es war eindeutig ein anderes Geräusch als Donnern.

Fest rechnete sie damit, dass er auf sie zugelaufen kam. Zusammen mit dem Hund. Aber es blieb ruhig. Samantha wagte nicht, sich aufzurichten, und rieb den Fussknöchel. Nach wie vor Stille. Sie rappelte sich vorsichtig ein kleines Stück auf.

Ich sollte so schnell wie möglich weg, dachte sie verzweifelt.

Auf allen vieren kroch sie den Weg entlang. Die Steine stachen in ihre Knie, aber sie ignorierte es.

Wiederholt schaute sie sich um. Als sie meinte, weit genug um die Kurve gekrabbelt zu sein, stand sie auf. Vorsichtig belastete sie den Fuss. Wenigstens konnte sie leicht auftreten. Humpelnd bewegte sie sich fort.

Motorengeräusch liess sie zusammenfahren. Das kam vom Gehöft. Scheinwerferlicht blitzte auf. Er hatte sie gehört. Warum hatte er so lange gezögert, und wieso kam er mit einem Auto?

Er will dich überfahren, da du keine Gelegenheit hast auszuweichen.

Bloss keine Panik. Samantha schaute sich um. Definitiv keine Versteckmöglichkeit. Bis auf das hüfthohe Gras. Gleich würde der Wagen um die Kurve kommen und sie vom Licht erfasst werden. Was danach passieren würde, spielte sich vor ihrem inneren Auge ab: Das Aufheulen des Motors. Ein dumpfer Aufprall und ein Körper, der durch die Luft flog.

Samantha humpelte auf die Seite und liess sich ins Gras fallen.

Das Motorengeräusch näherte sich. Die Scheinwerfer erfassten den Weg. Der Wagen hielt an. Der Wind teilte das Gras und gab den Blick auf einen dunklen Kombi frei. Das Öffnen und Zuschlagen von Autotüren.

Schritte auf dem Mergelweg.

Der Hund!

Mit Mühe konnte Samantha ihre Atmung unter Kontrolle halten.

«Bist du sicher?», fragte die tiefe Frauenstimme.

«Ja, es muss von hier gekommen sein.»

Kein Gebell. Sie hatten den Hund nicht mitgebracht. Samantha atmete langsam aus.

«Schau, da liegt ein Ast am Boden», sagte die Frau.

«Seltsam.»

«Das finde ich nicht. Bei den Sturmböen, die die Gewitter begleiten.»

«So ein grosser Ast fällt nicht einfach im Sturm herunter.»

«Hör auf, Gespenster zu sehen. Schau, wie morsch der ist.»

Schritte, die sich näherten. Erneut hielt Samantha den Atem an. Konnte man auf dem schlammigen Weg ihre Kriechspuren erkennen? Sah man ihre Fussbadrücke?

Der Mann blieb direkt vor ihr auf dem Weg stehen. Zwischen dem Gras konnte sie seine Schuhe erkennen, und sie konnte spüren, wie er mit den Augen die Umgebung absuchte. Sie lag knapp ausserhalb des Bereiches, der von den Autoscheinwerfern erfasst wurde. Das Gras verdeckte sie nicht völlig, und sie war nicht weit genug vom Weg entfernt. Wenn er nach unten schaute, musste er ihren Körper als dunkle Silhouette im Gras wahrnehmen.

Ein zweites Beinpaar gesellte sich zu dem des Mannes. Gleich war alles aus.

Regen setzte ein.

«Wir hätten Leila mitnehmen sollen, obwohl der Köter sich vorhin wie so oft als unbrauchbar herausgestellt hat.»

«Sie ist nicht –»

«Ich habe keine Lust, darüber zu diskutieren», unterbrach er sie.

«Hier ist niemand», sagte die Frau. «Wer sollte da sein?»

«Dieser Typ von heute Abend.»

Damit war eindeutig sie gemeint. Aber Typ? Hiess das, er hatte nicht erkannt, dass es sich bei der Person, die sich beim Kehricht herumgetrieben hatte, um eine Frau handelte?

«Glaubst du, der Typ lungert hier weiter herum?»

«Ich habe ein ungutes Gefühl.»

«Du bist neurotisch. Der ist längst über alle Berge und sucht sich einen neuen Ort, um einzubrechen oder um im Kehricht zu stöbern.»

«Was hatte er in den Säcken zu suchen?»

«Ich denke, er war auf der Suche nach brauchbaren Dingen. Zum Beispiel Kleidung. Sonst hätte er die Jacke nicht hervorgekramt. Es wird ein Obdachloser sein.»

«Ich habe hier nie einen Obdachlosen gesehen.»

«Komm, es regnet, und ich habe keine Lust, nass zu werden.»

Die beiden Beinpaare verschwanden aus Samanthas Sichtfeld. Das Zuschlagen von Türen. Im Schritttempo fuhr der Wagen an ihr vorbei. Kurz darauf kehrten sie zurück. Das Licht der Scheinwerfer huschte über Samantha hinweg, und der Wagen stoppte erneut direkt neben ihr.

***

Samantha hielt vor ihrem Haus und atmete auf. Nachdem der Wagen mehrere Sekunden in unmittelbarer Nähe gestanden hatte, war er weitergefahren. Sie hatte lange gebraucht, bis sie sich vorgewagt hatte und zu ihrem Wagen gehumpelt war. Zum Glück hatte ihr Smart ein Automatikgetriebe, und sie brauchte den linken Fuss nicht.

Wiederholt hatte Samantha während der Fahrt in den Rückspiegel geschaut. Niemand war ihr gefolgt, und niemand war ihr entgegengekommen. Kein Wunder um drei Uhr in der Nacht.

Samantha legte den Kopf auf den Lenker. Sie zitterte am ganzen Körper. Ob vor Kälte oder wegen des nachlassenden Adrenalins, wusste sie nicht.

Du musst aussteigen, sagte sie sich. Endlich konnte sie sich dazu aufraffen. Humpelnd erreichte sie die Haustür, als ein Wagen schräg gegenüber vor ihrem Haus anhielt.

Sie haben mich, schoss es durch Samanthas Kopf. In dem Licht der Lampe neben der Tür war sie wie auf dem Präsentierteller. Starr vor Schreck verharrte sie in halb gebeugter Haltung mit dem Schlüssel wenige Zentimeter vor dem Schloss. Nichts passierte.

Mach die Tür auf und verbarrikadiere dich.

Ihre Hand zitterte heftiger, und der Schlüssel fiel auf den Boden.

Der Wagen hinter ihr gab Gas und war gleich darauf verschwunden.

Beinahe wäre Samantha vor Erleichterung in sich zusammengesackt.

Sie hob den Schlüssel auf und versuchte erneut, ihn in das Schloss zu schieben, was ihr nach einigen Versuchen endlich gelang. Sie stolperte ins Haus und schlug die Tür zu.

An dem Holz der Tür rutschte sie auf den Boden und lehnte den Kopf dagegen. Draussen hörte sie neues Motorengeräusch. Licht erhellte das Milchglasfenster in der Haustür. Der Wagen musste in ihre Einfahrt gefahren sein.

Das Zuschlagen einer Autotür. Stimmen.

Erneut fiel Samantha in Schockstarrte.

Schritte näherten sich. Das Licht neben der Haustür schaltete sich ein. Samantha konnte die Person als Schatten durch das Milchglasfenster ausmachen.

«Sind wir hier richtig?», fragte eine Männerstimme. «Es ist alles dunkel.»

«Keine Ahnung», erwiderte eine Frau. «Warst du noch nie bei deiner Schwester?»

«Nein. Sie ist erst vor einem Monat eingezogen. Da drüben brennt Licht.»

«Versuchen wir es dort.»

«Halt», sagte der Mann. «Wir sind in der falschen Strasse.»

«Bist du sicher?»

«Ja, wir sollten uns beeilen. Die Wehen meiner Schwester kommen in immer kürzeren Abständen.»

«Wieso muss Stefan ausgerechnet kurz vor dem Geburtstermin auf Geschäftsreise sein?»

«Das spielt jetzt keine Rolle, komm endlich.»

Sich entfernende Schritte. Das Zuschlagen von Autotüren. Der Wagen fuhr weg.

Samantha liess den Kopf auf die Knie sinken. Inzwischen bebte sie am ganzen Körper. Ihre Zähne schlugen gegeneinander, als sie sich aufrappelte. Ob ihr jemals wieder warm würde?

VIERZEHN

Samantha schreckte hoch, als ihr Handy klingelte. Sie brauchte mehrere Anläufe, bis sie es zu fassen bekam. Das Display zeige Simonas Namen.

«Wo bist du?», fragte Simona.

«Im Bett.» Samanthas Stimme versagte, und das Wort endete in einem Krächzen.

«Wie bitte?»

«Im Bett», wiederholte Samantha. Sie war nur imstande zu flüstern.

«Wir wollten zusammen zu Mittag essen.»

Erschrocken sah Samantha auf den Wecker. Halb eins. Um diese Zeit war sie mit Simona im Stedtli verabredet. Simona hatte am Vormittag eine Kontrolluntersuchung beim Frauenarzt gehabt, und Nico war bis zum frühen Nachmittag mit Maiks Eltern unterwegs. Simona hatte Samantha gefragt, ob sie sich am Mittag verabreden wollten.

«Krank», quetschte Samantha hervor, war sich aber nicht sicher, ob Simona sie verstanden hatte.

Samantha liess sich auf das Kissen zurücksinken, nachdem Simona aufgelegt hatte.

Sie schwitzte. Ihr Pyjama klebte am Körper. Obwohl sie sich diesen Zustand in der Nacht gewünscht hatte, verwünschte sie ihn nun. Sie legte ihren Arm über die Stirn, die feucht war.

Nachdem Samantha in der Nacht heiss geduscht hatte, war sie immer noch frierend ins Bett gekrochen. Einschlafen hatte sie nicht können. Die ganze Zeit hatte sie gelauscht, ob wieder ein Auto vor dem Haus vorfuhr oder ob jemand sogar versuchte, ins Haus zu gelangen.

Um halb sieben hatte der Wecker geklingelt und sie daran erinnert, dass ein normaler Arbeitstag anstand. Samantha hatte eine E-Mail geschrieben und sich krankgemeldet.

Irgendwann war sie offenbar eingeschlafen.

Es klingelte an der Tür. Samantha hätte es am liebsten ignoriert, aber sie sollte langsam aufstehen. Sie quälte sich aus dem Bett und schleppte sich die Treppe nach unten.

«Himmel, du siehst katastrophal aus», sagte Simona. «Offenbar hat mein Bauchgefühl recht gehabt, dass jemand nach dir schauen sollte, da mein Bruder sich in den USA herumtreibt.»

Sie ging an Samantha vorbei ins Haus und verschwand in der Küche.

Samantha folgte ihr langsamer. Der Fuss schmerzte zwar nach wie vor, aber sie konnte ihn mit jedem Schritt mehr belasten. Als sie die Küche betrat, stellte Simona zwei Pizzaschachteln auf den Tisch. Samantha überlegte, wie Simona es in dieser kurzen Zeit geschafft hatte, Essen zu organisieren und herzufahren.

Simona legte ihre Hand auf Samanthas Stirn. «Hast du Fieber?»

Samantha sagte nichts.

«Hast du gemessen?»

«Lieber nicht», krächzte Samantha.

«Wo hast du bei diesem Wetter diese Erkältung aufgelesen? Das ist eine ziemliche Leistung.»

Samantha wich Simonas Blick aus.

Simona füllte Wasser in die Gläser und wies auf einen Stuhl. Sie klappte die Schachteln auf. Bei dem Anblick der Pizza Frutti di Mare verspürte Samantha zu ihrem Erstaunen Hunger.

«Nun erzähl, was hast du gemacht?» Simona nahm eine der vorgeschnittenen Pizzaecken.

«Besser nicht.»

Simonas Hand verharrte auf halbem Weg zum Mund. «Zum zweiten Mal lässt mich mein Bauchgefühl nicht im Stich. Hat es mit Jan Nussbaums Verschwinden zu tun?»

Konnte sie hellsehen?

«Treffer, würde ich sagen. Du hast auf eigene Faust Ermittlungen angestellt.»

Samantha gab sich geschlagen und berichtete von Bühlers

Besuch und ihrem Versuch, anschliessend selbst zu rekonstruieren, was Nussbaum getan hatte, nachdem er an dem Abend gegangen war.

«Wunderbar», war Simonas Kommentar, als sie geendet hatte. Die Ironie war nicht zu überhören. «Diese Aktion gehört nicht zu deinen Glanzleistungen.»

«Ich weiss. Besser, niemand erfährt davon.»

«Du hast Glück, dass sie nicht die Polizei geholt haben und du keine Anzeige am Hals hast.»

«Sie haben mich nicht erkannt.»

Simona musterte Samantha, was alles und nichts bedeuten konnte.

«Etwas ist mit diesen Leuten seltsam. Der Mann hat den ganzen Abend Wache gehalten, ob ich zurückkehre.»

«Stimmt, das klingt seltsam. Ich würde dem nichts beimessen. Aus Berufserfahrung weiss ich, wie viele komische Käuze es gibt.»

«Ich habe die Softshelljacke von Herrn Nussbaum im Kehrichtsack entdeckt.»

«Seine Jacke oder eine, die wie seine aussieht?»

Guter Punkt.

«Sammy, du verrennst dich. Hör auf, dich auf fremden Grundstücken herumzutreiben und in fremdem Abfall zu schnüffeln. Überlass das lieber Herrn Bühler und seinem Team. Wenn es dir keine Ruhe lässt, rede mit ihm.»

«Er ist nicht gerade mein grösster Fan.»

Simonas Handy klingelte. «Auweia, ich sollte Nico holen», sagte sie und nahm das Gespräch entgegen. «Ich bin unterwegs.» Sie stand auf. Bevor sie das Haus verliess, zeigte sie mit dem Finger auf sich und anschliessend auf Samantha und formte mit dem kleinen Finger und dem Daumen einen Telefonhörer, den sie an ihr Ohr hielt. «Ich rufe dich später an», flüsterte sie. Laut sagte sie: «Ich bin in zehn Minuten bei euch», bevor die Tür hinter ihr ins Schloss fiel.

Samantha blieb mehrere Minuten sitzen, bevor sie die restliche Pizza in den Kühlschrank stellte.

Simona hatte recht, musste sie widerwillig einräumen, was sowohl die Tatsache betraf, dass die Jacke nur das gleiche Modell wie die von Nussbaum war, sowie es der Polizei zu überlassen, Nussbaum zu finden.

Die Pizza hatte gutgetan und ihre Lebensgeister wiederhergestellt. Der Kopf war noch erkältungsschwer, und die Nase kündigte einen Schnupfen an, aber ihr Kopf schien halbwegs einsatzfähig.

Als Samantha sich mit einem Cappuccino auf den Weg zur Terrasse machte, klingelte ihr Handy.

«Wie geht es dir?», fragte Franz.

«Besser», erwiderte Samantha. «Ein wenig angeschlagen.»

«Das hört man. Du klingst heiser.»

Samantha versprach, morgen zu kommen, und sie wechselten einige belanglose Worte, bevor Franz sich verabschiedete und gute Besserung wünschte.

Samantha setzte sich auf den Liegestuhl und stellte die Tasse neben sich auf den Boden. Sie lehnte sich nach hinten und schloss die Augen. Langsam dämmerte sie weg und gelangte in einen Zustand zwischen Schlafen und Wachsein. Die Gedanken in ihrem Kopf verselbstständigten sich. Sie sah eine blaue Jacke vor sich. Auf dem Ärmel erkannte sie einen roten Farbfleck. Sofort fuhr sie hoch. Dieser Farbfleck. Den verdankte Nussbaum seiner Tochter. Sie wusste nicht, wann, aber Nussbaum hatte ihr davon erzählt, als sie ihn auf den Flecken hingewiesen hatte.

«Wir haben zusammen die Fensterläden gestrichen», hatte er gesagt.

Deutlich hatte der Fleck sich auf dem Ärmel der Jacke im Kehrichtsack abgehoben.

Sollte sie Bühler Bescheid geben? Wenn die Erinnerung ihr einen Streich spielte, war es nicht förderlich für die Meinung, die Bühler von ihr hatte. Samantha brauchte Gewissheit. Und Fakten.

Obwohl sie wusste, es besser nicht zu tun, erhob sie sich aus dem Liegestuhl.

Samantha verliess das Haus und bemerkte die Werbebroschüren, die halb aus ihrem Briefkasten hingen. Wieder ein Austräger, der das «Bitte keine Werbung»-Schild missachtet hatte. Samantha zog die Prospekte heraus und wollte sie in der Garage in die Kiste für Altpapier werfen, als sie innehielt. Das war die Ausrede für ihr Erscheinen auf dem Hof. Dieses Mal würde sie ihre Haare nicht verstecken und eine andere Schirmmütze aufsetzen.

Samantha hatte beschlossen, wie gestern nicht mit dem Wagen auf den Hof zu fahren. Im Zweifelsfall war es besser, wenn sie nicht wussten, mit welchem Auto sie unterwegs war. Ihn am selben Ort wie gestern zu parken, wollte sie ebenfalls nicht. Ein Smart war zwar klein, sprang aber genau deswegen ins Auge, wie sie wiederholt die Erfahrung gemacht hatte. Falls die Bewohner des Bauernhauses ihn gestern gesehen hatten und heute an der gleichen Stelle entdeckten, würden sie eventuell misstrauisch werden.

Sie parkte am Rand eines Feldwegs und lief los. Der linke Fuss schmerzte zwar weiterhin, aber sie konnte wenigstens richtig auftreten und humpelte nur leicht.

Eine Viertelstunde später erreichte sie die Abzweigung, die zum Hof führte. Neue dunkle Wolken ballten sich am Himmel. Das Standardprogramm dieses Sommers.

Samantha nahm ihren Rucksack und bog in den Weg zum Hof. Mit jedem Schritt verschwand ein Stück ihrer Entschlossenheit. Sie zwang sich weiterzugehen und erreichte das Haus. Alles machte einen verlassenen Eindruck. Sie spürte nicht die Anwesenheit einer anderen Person in ihrer Nähe. Galt das auch für den Hund?

Sie holte die Prospekte aus ihrem Rucksack und sah sich um, während sie die Hefte nacheinander in den Briefkasten legte. Kein Hundegebell.

Sie wusste nicht, was sie tun sollte. Das Tor des Schopfs, neben dem sie die Kehrichtsäcke gesehen hatte, stand wie gestern offen. Entschlossen setzte Samantha sich in Bewegung.

Alles sah aus wie gestern. Mit einer Ausnahme. Die Kehrichtsäcke waren weg.

«Mist», entfuhr es Samantha.

Heute war nicht Abfuhrtag. Das musste nichts heissen. Was für Liestal galt, musste nicht automatisch hier gelten. Sie kehrte zum Briefkasten zurück. Das Klingeln ihres Handys zerriss die Stille.

Bühler. Als habe er den sechsten Sinn, dass Samantha sich nicht an seine Anordnungen hielt.

Besser nicht, dachte sie und drückte das Gespräch weg. Sie schob das Handy in die Gesässtasche, als ein Donnerschlag wie ein Kanonenschuss über den Hof hallte. Augenblicklich setzte Regen ein. Eilig humpelte Samantha auf die andere Seite des Hofes unter das Vordach des Schuppens.

Bis sie bei ihrem Wagen ankommen würde, wäre sie bis auf die Haut durchnässt. Ihr blieb aber nichts anderes übrig.

Bevor sie ihr Vorhaben in die Tat umsetzen konnte, sah sie Scheinwerfer, die sich auf dem Weg dem Hof näherten. Das Motorengeräusch drang durch das Rauschen des Regens. Panisch schaute Samantha sich um. Die Zeit reichte nicht, um auf die andere Seite des Schuppens zu laufen.

Die Seitentür war geschlossen, aber das Vorhängeschloss, welches sie fixierte, war nicht zugedrückt. Samantha huschte in den Schuppen und zog die Tür hinter sich zu. Im Schuppen war es dunkler als draussen, und Samantha konnte nichts erkennen bis auf den Schemen eines Wagens. Sie stellte sich seitlich neben die Tür und spähte durch das kleine Fenster in der Tür nach draussen. Der Wagen fuhr zum Schopf. Einige Sekunden später erschienen zwei Personen, die zum Haus rannten – der Mann und die Frau von gestern.

Samantha war sich unschlüssig, was sie tun sollte. Der Regen hatte nach zwanzig Minuten nachgelassen, es nieselte nur noch. Allerdings war das nicht ihr grösstes Problem. Um zur Strasse zu kommen, musste sie den Hof überqueren. Sie befürchtete, gesehen zu werden, wenn sie am Wohnhaus vorbeilief. In regelmässigem Abstand tauchte im Fenster des Bauernhauses eine Person auf und schaute nach draussen. Ob es der Mann oder die Frau war, konnte sie auf die Distanz nicht erkennen. Sie sah nur den Umriss des Gesichtes, das sich hell gegen den dunklen Hintergrund des Zimmers, in dem sie stand, abhob. Schliesslich setzte die Person sich an das Fenster. Als warte sie auf jemanden. Oder schlimmer: Als ahne sie Samanthas Anwesenheit auf ihrem Grundstück. Samantha musste eine andere Lösung finden.

Sie drehte sich um. Ihre Augen hatten sich an die Dunkelheit im Schuppen gewöhnt, und sie konnte den Raum nun deutlich erkennen. Sie brauchte einige Sekunden, bis sie begriff, was sie sah. Nur zwei oder drei Meter von ihr entfernt stand ein heller SUV. Er musste älteren Baudatums sein. Wie fahrtauglich er war, konnte Samantha nicht beurteilen. Konnte das der Wagen sein, den sie in der letzten Zeit wiederholt gesehen hatte und der Franz geschnitten hatte? Mit dem Auto ihrer neuen Nachbarn von gegenüber hatte er jedenfalls keine Ähnlichkeit.

Zögernd trat sie zum Wagen. Mit dem Finger fuhr sie über die weisse Lackfläche an der Fahrertür. Sie spähte ins Innere. In der Konsole zwischen den Vordersitzen standen zwei Pappbecher. Einer von ihnen war halb mit einer dunklen Flüssigkeit gefüllt. Die Rückbank war leer. Sie trat zum hinteren Fenster und spähte auf die Kofferraumfläche. Zwei Kanister. Samantha prallte zurück.

«Das muss nichts heissen», murmelte sie und erschrak über den Klang ihrer Stimme. Sie quetschte sich zwischen den Wagen und das Gestell und spähte nochmals ins Innere. Neben den Kanistern entdeckte sie eine schwarze Tasche.

Sie betrachtete den Wagen. Kein Nummernschild.

Die Motorhaube deutete zu dem grossen zweiflügeligen Tor.

Samantha rüttelte leicht am Tor. Es bewegte sich einige Zentimeter, liess sich aber nicht öffnen. Draussen musste der Riegel vorgeschoben sein.

Samantha blickte sich weiter um. Kisten und Plastikfässer

standen an der Wand gegenüber dem Tor. An der Wand waren Tablare angebracht, auf denen sich ein Durcheinander von Werkzeugen, Farbdosen und anderem Gerümpel befand.

Auf einem lagen von Farbdosen halb verdeckt Nummernschilder.

«Aargauer Kennzeichen?», flüsterte Samantha. Im Baselbiet?

Die Erinnerung schlug unverhofft zu. Hatte der Wagen, den sie einmal aus ihrer Strasse hatte kommen sehen, nicht eine Aargauer Nummer gehabt? Waren diese Schilder alle gestohlen? Wie war es bei dem Fahrzeug, das Franz geschnitten hatte? Keiner hatte ihr gesagt, welches Kennzeichen der Wagen gehabt hatte, fiel ihr ein. Es war nur die Rede davon gewesen, dass es gestohlen oder anders formuliert nur «ausgeliehen» gewesen war.

Sie fand es verdächtig, Aargauer Nummernschilder in einem Schuppen im Baselbiet bei einem Auto ohne Nummernschilder zu finden, das zwei Kanister im Kofferraum hatte.

Dies definierte sie als ausreichende Beweise, um Bühler zu überzeugen, dass hier etwas nicht stimmte. Auch wenn Nussbaums Jacke nicht mehr da war.

Zuerst musste sie ungesehen von hier verschwinden. Durch die Seitentür ging nicht, da sie sofort vom Bauernhaus gesehen würde. Aufgrund der Erfahrung von vergangener Nacht ging Samantha davon aus, dass die Person dort eine Weile ausharren und den Hof beobachten würde.

Am besten wäre es, durch das Tor zu schlüpfen und sich über die Wiese hinter dem Schuppen zu entfernen. Da das Tor auf die Seite des Schuppens hinausging, würde man sie vom Haus aus hoffentlich nicht sehen.

Sie lehnte sich gegen das Tor, das einige Zentimeter nachgab, und betrachtete das Werkzeug. Sie bezweifelte, dass die Schraubenzieher und Zangen ihr helfen würden, es zu öffnen, ohne dabei grossen Lärm zu veranstalten. Wohl oder übel würde sie warten müssen, bis es eindunkelte, um den Schuppen doch durch die kleine Seitentür zu verlassen.

Samantha verfluchte ihre Impulsivität. Gleichzeitig war sie froh, Bühler nichts von ihrem Verdacht erzählt zu haben.

Wenn sie rückblickend über ihr Erlebnis von gestern nachdachte, hätte sie ähnlich wie die Bewohner reagiert. Allerdings fand sie es übertrieben, gleich den Hund auf sie zu hetzen und vor dem Schuppen Wache zu halten.

Hund. Samanthas Herzschlag beschleunigte sich. Den Gedanken an dieses Riesenvieh hatte sie erfolgreich verdrängt. Ein Wunder, dass er nicht angeschlagen hatte. Sie sollte zusehen wegzukommen. Dieses Mal war kein rettender Baum in der Nähe, und Bekanntschaft wollte sie mit dem Hund sicher nicht machen.

Ruf Bühler an, dachte sie. Er würde nicht begeistert sein, aber sofort kommen.

Samantha wollte das Handy aus der Gesässtasche nehmen, hielt aber in der Bewegung inne, als sie ein Geräusch vernahm. Es hörte sich wie ein Scharren an. Jemand musste im Schuppen sein. Es hatte geklungen, als würde ein Gegenstand über den Betonboden geschoben. Das war von der anderen Seite des Wagens gekommen. Dort hatte sie nicht nachgeschaut.

Weg hier, schrie es in ihr. Doch sie war unfähig, sich zu rühren. Jeden Augenblick rechnete sie mit jemandem, der hinter dem Wagen hervorkam. Nichts geschah.

Nachschauen oder gehen?

Ein neues Geräusch. Dieses Mal klang es wie ein Stöhnen.

Samantha eilte um den Wagen herum und konnte gerade noch einen Aufschrei zurückhalten. Auf dem Boden lag eine zusammengekrümmte Gestalt. Sie hatte ihr den Rücken zugewandt. Dennoch konnte sie eindeutig Jan Nussbaum erkennen.

Sie kniete sich neben ihn und rüttelte an seiner Schulter.

«Herr Nussbaum.»

Vorsichtig drehte sie ihn um.

Nussbaum hatte die Augen geschlossen. Er musste aus der Nase geblutet haben. Ein dünnes, verkrustetes Rinnsal war vom rechten Nasenloch über seine Wange bis zum Ohr gelaufen. Sein Mund war mit einem Paketband zugeklebt. An der Seite des Kopfes hatte er eine Platzwunde, und seine Haare waren blutverkrustet. Das Gesicht war mit Staub bedeckt.

Samantha tastete nach dem Puls. Zu ihrer Erleichterung spürte sie ein kräftiges Pochen.

Die Arme waren auf den Rücken gefesselt und die Fussgelenke ebenfalls mit Kabelbindern zusammengebunden.

«Herr Nussbaum.»

Er schlug die Augen auf, und Samantha wich erschrocken zurück. Er starrte sie an. Zuerst war es Unglaube, der zu Erleichterung wechselte. Samantha zupfte am Ende des Paketbandes, und er gab ein erneutes Stöhnen von sich.

«Entschuldigung. Ich versuche, vorsichtig zu sein.»

Millimeter für Millimeter löste sie das Band, bis sie es endlich entfernt hatte.

«Frau Kälin», krächzte Nussbaum. «Sie sind zwar die Letzte, die ich hier sehen will, dennoch bin ich froh darüber.»

Samantha setzte ein schuldbewusstes Gesicht auf.

«Haben Sie zufällig etwas zu trinken da?»

«Ja.» Samantha war froh, eine kleine Wasserflasche mitgenommen zu haben, bevor sie gegangen war. Sie stellte den Rucksack auf den Boden. Samantha half Nussbaum, sich aufzurichten, und lehnte ihn gegen das Hinterrad. Sie setzte die Flasche an seine Lippen und verschüttete dabei Wasser. Gierig trank er.

«Ich habe einen Müesliriegel dabei.»

«Nein, danke. Versorgt haben sie mich, und etwas zu trinken reicht.»

«Kommen sie regelmässig in den Schuppen?», fragte Samantha.

«Mehr oder weniger. Wir sollten dafür sorgen, hier wegzukommen.» Nussbaum bewegte die Beine, und Samantha stand auf.

«Ich rufe Herrn Bühler an und sehe anschliessend zu, die Kabelbinder durchzuschneiden», sagte sie und griff zur Gesässtasche. «Das Handy ist weg», stiess sie hervor.

«Wann haben Sie es zum letzten Mal gesehen?»

«Als ich in den Schuppen kam», sagte Samantha. War es ihr aus der Tasche gefallen? Sie überlegte, wo im Schuppen sie überall gewesen war. Langsam ging sie zur Seitentür und anschliessend weiter zum Tor. Hier hatte sie telefonieren wollen, aber sie hatte es nicht hervorgeholt, fiel ihr ein, da Nussbaums Stöhnen sie abgelenkt hatte. Es musste aus der Tasche gefallen sein, als sie zum Schuppen gerannt war.

Samantha kehrte zur Tür zurück und spähte durch das kleine Fenster.

Zwei Männer verliessen das Haus und blieben beim Briefkasten stehen. Beide trugen Schirmkappen, und sie konnte die Gesichter nicht erkennen. Bei dem einen musste es sich um den Mann von gestern handeln.

Er ging die Briefe durch und hielt dem anderen die Werbeprospekte hin, die Samantha in den Briefkasten gelegt hatte. Er sagte etwas und deutete mit Nachdruck auf die Broschüren. Samantha konnte die Wörter nicht verstehen, aber die Stimme klang verärgert.

Zusammen wandten sie sich dem Haus zu, als sie innehielten. Sogar im Schuppen konnte Samantha den Klingelton ihres Handys deutlich hören. Die beiden drehten um und kamen auf den Schuppen zu. Einer von ihnen bückte sich, nachdem sie die Hälfte des Weges zurückgelegt hatten. Das Klingeln hörte auf. Er hielt das Handy hoch und wandte sich an den anderen Mann, der den Kopf schüttelte.

Die beiden betrachteten das Handy. Einer blickte zum Schuppen. Der zweite hatte sich umgedreht und schaute in die andere Richtung über den Hof. Die Körperhaltung kam Samantha bekannt vor.

Der Erste starrte weiterhin in ihre Richtung.

Samantha wich zurück. Hatte er sie gesehen? Schritte näherten sich.

«Warum hast du das Vorhängeschloss nicht zugemacht?», hörte sie den einen sagen.

«Ich habe den Schlüssel verloren. Daher habe ich es nur

eingehängt und nicht zugedrückt.» Diese Stimme … «Der da drinnen kommt nicht einfach so raus, wenn es so zu ist.»

«Wenn das Schloss nicht vor, sondern hinter dem Riegel ist, aber schon.»

«Was meinst du? Das ist seltsam.» Die Erkenntnis, um wen es sich handelte, schlug unvermittelt zu. Hektisch sah Samantha sich um. Gleich würden die Männer den Schuppen betreten. Sie brauchte dringend ein Versteck.

«Er ist wie ein Paket verschnürt und kommt keinen Millimeter weit.»

«Ich habe ein seltsames Gefühl. Erst der Vorfall mit dem Typen von gestern Abend. Heute die Werbung. Seitdem wir den Kleber ‹Bitte keine Werbung› angebracht haben, haben wir keine mehr erhalten. Nun dieses Handy, und zusätzlich ist die Tür nicht richtig zu.»

Samantha eilte um den Wagen. Rasch steckte sie die Trinkflasche in den Rucksack.

Metallisches Klappern von der Tür.

«Frau Kälin, unter das Auto», flüsterte Nussbaum.

Samantha starrte zur Tür, die sich langsam öffnete. Licht drang durch den Spalt.

«Samantha! Unter das Auto mit dir.»

In Samantha kam Bewegung. Sie liess sich auf den Boden fallen und kroch unter den Wagen. Nussbaum liess sich auf die Seite kippen. Ein leises Stöhnen drang über seine Lippen, als er auf dem Boden aufschlug.

«Wo ist er?», fragte der eine.

«Hinter dem Wagen», erwiderte der andere. Samantha konnte es nicht fassen. Es war eindeutig er.

Schritte. Beine, die in Jeans steckten, tauchten in Samanthas Blickfeld auf. Sie umrundeten den Wagen. Samantha hob den Kopf, um ihn auf die andere Seite zu drehen. Dabei stiess sie mit dem Kopf gegen den Unterboden des Wagens. Sie biss sich auf die Lippen, um keinen Schmerzenslaut von sich zu geben.

Die beiden Beinpaare waren vor Nussbaum stehen geblieben. Nussbaum lag auf der Seite, sein Gesicht Samantha zugewandt. Er hatte die Augen geöffnet und schaute die Männer an. Hoffentlich fiel ihnen nicht auf, dass er nicht mehr mit dem Paketband geknebelt war.

«Siehst du, er liegt genauso da wie gestern.»

«Was ist hier so nass?», fragte der eine. «Das Dach habe ich gerade erst repariert.»

«Keine Ahnung.» Der andere ging in die Knie. Kurz tauchte sein Kopf in Samanthas Gesichtsfeld auf, als er am Boden schnupperte. Es war Bruno. Eindeutig.

Entrüstung verdrängte für einen Moment die Angst. Am liebsten hätte sie ihrer Wut Luft gemacht. Sie presste den Mund zusammen. Nicht auszudenken, was geschehen würde, wenn er sie bemerkte. Er musste nur seinen Kopf drehen, um Samantha zu entdecken. Die Angst war zurück. Sie war überzeugt, er müsste das Pochen ihres Herzens hören.

Er richtete sich auf. Knapp konnte Samantha verhindern, erleichtert die Luft auszustossen, die sie angehalten hatte.

«Eindeutig Wasser», sagte Bruno.

«Wo kommt es her? Das Dach scheint dicht zu sein.»

«Von unseren Schuhen. Immerhin regnet es.»

Der andere ging in die Richtung des Gestells, Samantha hörte, wie er etwas hochhob und zurückstellte.

«Irgendwas ist hier seltsam.»

«Ich weiss nicht, was», sagte Bruno. «Es ist alles so, wie ich es heute Morgen zurückgelassen habe, als ich kurz vorbeigekommen bin und euch frische Gipfeli gebracht habe.»

«Ich wiederhole es gerne. Der Typ, der in den Kehrichtsäcken geschnüffelt hat. Die Werbung. Das Handy und die Tür.»

«Du hast dir gestern die halbe Nacht um die Ohren geschlagen, und er ist nicht mehr zurückgekommen. Das war ein Obdachloser.»

Das war die Erklärung, weshalb er sich unter das Vordach des Schuppens gesetzt hatte. Er hatte verhindern wollen, dass der Obdachlose, der mutmasslich durch die Gegend streifte, auf der Suche nach einem Unterschlupf den Schuppen betrat und Nussbaum fand.

«Der abgebrochene Ast.»

«Bei den heftigen Gewittern in der letzten Zeit sind öfter Äste abgebrochen oder ganze Bäume umgekippt», sagte Bruno.

«Es hat hier gestern nicht gestürmt.»

«Der Baum ist morsch», erwiderte Bruno. «Da reichen kräftige Windböen. Hör auf, neurotisch zu sein.»

«Die Tür war angelehnt, wie wenn jemand in den Schuppen gegangen wäre.»

«Wo soll der sich bitte verstecken?»

Der andere kehrte zum Wagen zurück. Er öffnete eine Wagentür. Im Anschluss umrundete er den Wagen. Ein neues Klicken. Er musste am Heck des Wagens sein und in den Kofferraum schauen.

«Wie du siehst, ist nichts und niemand im Auto.»

Gleich würde er sich bücken und unter das Auto schauen.

«Sei nicht hysterisch. Wer soll hier sein und vor allem, wo? Ich war heute Morgen mit meinen Gedanken nicht bei der Sache, okay?»

Der andere brummte etwas, das Samantha nicht verstand.

«Das Handy hat der Austräger der Werbung verloren. Geschieht ihm recht. Wenn er es vermisst, kommt er es holen, und du hast Gelegenheit, ihm ordentlich die Meinung zu sagen, was du davon hältst, weil er den Aufkleber ignoriert. Komm, ich habe Hunger.»

Die Füsse umrundeten den Wagen, und Samantha wendete erneut den Kopf. Dieses Mal vorsichtiger. Die Tür stand einen Spaltbreit offen. Die beiden blieben vor dem Spalt stehen und verdeckten die Sicht auf den Hof.

Zum Glück hatten sie den Hund nicht mitgebracht.

«Ich kann mir nicht helfen, es stimmt etwas nicht. Heute Morgen hat Leila angeschlagen.»

«Das war nur ein Eichhörnchen. Du weisst, wie sie ist.»

«Bei einem Eichhörnchen ist sie aber nicht so.»

«Oder ein Wildschwein.»

«Wie sie davongerannt ist.»

«Und diese Katastrophe verursacht hat.»

«Ich stimme dir zu. Dieser Köter ist selbst schuld. Ich muss zugeben, nicht böse darüber zu sein.»

«Wo liegt also das Problem? Entspann dich.»

Die Männer verliessen den Schuppen. Geklapper von Metall gegen Metall. Die Stimmen entfernten sich.

«Samantha?»

Erschrocken hob Samantha den Kopf und stiess prompt gegen den Unterboden. Dieses Mal konnte sie den Schmerzenslaut nicht zurückhalten.

«Glück gehabt», sagte Nussbaum.

Samantha robbte unter dem Auto hervor und stand auf. Sie klopfte den Staub von der Hose und dem Shirt. Unerwartet wurde es heller. Sie brauchte einige Sekunden, bis sie begriff, dass draussen die Sonne hervorgekommen war und durch das Fenster der Seitentür schien. Samantha half Nussbaum, sich aufzurichten.

«Und jetzt?», fragte Samantha, während sie die Kabelbinder um Nussbaums Hand- und Fussgelenken untersuchte.

«Raus hier, und zwar schnell.»

Samantha suchte das Gestell ab und fand eine verrostete Gartenschere, mit der sie hoffte, Nussbaums Fesseln durchtrennen zu können. Zu ihrer Erleichterung funktionierte es. Nussbaum rieb sich die Handgelenke. Er rappelte sich auf, sackte aber sogleich zurück auf den Boden. Sein Gesicht war blass wie Kreide. Die Farbe wechselte zu einem ungesunden graugrünlichen Ton.

«Alles in Ordnung?», fragte Samantha erschrocken.

«Mir ist schwindlig. Das ist nur der Kreislauf. Es wird gleich wieder.»

Samantha ging zur Tür und wollte sie aufstossen, aber sie bewegte sich nur wenige Millimeter. Sie rüttelte daran. Auf der anderen Seite hörte sie das Klappern des Türschlosses.

«Er hat zugesperrt», rief sie.

Samantha setzte sich neben Nussbaum auf den Boden und lehnte sich gegen das Vorderrad des Wagens. Sie starrte zum grossen Flügeltor.

«Wir sind eingesperrt», sagte Nussbaum. «Überlegen wir, wie wir am besten vorgehen. An erster Stelle steht, einen kühlen Kopf zu bewahren.»

Du hast gut reden, dachte Samantha, sagte aber nichts.

«Einen Vorteil haben wir», fuhr Nussbaum fort. «Sie wissen nichts von deiner Anwesenheit und dass du mich inzwischen von den Fesseln befreit hast.»

Es irritierte Samantha, da er weiterhin beim Du blieb, doch sie beliess es dabei.

«Ich weiss nicht, ob es schlau ist, einen Überraschungsangriff zu starten, wenn einer von ihnen hereinkommt», sagte er. «Das kann schnell nach hinten losgehen.»

Samantha wartete, dass er fortfuhr und einen Plan lieferte. Nussbaum sprach nicht weiter. Samanthas Mut sank. Er wusste offenbar keinen Ausweg.

Sie stand auf und ging abermals zur Tür. Sie schaute durch das kleine Fenster. Es sah nicht stabil aus. Abgesehen davon, dass der Lärm des zerberstenden Glases die Entführer alarmieren würde, würde sie wahrscheinlich nicht durchpassen. Samantha wandte sich dem Tor zu und rüttelte daran. Ohne Erfolg. Der Riegel musste stabil sein. Wenn sie wenigstens eine Brechstange hätten. Aber diese würde ebenfalls Lärm verursachen. Sie drehte eine Runde durch den Schuppen und klopfte die Holzwand ab, fand aber kein loses Brett. Alles schien stabiler zu sein, als es aussah.

Samantha kehrte zu Nussbaum zurück. Er war nach wie vor blass. Sie vermutete nicht niedrigen Blutdruck als Grund, sondern die Platzwunde, die sie an Nussbaums Hinterkopf gesehen hatte. Diese sah um einiges schlimmer als die auf der Seite aus. Verstohlen musterte sie seine Augen, die auf einen Punkt an der gegenüberliegenden Wand gerichtet waren. Die Verletzungen mussten mehr als Platzwunden sein. Eine Gehirnerschütterung konnte man anhand der Pupillen erkennen.

Samantha hatte keine Ahnung, worauf sie achten musste. Um das rechte Auge meinte sie einen dunkelblauen Schimmer zu erkennen. Ausserdem schien er Kopfschmerzen zu haben, da er sich wiederholt an den Kopf fasste.

«Was ist passiert, und warum bist du hier?», fragte sie, als sie die Stille nicht mehr aushielt.

«Nachdem ich von dir aufgebrochen bin, erhielt ich einen Anruf, in dem mich Emanuel Eichenberger bat, zum Kantonsmittelpunkt zu kommen. Er schaffe es nicht rechtzeitig zurück zum Bauernhof, da seine Hündin auf einem Spaziergang fortgelaufen sei und er sie suchen müsse.»

«Damit meinte er diesen Bauernhof hier?»

«Ja. Er wohnt hier mit seiner Frau Patrizia. Herr Eichenberger war einer der Zeugen, die Angaben zu den Phantombildern gemacht haben.» Nussbaum lachte auf, aber es klang nicht fröhlich.

«Wie passend», sagte Samantha. Emanuel … Patrizia … Bruno … Die Erinnerung kehrte zurück. Sie hatte ihn und seine Frau zusammen mit Bruno im Stedtli angetroffen, als Christian und Jasmin auf der Suche nach den Geschenken gewesen waren.

«Nicht wahr? Eine bessere Methode, um von sich abzulenken, gibt es nicht. Es klang alles schlüssig, was er erzählte. Damit meine ich seine Erklärung, warum er an diesem Morgen im Schildareal gewesen sei und wie er die verdächtigen Personen gesehen habe.» Bei «verdächtig» malte er mit den Zeigefingern Anführungszeichen in die Luft. «Ich dachte mir nichts dabei, da er sich bereits mehrmals über den unfolgsamen Hund beschwert hatte.»

«Warum war er ausgerechnet beim Kantonsmittelpunkt?»

«Ich denke, er wollte nicht, dass ich auf den Hof fuhr und dabei gesehen wurde. Er erklärte mir, er habe seinen Bienenwagen am Waldrand deponiert. Als ich ankam, war keiner da. Auch dabei habe ich mir nichts gedacht. Inzwischen weiss ich, dass der Bienenwagen nicht ihm gehört. Als mir die Situation seltsam zu erscheinen begann, war es zu spät.» Er tippte mit den Fingerspitzen gegen seinen Kopf.

Es brauchte eine grosse Portion Kaltblütigkeit, einen Polizeibeamten niederzuschlagen und zu entführen, dachte Samantha. Es erstaunte sie, dass Nussbaum noch lebte. Was erhofften sie sich? Brauchbare Informationen über die Ermittlungen, damit sie ihre nächsten Schritte planen konnten?

Vermutlich waren seine Tage gezählt, genauso wie ihre, wenn sie hier nicht herauskamen. Früher oder später würde sie entdeckt werden. Eine neue Panikattacke liess ihr den Atem stocken.

Nussbaum berührte ihren Arm. «Ganz ruhig. Das kommt gut.»

«Wieso haben sie dich entführt?»

«Ich muss sie aufgeschreckt haben. Zum Glück sind sie sich nicht einig, was sie mit mir machen wollen, da ich sonst bestimmt längst tot wäre.» Die ruhige Art, mit der er das sagte, jagte Samantha einen kalten Schauer über den Rücken.

«Womit hast du sie aufgeschreckt?»

«Das weiss ich nicht. Ich vermute, sie hatten Angst, ich sei zu dicht an der Lösung des Falls, und sind in Panik geraten. Dabei habe ich keine Ahnung, worum es geht. Okay, inzwischen stimmt das nicht mehr.» Nussbaum verlagerte sein Gewicht. «Ich habe gehört, wie sie diskutiert haben, was bei ihrer Aktion falsch lief. Die ganzen Zusammenhänge sehe ich nicht, aber es muss mit einem Fest zur Gründung von Amry Cosmetics vor fünf Jahren zusammenhängen.»

«Mit Amry Cosmetics?», rief Samantha erstaunt.

«Emanuel und Sebastian Eichenberger kennen Franz Ammann und seine Schwester gut. Soweit ich verstanden habe, sind sie im gleichen Quartier aufgewachsen.»

«Wer ist Sebastian?»

«Emanuels Zwillingsbruder.»

Sebastian … Diesen Namen hatte Franz erwähnt. Samantha grub in ihrem Gedächtnis. Himmel, dachte sie. Das ist doch der Mann, der sich mit Franz in Meran treffen wollte und dort ermordet wurde.

«Die beiden haben oder besser hatten eine jüngere Schwester», fuhr Nussbaum fort. «Katharina ist bei dem Fest umgekommen. Ursache war ein Feuer. Wie es dazu kam, weiss ich nicht.»

«Du meinst, es ist ein Rachefeldzug gegen Franz und Annemarie.»

«Soweit ich verstanden habe, ja. Franz muss in ihren Augen Schuld am Tod ihrer Schwester haben. Bevor wir dies aber herausfinden, sollten wir zusehen, hier fortzukommen.» Nussbaum rappelte sich auf. Die Farbe wich erneut aus seinem Gesicht, und er stützte sich am Wagen ab. Samantha sprang auf.

«Bleib besser sitzen.»

«Ich sollte aufstehen können.»

«Wenn ich einen Ausgang gefunden habe, ist es früh genug.»

Nussbaum sank zurück auf den Boden. Seine Augen flackerten. Er musste starke Kopfschmerzen haben, und Samantha fragte sich, wie er es bis zu ihrem Smart schaffen sollte.

Sie rüttelte abermals an der grossen Flügeltür. Sie drückte fester und warf schliesslich ihren Oberkörper dagegen und verursachte einen Knall.

«Du darfst keinen Krach machen», sagte Nussbaum.

Samantha ging zur Seitentür und stiess vorsichtig dagegen. Das Klappern des Vorhängeschlosses war zu hören. Keine Chance. Die einzige Chance, die ihnen blieb, war das Fenster. Es war klein, und Samantha bezweifelte weiterhin, dort durchzupassen. Es war allerdings ihr einziger Ausweg. Vielleicht gelang es ihr, durch das Fenster zu greifen und das Vorhängeschloss zu entfernen. Sie brauchte eine Idee, wie sie das Glas möglichst lautlos zerschlagen konnte. Ein Gewitter wäre nicht schlecht.

Es gab eine andere Möglichkeit für Hilfe, nämlich wenn jemand misstrauisch wurde, da sie nicht erreichbar war.

Joel? Würde er etwas unternehmen, wenn sie das Handy nicht abnahm? Heute vermutlich nicht. Morgen war es eventuell zu spät. Simona? Falls sie ihr Versprechen wahr machte und anrief, um sich zu erkundigen, wie es Samantha ging.

Was würde das bringen? Falls Simona anrief, würden Emanuel Eichenberger und seine Frau das Gespräch entgegennehmen. Das Gleiche galt für Joel. Oder hatten sie das Handy entsorgt?

Eine Bewegung beim Bauernhaus zog Samanthas Aufmerksamkeit auf sich. Sie wich ein Stück nach hinten, als sie die Frau zum Wagen eilen sah. Deutlich konnte sie das Gesicht erkennen. Es war Patrizia. Bevor sie ins Auto sprang, schaute sie zum Haus zurück, gestikulierte und rief etwas, das Samantha nicht verstand.

Emanuel und Bruno tauchten auf. Bruno ging zu einem Töff, den Samantha bisher nicht bemerkt hatte. Dieser Töff ... Das war der Töff, der sie verfolgt hatte, als sie Donnerstag vor einer Woche zur Arbeit fuhr.

Bruno fuhr mit einer Hand winkend davon. Emanuel eilte zu seiner Frau. Beide stiegen ein. Geräusche eines Motors, der sich weigerte zu starten.

«Was ist los?», fragte Nussbaum, und Samantha kommentierte das, was sie sah.

Emanuel stieg aus und öffnete die Motorhaube. Sekunden verstrichen. Er bückte sich und hob seine Hand. Samantha konnte aus der Entfernung die ölverschmierten Finger sehen. Er wischte die Hand an der Jeans ab und sagte etwas, das er mit einer «Daumen nach unten»-Geste unterstrich.

Patrizia sprang aus dem Wagen und gestikulierte abermals mit den Händen. Er deutete zum Schuppen. Sie schüttelte den Kopf. Sogar aus dieser Entfernung konnte Samantha seinen genervten Gesichtsausdruck erkennen.

Mit in die Seite gestützten Händen marschierte Patrizia auf den Schuppen zu. Emanuel liess die Motorhaube zufallen. Er nahm die Autokennzeichen ab, klemmte sie unter den Arm und folgte seiner Frau.

«Sie kommen her», stiess Samantha hervor.

«Unter den Wagen mit dir.»

Samantha wusste nicht, was das bringen sollte, befolgte aber Nussbaums Anweisung. Er platzierte die Hände auf den

Rücken und legte sich so hin, dass man nicht sah, dass er nicht mehr gefesselt war. Hatte er einen Plan?

Das Tor schwang auf, und sie erkannte zwei Beinpaare, die sich näherten.

«Scheisskarre», rief Patrizia. «Immer wenn man sie braucht.»

«Ich weiss nicht, warum du dieses Tamtam veranstaltest, Patty. Sie stirbt eh.»

«Ich will aber dabei sein.»

«Und die Pfote halten?» Er lachte.

«Es ist klar, dass du das nicht verstehst.»

«Dieser Mistköter ist selbst schuld. Sie ist nicht das erste Mal abgehauen. Dieses Mal ist sie eben unter ein Auto geraten und hat den Unfall verursacht. Zum Glück ist die Fahrerin nur leicht verletzt. Wäre Leila folgsamer gewesen, wäre das nicht passiert.»

«Sie ist mein Hund. Komm endlich.»

«Um ehrlich zu sein, hoffentlich schafft sie es nicht.»

«Emanuel!»

«Ich habe dieses Vieh nie gemocht.»

Ein Knall. Samantha fuhr zusammen. Jemand lief um das Auto herum. Ein weiterer Knall.

«Was machst du so lange?»

«Die Kennzeichen montieren.»

Die Beifahrertür wurde geöffnet, und sie stieg ein. «Hoffentlich springt wenigstens diese Karre an.»

«Versprechen kann ich es nicht. Was machen wir mit dem? Sollen wir ihn mitnehmen?»

«Wieso?», fragte Patrizia.

«Mit jedem Tag, den wir ihn hier haben, steigt das Risiko, dass ihn jemand entdeckt. Gestern war es schon knapp genug mit dem Obdachlosen. Es ist längst Zeit, ihn loszuwerden. Er ist nicht von Nutzen, obwohl du Gegenteiliges behauptest.»

«Später. Auf die Stunde kommt es nicht an. Er rennt nicht weg. Fahr endlich.»

Die Autotüren schlugen zu. Das Geräusch von Startversuchen, bis der Motor nach dem dritten Mal ansprang. Samanthas erster Impuls war, unter dem Auto hervorzukriechen. Aus den Augenwinkeln sah sie, wie Nussbaum kaum merklich den Kopf schüttelte. Langsam setzte sich der Wagen in Bewegung. Das Hinterrad näherte sich ihrem Kopf. Der Wagen hielt darauf wieder an. Das Rad nur wenige Zentimeter von Samanthas Gesicht entfernt. Ihre Panik wurde grösser.

«Liegen bleiben», hörte sie Nussbaums Stimme. «Das passt.»

Samantha presste ihren Körper flach auf den Boden und versuchte sich dabei so schmal zu machen, wie es ging.

Der SUV fuhr erneut an. Das Hinterrad verdeckte die Sicht auf Nussbaum, als der Wagen abermals anhielt. Das Geknatter war ohrenbetäubend. Warme Luft blies Samantha ins Gesicht, und Abgase hüllten sie ein. Der Auspufftopf war fast über ihrem Kopf. Er musste ein Loch haben. Sie zwang sich, oberflächlich zu atmen.

Sie bemerkte, wie sich Beine in ihr Blickfeld schoben.

«Einer muss das Tor zumachen», sagte Patrizia. Das Zuschlagen einer Autotür. Die Füsse entfernten sich. Der Fahrer gab Gas. Abgase bliesen in Samanthas Gesicht. Mit Mühe konnte sie den Husten- und Würgereiz unterdrücken. Der Wagen fuhr durch das geöffnete Doppeltor nach draussen. Am Rand stand Patrizia. Sie war auf das Auto konzentriert, sollte sie aber in den Schuppen schauen, würde sie sofort Samantha bemerken. Sie lag wie auf dem Präsentierteller mitten im Raum. Nichts gab ihr mehr Deckung. Das Gleiche galt für Emanuel. Wenn er in den Rückspiegel schaute, war alles aus.

Fast hätte Samantha nicht gehört, wie Nussbaum «Zur Seite!» zischte.

Samantha rollte nach rechts, sprang auf und presste sich an die Wand neben dem Doppeltor. Ihre Beine zitterten, und Schweiss rann ihre Schläfen hinunter. Diese Aktion konnte nicht unbemerkt geblieben sein. Gleich würde Patrizia zurückgerannt kommen.

Die Flügel des Tores schlossen sich schwungvoll. Das Zuschlagen einer Autotür. Das Geräusch des sich entfernenden Wagens.

Samantha konnte nicht glauben, dass keiner sie gesehen hatte. Sie wagte weiterhin nicht, sich zu bewegen. Das T-Shirt klebte an ihrem Rücken, und der Puls pochte an ihrer Schläfe.

«Das war knapp.»

Samantha fuhr zusammen. Neben ihr stand Nussbaum und lehnte sich gegen die Wand. Sein Gesicht hatte wieder diese graue Farbe angenommen, wie jedes Mal, wenn er sich aufrichtete. Sein Mund deutete ein Lächeln an.

Mit dem Rücken an der Wand rutschte Samantha auf den Boden. Nussbaum setzte sich neben sie. «Gute Reaktion», sagte er und tätschelte ihren Arm.

«Na ja», brachte sie hervor, nachdem das Dröhnen in ihren Ohren abgeebbt war. «Die beiden waren mit sich selbst beschäftigt und haben nicht damit gerechnet, dass du nicht mehr gefesselt bist und ich hier drin bin.» Sie wischte den Schweiss von der Stirn. «Und jetzt?»

«Wir warten kurz und gehen dann.»

Ungläubig schaute Samantha Nussbaum an. «Gehen? Einfach so?»

«Wenn ich richtig gehört habe, hat sie den Riegel nicht von aussen vor das Tor geschoben. Wie bist du hergekommen?»

«Mit meinem Auto.»

«Bist du damit auf den Hof gefahren?»

«Nein. Es steht in einem Feldweg in der Nähe an der Hauptstrasse, fünf bis zehn Minuten von hier entfernt.»

Nussbaum rappelte sich auf und wankte zum Tor. Er stiess dagegen, und es öffnete sich tatsächlich. «Komm», sagte er.

Samantha bezweifelte, dass er die Strecke zum Smart schaffen würde, aber es blieb ihnen nichts anderes übrig. Eine bessere Gelegenheit zu verschwinden gab es nicht.

Samantha spähte um die Ecke des Schuppens zum Haus. Der Hof war leer, und das Haus sah verlassen aus. Das musste nichts heissen, wie sie aus Erfahrung wusste. Es konnte eine weitere Person im Haus leben. Sie überlegte, ob Bruno erzählt hatte, wo er wohnte. Ob er eine Frau oder Freundin hatte? Gross genug für zwei separate Wohnungen wäre das Haus auf jeden Fall.

Samantha musterte die Fenster. Alle waren dunkel, was auch nichts bedeuten musste. Es konnte jemand im Haus sein und die Umgebung im Auge behalten. War Emanuel misstrauisch genug, um einen Beobachtungsposten eingerichtet zu haben, der aufpasste, ob sich jemand näherte, während er und Patrizia unterwegs waren?

Samantha schaute zu Nussbaum, der hinter ihr an der Wand lehnte. Schweissperlen sammelten sich auf seiner Stirn.

Es würde nicht einfacher werden, wenn sie länger warteten.

Nussbaum stützte sich auf sie, und es war, als schleife sie ihn mit sich. Ihr verletzter Fuss protestierte bei jedem Schritt mehr gegen das zusätzliche Gewicht. Sie hatten nicht einmal die Hälfte des Hofes überquert, und sie war schweissgebadet.

Ein Knall liess sie mitten in der Bewegung erstarren. Sie wartete auf den Ruf, sie solle stehen bleiben, sonst würde geschossen werden. Nichts. Nur das Rauschen des Windes und das Rascheln der Blätter.

Ein neuer Knall.

Langsam drehte Samantha sich um. Das Tor des Schuppens schwang hin und her. Sie hätten es schliessen sollen. Wenn Emanuel und Patrizia heimkehrten, würden sie es sofort bemerken.

Dazu ist keine Zeit, dachte Samantha. Wenn sie in diesem Tempo weiterkamen, war das Tor bei der Rückkehr der Eichenbergers das geringste Problem.

«Geh ohne mich und hole Hilfe», sagte Nussbaum.

«Kommt nicht in Frage.»

«Ich bin ein Klotz am Bein und zu schwer für dich. Bring mich zurück. Allein bist du schneller.»

Er hatte recht, musste Samantha widerwillig zugeben. Sie konnte Hilfe holen. Trotzdem brachte sie es nicht fertig, Nussbaum zurückzulassen. Die Andeutungen, ihn beseitigen zu wollen, würden Emanuel und Patrizia früher oder später in die Tat umsetzen. Samantha bezweifelte, rechtzeitig zurück zu sein, bevor sie ihm etwas antaten.

Endlich erreichten sie die Einfahrt. Auf dem Mergelweg war das Fortkommen wegen der zahlreichen Schlaglöcher um einiges schwieriger. Sie kamen beim Kirschbaum an, und Samantha konnte die Strasse sehen. Zwei Autos fuhren vorbei. Sie mussten nicht bis zum Smart laufen, sondern es nur bis dort schaffen und ein vorbeifahrendes Fahrzeug anhalten. Diese Aussicht verlieh ihr neue Kraft.

Als sie sich erneut in Bewegung setzten, bog ein heller Wagen in den Feldweg ein.

Samantha stiess Nussbaum zur Seite. Er strauchelte und fiel mit einem Aufstöhnen in das hohe Gras. Samantha warf sich neben ihm auf den Boden.

«Was ist?», stiess er hervor.

«Sie kommen zurück.»

Das Geräusch eines näher kommenden Wagens. Samantha hielt die Luft an und hoffte, sie lagen tief genug im Gras, und nichts von ihnen war zu sehen. Der Wagen fuhr an ihnen vorbei, und Samantha atmete auf.

«Im Schuppen war es wenigstens trocken.» Nussbaums Lächeln misslang eindeutig.

Samantha hob den Kopf und konnte einen Teil des Wagens sehen. Zwei Personen gingen zum Schuppen und verschwanden darin. Samantha hatte nicht erkennen können, ob es Patrizia und Emanuel waren.

«Es ist eine Frage der Zeit, bis sie merken, dass du weg bist. Was sollen wir tun?»

«Hier warten», erwiderte Nussbaum.

«Sie werden die Gegend absuchen und uns finden.»

«Es gibt keinen Sichtschutz. Und wir sind zu langsam. Selbst dich würden sie sehen, wenn du allein losrennen würdest. Uns bleibt also nichts anderes übrig, als hierzubleiben.»

Er hatte recht, dachte Samantha. Mehr, als darauf zu vertrauen, dass sie davon ausgingen, Nussbaum sei nicht mehr in der Nähe des Hofes, konnten sie nicht tun.

Die beiden kamen aus dem Schuppen und schlossen das Flügeltor. Sie gingen auf das Haus zu. Gemütlich, wie es schien. Musste bei ihnen nicht Hektik ausbrechen, da Nussbaum nicht mehr dort war? Samantha reckte den Kopf etwas höher. Sie bogen ab und verschwanden im Schopf. Gingen sie davon aus, Nussbaum komme nicht weit mit seinen Verletzungen und habe sich dort versteckt? Waren sie sich sicher, ihn gleich aufzustöbern, und daher kam ihre Gelassenheit?

«Und?», fragte Nussbaum.

«Sie kommen aus dem Schopf.» Samantha senkte den Kopf ein Stück. «Sie gehen zum Wohnhaus.»

Die beiden verschwanden aus Samanthas Blickfeld, als sie den Weg in Richtung der Haustür liefen.

Das Verlangen, schnell einen grossen Abstand zwischen sich und den Hof zu bekommen, wurde grösser. Samantha überlegte, ob sie versuchen sollten, über die Wiese mit den Obstbäumen zu kriechen. Dort stand das Gras allerdings nicht so hoch wie am Wegesrand. Sie wusste nicht, wie gut man die Wiese vom Hof einsehen konnte. Von den oberen Stockwerken hatte man bestimmt freie Sicht. Trotzdem wäre es die bessere Alternative, als den Weg entlangzulaufen. Bevor sie Nussbaum darauf ansprechen konnte, näherte sich Motorengeräusch. Dieses Mal vom Hof her. Der Wagen fuhr an ihnen vorbei. Kleine Steinchen spickten ins Gras. Eines traf Samantha an der Wange. Sie hatten sich auf die Suche gemacht und Nussbaums Vermutung, dass sie nicht in der unmittelbaren Umgebung suchten, ging auf.

Wahrscheinlich war es sicherer, wenn sie hierblieben und abwarteten.

Samantha schaute zu Nussbaum und verwarf die Option rasch. Sein Gesicht hatte einen ungesunderen Farbton angenommen als vorhin, sofern das möglich war. Ihm ging es eindeutig schlechter, und sie sollte zusehen, ihn zum Arzt zu bringen.

Samantha zwang sich, einige Minuten zu warten, um sicher zu sein, dass keiner zurückkehrte. Vorsichtig erhob sie sich und half Nussbaum auf. Langsam gingen sie den Feldweg entlang und erreichten die Strasse. Zwei Autos überholten sie, aber keines hielt an, als Samantha sie mit der Hand zum Anhalten aufforderte. Lag es an ihrem Erscheinungsbild und den verdreckten Kleidern? Nussbaum hatte den Kopf gesenkt und schlurfte neben ihr. Fest stützte er sich auf Samantha. In regelmässigen Abständen knickte er mit den Beinen ein, und sein Gewicht lastete zunehmend schwerer auf Samantha.

«Mir ist schlecht», stiess er hervor. Er sank auf die Knie und erbrach sich. Die Kopfverletzung musste schlimmer sein als befürchtet. Sein Zustand verschlechterte sich von Minute zu Minute. Ein neuer Wagen näherte sich. Samantha trat auf die Strasse und winkte mit beiden Armen. Der Fahrer wich aus und hupte. Als er an Samantha vorbeifuhr, zeigte er ihr den Mittelfinger.

Sie kniete neben Nussbaum und reichte ihm die Flasche, in der sich ein Rest Wasser befand.

Er leerte sie in einem Zug, und sie befürchtete, er werde das Wasser gleich wieder erbrechen.

«Komm weiter», sagte sie.

Er schüttelte den Kopf.

Sie überlegte, ob sie den Smart holen sollte. Wenn er am Strassenrand liegen blieb, würde Eichenberger ihn sofort sehen.

«Es ist nicht mehr weit.» Samantha zog ihn hoch. Kein neues Auto kam, und die Strasse lag wie ausgestorben vor ihnen.

Sie gelangten an die Abzweigung der Strasse, an der Samantha ihren Wagen abgestellt hatte.

«Gleich sind wir da», sagte sie. Sie hoffte, es rechtzeitig zum Spital nach Liestal zu schaffen.

Sie erreichten den Feldweg, an dem Samantha den Smart geparkt hatte.

«Nein!», entfuhr es ihr.

«Was?» Nussbaum hob den Kopf.

«Mein Auto ist nicht da.»

«Bist du sicher, es hiergelassen zu haben?» Nussbaum sackte auf den Boden, schloss die Augen und senkte den Kopf. Sein Atem ging stossweise, als habe er einen Marathon hinter sich.

«Ja.» Nein, dachte sie gleich darauf. Das war sie nicht. Das hier war nicht der einzige Feldweg. Sie versuchte zu rekonstruieren, wie sie hergefahren war und welchen Weg sie anschliessend zu Fuss gegangen war. War sie falsch abgebogen?

Den Weg zur Abzweigung zurückzulaufen und in die andere Richtung weiterzugehen konnte sie Nussbaum nicht zumuten. Erneut überlegte sie sich, ihn zurückzulassen und Hilfe zu holen. Hier lag er wenigstens nicht direkt am Strassenrand in der prallen Sonne.

So ungern Samantha sich das eingestehen wollte, es war die einzige Möglichkeit.

Ein heller Wagen fuhr an ihnen vorbei. Er bremste und kam zügig rückwärts gefahren.

Samanthas Erleichterung schlug in Panik um, als sie den SUV erkannte.

«Lauf!», rief Nussbaum, aber Samanthas Füsse waren wie festgewachsen.

Emanuel Eichenberger und seine Frau sprangen aus dem Wagen und eilten zu Nussbaum.

«Samantha, lauf!», rief Nussbaum ein zweites Mal.

In Samantha kam Bewegung, und sie rannte los.

Ein Fluch und Schritte hinter ihr, die näher kamen.

Warum kam kein Auto, dachte Samantha verzweifelt. Es war mitten am Tag.

Sie blickte zurück und wäre beinahe gestolpert. Emanuel holte auf. Obwohl sie keine Chance hatte, rannte Samantha weiter. Ein dunkler Wagen fuhr an ihr vorbei und hielt einige Meter vor ihr an. Endlich!

Ein Mann stieg aus. «Brauchen Sie Hilfe?»

Bevor Samantha antworten konnte, wurde sie von hinten gepackt. Sie stolperte und fiel der Länge nach auf den Boden.

Emanuel landete auf ihr. Die Luft wurde aus ihrer Lunge gepresst.

«Verzieh dich», knurrte Emanuel. «Sie wollte meinen Wagen stehlen. Verdammtes Pack.»

«Nein», wollte Samantha rufen, aber mehr als ein «Uff» drang nicht über ihre Lippen. Ihr gelang es, den Kopf einige Zentimeter zu heben, und sie sah braune Schuhe direkt vor sich.

«Ich rufe die Polizei.»

«Nein, danke. Ich komme allein zurecht. Meine Frau hat die Polizei kontaktiert.»

Samantha strampelte und versuchte Emanuel abzuschütteln. Sah der Mann den verletzten Nussbaum nicht?

«Hilfe», schaffte Samantha hervorzupressen. «Entführ-»

Ein Schlag traf sie, und ihr Kopf prallte auf den Asphalt. Die Schuhe des Mannes verschwammen vor ihren Augen, bevor alles dunkel wurde.

FÜNFZEHN

Samantha sass auf einem Sessel in Simonas Wohnzimmer. Sie hob die Füsse auf den Schemel und kippte die Rückenlehne nach hinten.

«Ruh dich aus», hatte Simona gesagt und war aus dem Raum gegangen.

Samantha konnte nicht fassen, dass es ein gutes Ende genommen hatte. Sie erinnerte sich, wie jemand an ihrer Schulter gerüttelt hatte. Als sie die Augen geöffnet hatte, hatte eine blonde Frau sie besorgt angelächelt.

Das Nächste, das sie gesehen hatte, war der auf der Strasse auf dem Bauch liegende Emanuel. Sein Gesicht hatte er ihr zugewandt, und er hatte sie hasserfüllt angeschaut. Der Mann, dessen Namen Samantha immer noch nicht wusste, hatte ihm die Arme auf den Rücken gedreht und hielt ihn in Schach. Offenbar hatte er Emanuel nicht geglaubt, Samantha habe sein Auto stehlen wollen, und die Situation richtig eingeschätzt, wofür sie dankbar war. Nicht auszudenken, was sonst passiert wäre.

Patrizia war in Panik geraten und zu Fuss geflüchtet. Genützt hatte es ihr nichts. Die kurz darauf eingeleitete Fahndung war erfolgreich gewesen, wie Samantha inzwischen wusste.

Bühler und die Ambulanz waren kurz nacheinander vorgefahren, und Nussbaum war ins Spital nach Liestal gebracht worden. Samantha selbst hatte abgelehnt, sich von einem Arzt untersuchen zu lassen.

Nach ersten Fragen hatte Bühler sie zu Simona nach Mumpf gebracht, da er sie nicht allein wissen wollte.

Die Schmerztablette, die Simona ihr gegeben hatte, half, und das Essen sowie das Nachlassen des Adrenalins machten sie müde. Obwohl sie es nach dem Erlebten nicht für vorstellbar hielt, wurden ihre Gliedmassen schwerer. Sie liess es zu, drückte die Lehne ein Stück weiter nach hinten und schloss die Augen.

Das Klingeln an der Haustür liess Samantha hochfahren.

«Sie schläft», hörte sie Maik aus dem Entrée.

Simona schaute ins Wohnzimmer. «Nein, sie ist wach.»

«Also kann ich mit Frau Kälin sprechen?»

Bevor Samantha die Stimme zugeordnet hatte, erschien Bühler im Wohnzimmer. Er zog sich einen Stuhl heran und setzte sich schräg vor Samantha.

«Wie geht es Ihnen?»

«Körperlich so weit gut, sonst kann ich Ihnen das nicht beantworten.»

Das musste seltsam klingen, aber Samantha wusste es wirklich nicht. Es war, als sei sie von Watte umhüllt, und sie nahm alles nur dumpf wahr. Fragen formierten sich in ihrem Kopf und tauchten in dem Nebel ab, bevor sie fertig ausformuliert waren.

«Ich würde gerne bald Ihre komplette Aussage haben. Ist das für Sie in Ordnung?»

Samantha nickte. Sie schaffte es, sich zu konzentrieren, während sie erzählte. Bühler unterbrach sie während ihres Berichtes nicht. Als sie endete, sagte er nichts und stand auf. Er trat an die Terrassentür und schaute in den Garten. Das Schweigen dehnte sich aus.

«Wie geht es Herrn Nussbaum?», fragte Samantha, als sie es nicht mehr aushielt. Bühler setzte sich zurück auf den Stuhl.

«Er hat eine mittelschwere Gehirnerschütterung und geprellte Rippen. Im Grossen und Ganzen ist er mit einem blauen Auge davongekommen. Die Ärzte nahmen aufgrund seines schlechten Zustands an, er habe eine Schädelfraktur. Dies hat sich glücklicherweise nicht bestätigt. Er wird einige Tage im Spital bleiben und sich anschliessend eine Weile schonen müssen. Ich soll Ihnen Grüsse und seinen Dank ausrichten. Offenbar haben Sie ihn beeindruckt. Was nicht heissen soll, dass er Ihren Alleingang gutheisst. Das tue ich übrigens auch nicht.»

Samantha setzte eine schuldbewusste Miene auf und schwieg.

«Ich möchte mich bei Ihnen entschuldigen. Wie ich mich verhalten habe, war nicht professionell.»

Samantha wusste nicht, was sie darauf antworten sollte, und beschränkte sich auf ein Lächeln und ein kurzes Neigen des Kopfes.

«Weiss man inzwischen die Gründe für die Taten?», fragte Simona, die sich neben der Tür gegen die Wand lehnte.

«Herr Eichenberger hat gestanden, aber das ist eine lange Geschichte.»

Simona machte eine Bewegung mit der Hand, was offenbar eine Aufforderung sein sollte weiterzusprechen.

Bühler stiess einen leichten Seufzer aus. «Okay», sagte er. «Ich versuche mich kurz zu fassen. Emanuel Eichenberger, sein Bruder Sebastian und seine Schwester Katharina sind oder besser waren enge Freunde von Franz Ammann und seiner Schwester Annemarie Ryser. Sie kannten sich seit Kindertagen. Nach der Gründung von Amry Cosmetics wollten sie zusammen feiern. Herr Eichenberger bot sein Haus an, das einen grossen Schopf besass. Nach dem Fest blieb der harte Kern zurück.»

«Was meinen Sie mit hartem Kern?», unterbrach ihn Simona.

«Diese fünf Personen. Der Alkohol floss in Strömen. Was genau passierte, ist unklar. Die Stimmung muss ausgelassener geworden sein. Dabei sind Kerzen vom Tisch gerollt. Da alles aus Holz bestand, muss sich das Feuer schnell ausgebreitet haben. Alle bis auf Katharina gelangten nach draussen. Das Feuer hat sich in Windeseile auf das gesamte Haus ausgedehnt. Keiner wusste, wo sich Katharina aufhielt, als der Brand ausbrach. Nur ihre Schreie sollen zu hören gewesen sein. Später fanden die Ermittler ihre verkohlte Leiche im Wohnzimmer.»

«Brannte das gesamte Haus ab?», fragte Simona.

«Ja. Herr Eichenberger verlor alles. Für ihn war zudem der Tod seiner Schwester besonders schlimm. Die beiden hatten ein enges Verhältnis. Sebastian und Katharina standen sich nicht nahe. Das ist die falsche Wortwahl. Sie konnten einander nicht ausstehen.»

«Trotzdem waren sie zusammen auf dem Fest?», fragte Samantha.

«Offensichtlich. Herr Eichenberger gab Franz, Annemarie und Sebastian die Schuld an Katharinas Tod und dem verheerenden Brand.»

«Wieso das? Er war doch dabei.»

«Die drei hätten ausgelassen getanzt und dabei die Kerzen vom Tisch gefegt, behauptet er. Es kam sogar zu einem Prozess. Doch das Gericht sprach die drei Angeklagten frei.»

«Und danach?», fragte Simona, als Bühler länger schwieg.

«Sie hatten keinen Kontakt mehr zueinander. Herr Eichenberger lernte Patrizia kennen, heiratete sie und zog zu ihr auf den Hof. Gemäss ihrer Aussage wurde der Wunsch nach Vergeltung mit den Jahren grösser. Aber es blieb beim Wunsch, bis Amry Cosmetics zum erfolgreichsten Kleinunternehmen im Baselbiet gekürt wurde.»

Samantha konnte sich gut daran erinnern, wie Franz sie Anfang Mai ins Sitzungszimmer gerufen hatte und ihnen die Neuigkeit überbracht hatte. Das hatte er als Bestätigung angesehen, die Pharmazulassung voranzutreiben.

«Dem ist nicht genug. Sein Bruder Sebastian wollte als Investor bei Amry Cosmetics einsteigen.»

Er schaute Samantha an, als wolle er fragen, ob sie davon wusste.

«Davon habe ich keine Ahnung», sagte sie. Das war die Erklärung, woher Franz das Geld für die Investitionen zur Pharmazulassung hatte. Nach Sebastian Eichenbergers Tod fiel eine wichtige Geldquelle weg. Daraus resultierten die finanziellen Probleme, die Cornelia angedeutet hatte.

«Sebastian Eichenberger selbst war beruflich erfolgreich, was man von seinem Bruder nicht behaupten konnte. Der Hof lief nicht gut und stand vor dem Konkurs.»

Besser, er war bankrott, dachte Samantha. Sie sah vor sich, wie die Gebäude mit der Zeit verfielen.

«Sie mussten den gesamten Viehbestand verkaufen», fuhr Bühler fort. «Eine Zwangsversteigerung stand vor der Tür. Ein Affront für Emanuel Eichenberger. Die drei Schuldigen sind nicht nur ungeschoren davongekommen, sondern sie führten ein sorgenfreies Leben. Er dagegen drohte erneut alles zu verlieren.»

«Er tötete seinen Bruder?», fragte Simona.

«Richtig. Bruno Fassbinder hat ihm bereits länger gesagt, er hätte es Sebastian längst heimgezahlt.»

«Was hat er überhaupt damit zu tun?» Beim Essen hatte sie mit Simona über seine Motivation diskutiert, aber sie waren zu keinem Schluss gekommen.

«Er war der Freund von Katharina. An dem fraglichen Abend war er nicht dabei, weil er krank war.»

«Wieso hat Franz ihn eingestellt?», fragte Samantha.

«Herr Ammann war ihm früher nicht begegnet, und er sah die entsprechende Verbindung nicht. Katharina und Bruno waren bei ihrem Tod erst ein halbes Jahr zusammen. Emanuel Eichenberger drängte ihn dazu, sich bei Amry Cosmetics zu bewerben, in der Hoffnung, es könnte später für ihn von Nutzen sein.»

«Der Plan ging auf», sagte Simona.

Er hatte die Aufgabe, mich im Auge zu behalten. Samantha dachte an den Töff, der ihr wiederholt gefolgt war. Ob es jedes Mal Bruno gewesen war, liess sich im Nachhinein nicht sagen. Samantha ging davon aus, das Gleiche galt für einige der anonymen Anrufe.

«Bruno Fassbinder hat Herrn Eichenberger zu den Morden angestiftet?», fragte Simona.

«Ich würde eher sagen, dazu ermutigt», erwiderte Bühler. «Die Gelegenheit bot sich in Meran. Die beiden trafen sich zufällig dort. Sagt Emanuel Eichenberger. Wie zufällig es war, sei dahingestellt. Das ist meine Meinung.»

Meran … Samantha erinnerte sich an das Gespräch, in dem Franz über das Auffahrtswochenende in Meran erzählt hatte. Sie erinnerte sich, wie kurzfristig er die Reise gebucht hatte.

Warum hatte er nicht zugegeben, mit Sebastian dort abgemacht zu haben? Und wieso hatten sie sich dort getroffen und kein Treffen in der Schweiz vereinbart, wenn es um die Investitionen ging? Er wollte nicht zusammen mit Sebastian gesehen werden, beantwortete sie sich die Frage. Dazu hätte er nicht so weit reisen müssen. Ob Franz ihnen den Grund dafür verraten würde, bezweifelte sie.

«Herr Eichenberger erklärte, sein Bruder sei überheblich gewesen und habe ihn verspottet», fuhr Bühler fort und holte Samantha aus den Gedanken. «Das brachte das Fass zum Überlaufen, und Emanuel Eichenberger setzte seinen Wunsch in die Tat um. Nachdem er einmal die Grenze zum Töten überschritten hatte, war die Hemmschwelle weg.»

«Er vergiftete Annemarie mit Eisenhut?», fragte Samantha.

«Annemarie Ryser hatte mit ihren Fachbüchern Erfolg. Die ursprüngliche Idee dazu stammte aber von Katharina. Sie und Annemarie Ryser hatten kurz vor Katharinas Tod ein Fachbuch über Giftpflanzen verfasst, das vor der Veröffentlichung stand. Nach ihrem Tod hat Annemarie Ryser das Buch nur unter ihrem Namen herausgebracht.»

«Dagegen hätte Emanuel rechtlich vorgehen können», sagte Simona.

«Er hatte keine Beweise. Die gesamten Unterlagen hatte Frau Ryser. Emanuel Eichenberger hat das Buch gelesen und fand die Variante mit dem Eisenhut die beste. Er beauftragte Herrn Fassbinder, dieses Gift …» Hilfesuchend schaute er Samantha an.

«Aconitin.»

«Genau. Er beauftragte Herrn Fassbinder, das Gift in die Bodylotion zu mischen, mit der Frau Ryser sich mehrmals am Tag wegen der trockenen Haut eincremte. Von Bruno Fassbinder hat er erfahren, dass sie regelmässig diese Lotion bezog. Mitarbeiter von Amry haben spezielle Konditionen.»

«Das ist richtig. Bruno ist für die firmeninternen Bestellungen zuständig», sagte Samantha und erschauderte. Annemarie würde zuerst die Vergiftungserscheinungen falsch interpretiert haben. Als sie es realisierte, musste es so abgelaufen sein, wie Samantha vermutet hatte. Sie war aufgestanden, zusammengebrochen und unglücklich gestürzt.

«Wieso die Brandstiftungen?», fragte Simona. «Auf mich macht der Rachefeldzug einen unorganisierten Eindruck.»

«Emanuel Eichenbergers Schwester starb bei einem Brand», erinnerte Bühler sie. «Allerdings muss ich Ihnen zustimmen, es sieht planlos aus. Die Aktion wuchs ihnen über den Kopf, wenn Sie mich fragen. Sie gerieten unter Druck, da es nicht so lief, wie sie es vorgesehen hatten. Zum Glück waren sie überfordert, sonst wäre Herr Nussbaum jetzt tot, bin ich überzeugt.» Er dachte kurz nach, bevor er fortfuhr. «Herr Eichenberger behauptet, er habe die Vorgehensweise angepasst und wollte mit den Feuern ein Zeichen für Katharinas Tod setzen. Ausserdem befürchtete er, jemand werde die Bodylotion finden und analysieren. Sie haben ihn überrascht, als er in Frau Rysers Haus nach der Flasche suchte.»

«Und später deponierte er die Kanister bei Samantha, um die Aufmerksamkeit der Ermittlungen auf sie zu lenken», sagte Simona.

«Genau. Die Idee hatte Patrizia Eichenberger. Das funktionierte allerdings nicht so, wie sie es sich erhofft hatten. Daher die Aussage mit dem Phantombild.»

«Wen soll es darstellen?», fragte Samantha.

«Niemand Bestimmten. Patrizia und Sie ähneln sich aus dieser Perspektive, die die Kamera vor dem Eingang von Amry Cosmetics eingefangen hat. Besonders bei einer Schwarz-Weiss-Aufnahme. In Farbe wäre das nicht der Fall gewesen.»

«Sie hatten Angst, Patrizia werde in den Fokus rutschen, und wollten von ihr ablenken, indem sie die Aussagen machten?» Simona verlagerte ihr Gewicht auf den rechten Fuss und streckte das linke Bein kurz nach vorne aus.

«Zu Hilfe kam Frau Zimmermann, wenn auch ungewollt», erwiderte Bühler.

Samantha brauchte einen Moment, bis sie sich erinnerte,

dass Zimmermanns Name auf Nussbaums Post-it gestanden war, den sie beim Kantonsmittelpunkt gefunden hatte. «Sie ging zur Arbeit und meinte, eine verdächtige Person gesehen zu haben. Ihre Beschreibung war vage, aber sie ähnelte der von Herrn Eichenbergers Phantasie-Phantombild.»

«Wieso haben Herr Eichenberger und Bruno Fassbinder sich so auf Samantha eingeschossen?», fragte Simona. «Sie hatte mit allem überhaupt nichts zu tun.»

«In den Augen der Eichenbergers und von Herrn Fassbinder war das nicht so. Frau Kälin war im Haus von Frau Ryser, um den Kater einzufangen. Sie war bei Herrn Ammann, als die Eichenbergers den Brand legten, und sie entdeckte Emma Hofmann. Emanuel befürchtete, sie wisse mehr oder könne die Verbindung ziehen, und wollte sie deshalb ausschalten. Da das mit den untergeschobenen Beweisen nicht gelang, legten sie später nachts das Feuer, damit Frau Kälin darin umkommen sollte.»

Erneut sah Samantha vor ihrem inneren Auge, wie die beiden Gestalten über die Terrasse huschten, hörte das Klirren, als sie das Fenster im Gästezimmer einschlugen, und roch das Benzin.

«Wieso brach der Brand bei Franz in der Küche und im Schuppen gleichzeitig aus?», fragte sie.

«Vom Schuppen zur Küche gibt es eine Verbindungstür», erwiderte Bühler. «Ursprünglich wollten sie im Schuppen den Brand legen, waren sich aber nicht sicher, ob es funktionieren und der Brand auf das Haus übergreifen würde. Als sie merkten, dass die Verbindungstür zum Haus unverschlossen war, legten sie dort ebenfalls Feuer.»

«Sind die Eichenbergers auch für den Brand im Labor verantwortlich?», fragte Simona.

«Das war ursprünglich die Aufgabe von Bruno Fassbinder. Er verschaffte sich mit dem Ersatzbadge aus Giulia Russos Büro Zugang.»

«Doch Emma hat ihn überrascht», sagte Samantha.

«Genau. Die Eichenbergers wollten es nach dem missglückten Versuch selbst in die Hand nehmen. Bruno Fassbinder nahm den Badge aus Emma Hofmanns Tasche und gab ihn Patrizia. Wie gesagt, sie hofften, aufgrund der Ähnlichkeit zu Ihnen gleichzeitig den Verdacht endlich auf Sie lenken zu können, Frau Kälin.»

Was fast geklappt hatte, dachte Samantha.

«Das Ziel war, dass Herr Ammann und seine Schwester wie er alles verloren und schliesslich einen langen und qualvollen Tod wie Katharina hatten. Frau Ryser mit dem Gift und Herr Ammann im Feuer.»

Schweigen stellte sich ein.

«Wie passt Herrn Ammanns Unfall zu dem Ganzen?», fragte Samantha.

«Der Unfall war nicht so vorgesehen. Herr Fassbinder hatte die Aufgabe, Nummernschilder zu organisieren, für den Fall, Zeugen würde der SUV an den zukünftigen Tatorten auffallen. Immerhin bestand die Gefahr, jemand könnte sich an den Wagen mit dem kaputten Auspufftopf erinnern. Er wusste von der Ferienabwesenheit seiner Nachbarn und nahm daher diese Kennzeichen. An dem Tag war er knapp in der Zeit und machte das riskante Überholmanöver. Die Schilder waren nicht mehr von Nutzen, und er brachte sie zurück.»

«Das ergibt für mich keinen Sinn. Ich hätte sie anderweitig entsorgt», sagte Samantha.

Bühler zuckte als Antwort nur mit den Schultern.

«Wieso stand Herrn Nussbaums Auto in der Nähe meines Hauses?», brach Samantha das neue Schweigen, das sich eingestellt hatte.

«Emanuel Eichenberger musste den Wagen loswerden und hat ihn nach der Entführung dort abgestellt, in der Hoffnung, Sie kämen erneut unter Verdacht.»

«Was ist mit dem Brand in Samanthas Wohnquartier?», fragte Simona. «Wie passt er zu dem Ganzen?»

«Er war ein unglücklicher Zufall», erwiderte Bühler. «Die Sonne war die Brandstifterin. Ein Kosmetikspiegel stand neben einem Stapel Zeitungen auf dem Tisch. Das Licht fiel in einem ungünstigen Winkel in den Spiegel und entzündete das Papier.»

«Was geschieht jetzt?», fragte Samantha.

«Die Staatsanwaltschaft wird Anklage erheben.»

«Logisch», sagte Simona. «Da kommt einiges zusammen.»

Bühler erhob sich. «Ich muss zurück nach Liestal und mich um den Bericht kümmern. Bitte kommen Sie in den nächsten Tagen zum Polizeiposten, um Ihre Aussage zu unterschreiben, Frau Kälin.»

Bühler verabschiedete sich, und Simona begleitete ihn nach draussen. Samantha wartete, dass Simona ins Wohnzimmer zurückkehrte, was nicht geschah. Stattdessen hörte sie, wie Simona zur Küche ging. Samantha überlegte, ob sie ihr folgen sollte, aber sie war zu erschöpft, um aufzustehen.

Der Alptraum hatte ein Ende, aber er hatte Spuren hinterlassen. Sie würde Zeit brauchen, bis sie die Geschehnisse einigermassen verarbeitet hatte.

Samantha war dankbar, nicht allein zu sein und bei Simona bleiben zu können, bis Joel am Wochenende heimkehrte. Sie nahm sich vor, sich am Samstag nach einem neuen Velo umzuschauen, da ihres bisher nicht mehr aufgetaucht war. Simona hatte vorhin beim Essen vermutet, der Diebstahl habe nicht mit den Ereignissen zu tun.

Einkaufen gehen ... Das klang nach wunderbarer Normalität.

Samantha kippte die Rückenlehne des Sessels wieder nach hinten und schloss die Augen.

Martinas Wurst-Käse-Salat

Zutaten
4 Cervelats (alternativ Lyoner)
100 bis 150 g Emmentaler (alternativ Gruyère)
100 g Cornichons
1 bis 2 Rüebli
1 Bund Radiesli (ca. 10 Stück)
1 kleine rote Zwiebel
1 Bund Kräuter (Schnittlauch, Peterli)

Marinade:
3 EL Kräuteressig
4 EL Rapsöl
1 TL Senf
Salz
Pfeffer

Zubereitung
Die Zutaten für die Marinade mischen.
Die Cervelats schälen und in kleine Stücke schneiden. Die übrigen Zutaten ebenfalls in kleine Stücke schneiden und den Käse grob reiben. Alles in eine Schüssel geben. Die klein geschnittenen Kräuter und die Marinade dazugeben und alles mischen. Auf Tellern anrichten.

Griesschopf von Samanthas Adoptivmutter

Zutaten
1 Tasse Hartweizengriess
5 EL gemahlene Haselnüsse
5 ½ Tassen Milch
5 TL Zucker
1 Päckli Vanillinzucker
Schale von ½ Zitrone
1 Prise Salz
120 g Rosinen

Als Garnitur Himbeeren und/oder Himbeersirup.

Zubereitung
Griess, die gemahlenen Nüsse, Milch, Zucker, Vanillinzucker, Zitronenschale und das Salz mischen und unter ständigem Rühren aufkochen lassen. Rosinen hinzugeben. Eine Gugelhupfform mit kaltem Wasser ausspülen und die Masse hineinfüllen. Nach dem vollständigen Abkühlen auf einen Teller stürzen.
Mit Himbeeren und/oder Himbeersirup garnieren.

Glossar

Apéro – Umtrunk
Auffahrt – Christi Himmelfahrt
Cervelat – Schweizer Nationalwurst
Coiffeur – Friseur
Cornet – Hörnchen
Couvert – Briefumschlag
D-A-CH-Region – deutschsprachiger Raum (Deutschland, Österreich und die Schweiz)
Garette – Schubkarre
Gestell – Regal
Gipfeli – Croissant
Glacé – Eiscreme
Gotte – Patentante
Götti – Patenonkel
Goût (französisch) – Geschmack
Harasse – Flaschenkisten
Hosensack – Hosentasche
Kehrichtsack – Abfallsack
Lavabo – Waschbecken
Meteo – Schweizer Wetterdienst
Peterli – Petersilie
Plättli – Fliesen
Pneu – Autoreifen
Pouletstück – Hühnchenstück
Rüebli – Möhre, Karotte

Schoggi (Mundart) – Schokolade
Schopf – angebauter Schuppen
Spital – Krankenhaus
Stedtli (Mundart) – liebevoll für die Liestaler Innenstadt
Stewi – Wäscheständer/Wäschespinne
Store – Markise, Rollladen
Tablar – Regalbrett
Töff – Motorrad
Törli – Oberes Tor in der Liestaler Altstadt
tüppig (Mundart) – schwül
Velo – Fahrrad
Zvieri – Nachmittagsimbiss

Die Kriminalromane von Erfolgsautorin Ina Haller im Überblick
Alle Titel sind auch als eBook erhältlich.

Krimis mit Samantha Kälin

Rüebliland
ISBN 978-3-7408-0631-6

Chriesimord
ISBN 978-3-7408-0791-7

Chienbäse
ISBN 978-3-7408-1123-5

Liestaler Gold
ISBN 978-3-7408-1439-7

Krimis mit Andrina Kaufmann

Tod im Aargau
ISBN 978-3-95451-076-4

Gift im Aargau
ISBN 978-3-95451-264-5

Der Metzger von Aarau
ISBN 978-3-95451-483-0

Schatten über dem Aargau
ISBN 978-3-95451-796-1

Aargau-Fieber
ISBN 978-3-7408-0058-1

Der Fluch von Aarau
ISBN 978-3-7408-0284-4

Aarauer Finsternis
ISBN 978-3-7408-0513-5

Nebel im Aargau
ISBN 978-3-7408-0925-6

Aargauer Abgründe
ISBN 978-3-7408-1259-1

Verschwunden im Aargau
ISBN 978-3-7408-1587-5